柳美里 1991–2010

原仁司［編］

翰林書房

柳美里　目次

座　談　会　柳美里・川村湊・富岡幸一郎・原仁司

「物語」を紡ぐ現代の巫女は、サイバーフローを逆流する。

2010年4月23日
於：山の上ホテル

柳 美里 ゆう・みり

一九六八年、横浜に生まれる。両親は在日韓国人。高校中退後、東由多加主宰の「東京キッドブラザース」に入団。二〇歳の時、劇団「青春五月党」を結成。一九九二年、「魚の祭」で岸田國士戯曲賞を受賞。一九九四年、『新潮』に掲載された小説「石に泳ぐ魚」が、主人公朴里香のモデルとされる女性から、名誉毀損、プライバシー侵害、出版差し止めなどを求められ提訴される。一九九七年、「家族シネマ」で芥川賞受賞。翌九八年には、前年に起こった神戸児童連続殺傷事件の「少年A」をモデルにした「ゴールドラッシュ」を発表、少年犯罪や少年法に対する作者の思想の一端が示される。二〇〇〇年に男児を出産、その三ヵ月後に精神的な支えであった東由多加が死去する。二〇〇二年、朝日新聞で連載された「8月の果て」が読者の反発を受けて物議をかもす。同作品は二年後に連載が途絶（終了）するが、その完結部は雑誌「新潮」に掲載され、多大な注目を受ける。柳の民族的なアイデンティティへの回帰を示す作品と判じられるが、その内実は未詳。昨年二〇一〇年には、自らの児童虐待を告白した「ファミリー・シークレット」が刊行され、話題を呼んでいる。

◎――柳美里文学の独自性

原　最初から私的な話で恐縮なのですが、じつは私が柳さんのお仕事と本格的に向き合ったのは、いまから五年前です。ある出版社から、「石に泳ぐ魚」について表現の自由や表現の倫理の観点から論じてほしいと頼まれまして、二〇〇五年ですね。それまで柳さんのお仕事は、もちろん初期のころから存知あげてはいたのですが、ちょうど私の妻が在日文学の研究をしていたこともあって、その延長線上で読んでいました。もっとも、いまは柳さんの作品を在日文学という括りだけで捉えるつもりはありませんが、ともあれ五年前に「石に泳ぐ魚」を論じて以来、どうにも柳さんの存在が私の中で大きくなってきて、作品論集を出さなければ、という強い気持ちというか使命感のようなものが起こってきました。けれども、柳さんの文学の魅力は、単に作品論を寄せ集めただけでは上手《うま》く伝えられないだろうし、いまも言ったように在日文学という観点だけに絞って論じるわけにもいかない。それから、ここ数年の近作を見る限り、柳さんはものすごく変わっている。ここ五年ぐらいの間に筆力だけでなく手法的にもずいぶん変化されている、ということも強く感じています。長篇の分量も増えていますし、それから趣向というか、実験的な試みも相当なされているように思います。

そこで、今回の作品論集では、書き手（論者）に向けて主に二つの問題提起を投げかけてみました。一つは、柳さんが在日文学という枠のなかに納まらない作家であることを前提としたうえで、それでもなお柳さんの「在日」性について、考えるべきところはないのかということです。二〇〇六年に勉誠出版から「在日文学全集」が出て以来、在日文学がいまクローズしてきています。もう終わったみたいな感じ、「あれはもう記念碑か」って怒っている作家もいるんです。在日作家の中には、そういうことに対する憤りみたいなものが一方にはあって。つまり柳さんの文学は、在日という枠には納まらないけれども、現在《い》は「在日文学」や「在日」性というものがそもそも何であったのかということをもう一度問い直す時期でもあって、柳さんの文学に着目することが、ひるがえって在日の位相を浮き彫らせることになるのではないかということです。つい最近まで「在日、在日」とあれだけ熱心に語っていたくせに、いまでは、それがまるでなかったかのように終わっているこの日本社会の奇妙さ。人に勝手にレッテル貼りをしておいて、そのレッテルが色褪せてくると今度はレッテル貼りをしたこと自体について、その記憶を忘却のかなたに押しやろうとしている日本社会のやり方というべきか、そういったことも含めて、柳さんの文学はどのようなものであったのか。「在日文学」と違うというのなら、

それがどのように違うものであるのか。文学って私は所詮個人に属するものだと思うので、個人の独自性《オリジナリティ》というのがあるわけで、柳さんの独自性っていうのは一体何なのだろうかということ。いまの日本社会の、このめまぐるしい情報化社会の中で、どんどん人間の感受性的が失われてきて、情念的なものや神秘的なもの、そういうものが屈折したグロテスクなものとしては出てくるけれども、本来、人間にとって大切な魂の問題だとか情念の問題だとかはじつは「論理の場」においては話題にすることも避けられている。

　今回、柳さんの数ある作品の中で、私は『雨と夢のあとに』を書かせていただいたんですが、この作品は宣伝広告に「柳美里が書いた初の怪談《ホラー》小説」と出ています。怪談小説というのはいま、じつは現代文学にものすごくたくさん出ているんです。『六番目の小夜子』（恩田陸）とか、少し前の『リング』や『らせん』（鈴木光司）、乙一とか。重松清なんかも『流星ワゴン』のような幽霊の出てくるファンタスティックな作品を書いている。

　そうしたテレビドラマや映画、舞台にもなった怪談《ホラー》の原作小説は、いっぱい出てきているんですが、でも柳さんのとは全然違う。柳さんの作品は、すごく情念的で、他の作家とはリアリズムについての立場やその理解もかなり違う。また『雨と夢のあとに』に描かれている情念的なものは——実際、この作品もテレビドラマ化（舞台上演化も）されていますが——テレビドラマや演劇では表現できない「語り」に関するある何ものか（「物語」を成立させる根源的な要素）を持っている。だから、柳さんの作品を映像感覚的だと指摘する人が結構多いのですが、じつは映像感覚的とはいっても、たとえば梁石日《ヤンソギル》や金城一紀やそういった作家の、あるいは通俗的な福井晴敏とか、あるいは村上龍とか、そういう人たちの映像感覚的なものと、柳さんのそれとでは全く違う。私からすると柳さんのものは、非常に情念的な何かが混入しているような映像感覚で、それを今の時代の視覚映像的な作品と同列に論じることはできないと思います。

　柳さんの文学は、ホラー以外にもいろいろな意匠をまとっているんですが、でもそれは本当に万華鏡のようにいろいろあるので、それを柳さんという一人のアイデンティファイされた魅力、アイデンティティ的なものとしては、うまく見いだしにくい。そこを論者の皆さんに見いだしてもらいたいといったようなことを、声を掛けた人たちには頼んでいます。

　さて、長くなりましたが二つ目のポイントは、この「アイデ

柳美里氏

ンティティ」とも深く関わってくることですが、柳さんの文学が、なぜ「在日」の枠に納まりきれないと感じるのかという問題です。私はそれを、おそらく柳さんの文学が、日本のとくに八〇年代以降のポストモダニズムの隆盛を体現、もしくは代理表象していたからではないかと思っています。柳さんの描く多くの登場人物たちが、宿命的なまでの疎外感を抱えこんで、他者との非共約性に苦しんでいたのは、もちろん柳さんが「在日」韓国人であったことも反映していたのでしょうが、それ以上に柳さんが日本のポストモダニズムを身をもって体現しており、それを独自の様式で喩化して描いていたのではないかと思われる点です。東由多加さんがお亡くなりになった二〇〇〇年以降の作品の幾つかに、民族的なアイデンティティの追求へと回帰している傾向を見てとれますが、このことと併せて日本のポストモダニズムと柳さんの文学におけるポストモダンとの関係を考えてほしいと論者の皆さんに投げかけました。柳さんの文学の魅力を、あれもこれもと、いろいろさまざまに語るだけでなく、柳美里という一人の人間の存在を、抱きとめるように、深い部分で掘り下げて論じてほしいと、お願いしています。

富岡　プレッシャーかかるな。（笑）

原　深いところを。

柳　しかもテーマが広い。

富岡　いや、うれしいですけどね。

原　富岡さんの仕事に外れはないから信じています。

富岡　私は最初、原さんから『ゴールドラッシュ』をやらないかと言われたんです。

原　一番最初に声をかけたのが富岡さんで、最初はそのつもりだったんです。

富岡　でも、ちょうど『山手線内回り』が、鹿児島に講演旅行で柳さんとご一緒したときぐらいに刊行された。

柳　ええ、三年前ですね。

富岡　二〇〇七年の八月発行なので、旅行はこの後ですよね。

柳　十月でした。

富岡　鹿児島に講演旅行に、城戸朱理さんとか藤沢周さんともご一緒して楽しかった。シンポジウムの中で言及したかったんですが、時間が短かくて、十分できなかった。しかし、すごく刺激的だったので、それだったら、僕は『山手線内回り』を書かせてくださいということに。『黒』という作品も同じころに出たんですね。

柳　あと、『月へのぼったケンタロウくん』と『名づけえぬものに触れて』も出版されたから、同時期に四冊ですね。

富岡　今までの小説のスタイルとしての、人物描写とか、情景描写じゃなくて、全編を流れるのは語りと会話ですね。洪水のように。入ってくる音。山手線のホームの騒音、アナウンスとか、視覚的なものも妄想的なものも同時に入ってくるんですけれども、東京のごちゃごちゃした風景、人々の歩みとか、それが響きのように音として入ってくる。主人公の女性の中からそれが語りとしてばあっと出ていく。そうした小説のスタイルのまず面白さがある。『8月の果て』もそうだと思うんですけど、柳さんはそういう新しいスタイルをつくった。このスタイルじゃなければ書けない何かが、現代の風景、人間の心の中に今、出ているんだというのがものすごく興味深かったので、それで『山手線内回り』を書いてみたかった。

ところで谷川雁さんと柳さんがある飲み屋でお会いして、十五年ぐらい前になるんですかね。うろ覚えですみませんが、谷川さんが柳さんに「あなたは演劇を、芝居を書いていたのに、なんで小説なんか書くの」ということを言われた。「小説ってプロットとか、描写とか面白くないじゃないの、演劇の言葉が立ち上がって、ぶつかっていくほうがよほどいいでしょう」と言われたという。それに対して柳さんも自分の中で何か刺激されたものがあったと思うんですよね。そういう中からいろいろ書かれてきて、『8月の果て』、『山手線内回り』で、もう一回小説の描写をいったん全部捨てて、声、音、語りというので全部を構成してみせるという、そういう力業に入った。演劇の流れもあるかもしれないけど、小説家としてそういうのをおやりになった。

小川国夫さんがおととし亡くなったんですけど、『弱い神』というライフワークの大部の小説が出た。これは各文芸誌に短編をずっと書いていて、それがモザイクみたいになっている。今回ようやく一冊の本になったんですが、これは鑑平っていう祖父がモデルになっているが、全くのフィクションで、すべて語りなんですね。

小川さんはもともと視覚的な作家で、精密な描写とかしてきた人だけれども、それを一切捨てて、全部語りの中に、登場人物の性格とか内面とか感情とか、風景も、全部語りの中に入っているんですね。語りと会話だけです。晩年のエッセーで、小川さんは人物描写とか情景描写は要らない、主人公の、登場人物の声が自分の耳に、作家自身の、書き手の耳に聞こえてくるまで待って、その声が聞こえてきたら、その声を書けばいいんだという。そうなると登場人物と自分が、抱き合うというか、一体化するんだと。それを自分はやりたいんだということをおっしゃっていた。

小川さんが七十歳を超えてからのお仕事でしたけれども。今そういう小説のスタイル自体が、変化してきた時代、してきているんだという。それは柳さんの作品にも相通じている。これまでの近代小説の描写のリアリズムとはあきらかに違う表現、スタイルが出てきている。

◎——現実世界とのきしみ

川村 この前、この話をするということで、講談社から新しく出る『ファミリー・シークレット』を送っていただき、読んできたんですが、ゲラというか、コピーでいただいて読んでいくうちに、前にもこういうことがあったなと思い出しました。それはやはり『石に泳ぐ魚』が本になるときに書評を書いてほしいと編集者に頼まれてゲラをいただき、それを読んでそろそろ締め切りだなと思っていると、編集者から電話がかかってきて、「あれは、まだいいです」っていわれた。(笑) ちょっと刊行が延びますから、先に書評が出てしまうと、当たり前だけど、ちょっとまずい。(笑) 出てしまったら、まずいので、あれはゆっくりやっていただきたいと。

川村湊氏

柳 地裁、高裁、最高裁と八年もかかりましたからね。

川村 私の書評は日の目を見なかった。まあ、実際書いたわけではないのでいいんですが、書こうと思っていた書評の原稿が日の目を見なかったというのがあるんです。だからそういうのを急に思い出して、柳美里さんのゲラを見ると、何か不吉なことが起こるかと思いました。(笑)

柳 また、裁判ですか。(笑)

川村 今回の『ファミリー・シークレット』でお父さんが出て来て、あれは精神科の方との柳さんのカウンセリングの記録と、それについてのエッセー風の文章と、それから何回目かにお父さんが出てきて、お父さんがお話をするというぐあいで非常に面白い。これは失礼な言い方かもしれないけれども、まさに柳さんの小説の、特にお父さんの部分なんかは、現実で、ライブで見ているような感じがしました。

それで考えたんですけれども、あまり柳さんとしてはそういう話を蒸し返されたりするのは嫌だと思いますが、『石に泳ぐ魚』にしても、今回私が書かせていただいた『8月の果て』論にしても、これもそれもあれもというわけじゃないんですが、

富岡幸一郎氏

別にスキャンダラスなことがいろいろ起きたということを言うつもりはないんですが、多分『ゴールドラッシュ』にしても、例の現実の事件とのかかわりということはよく言われたし、ご本人はどうか分かりませんが、かなりそういう部分というのを持っていらっしゃる。つまり現実の事件であったり、現実の現象であったり、そういったものとまさに作家が書いている作品と、書くという行為そのものと、社会的行為、現実といつも必ずきしみ合うということが起こる。

　誰がそれを呼び寄せているのかというのは置いておいて、作者の問題なのか、それとも現代の現実の社会というのが、あるいはちょっと俗な言い方で言えば文壇とか、そういうようなジャーナリズムというような世界が、何らかの形で柳さんの作品と、生き方と言ったら問題かもしれませんが、それときしみをたてている。そのぎくしゃくとしたきしみが大きくなればなるほど、まさに山手線の電車のレールとこすれ合う、そういうようなきしみ音というのが、これも失礼な言い方かもしれませんが、それが魅力的であり、それが面白いというふうに私なんかはずっと思っています。

　先ほどから言ったように、『石に泳ぐ魚』は小説としての処女作ということで、幻の処女作の形を私は一応読ませていただいたわけなので。

柳　ゲラをお持ちなんですか。

川村　持っています。保存しています。

柳　貴重ですね。

原　それは『新潮』の初出と同じ？

柳　新潮の初出を推敲したものだと思います。

富岡　初出に手を入れた。

柳　裁判がはじまってからの手入れは、原告弁護団がプライバシー権及び名誉権を侵害したと主張する箇所を削除・訂正して、和解のラインを探っていたので、作品を傷つけているという後ろめたさというか罪悪感に苛まれつづけていました。川村さんがお持ちなのは、純粋に作品のために推敲した唯一のゲラです。

富岡　そうなんだ。それは面白い。

川村　ただ、矢野さんに聞いたら、『新潮』掲載のものとあまり違っていない。ちょっと赤字が入っている程度ですね。柳さんのところにもないのですか。

柳　コピーを取らないで、当時、出版部の担当者だった矢野優さんに渡したので、私の手もとにはありません。

川村 いくらぐらいなら、引き取ってもらえますか。（笑）

柳 『新潮』自体、一冊しか持っていないんですよ。あらかじめ裁判になるとわかってたら、百冊ぐらい購入したのに。

川村 後ほどちゃんと近代文学館に寄贈しますから。（笑）

それは別として、私は『石に泳ぐ魚』を読んでいて、柳さんと私とは年齢差が結構あるんだけれども、評論家として、同時代の小説家に同伴するみたいな言い方というのはよくありますが、私が批評という仕事をやっているときに柳さんが小説家として出てきて、その新しい作品を何らかの形で書評したり、批評はしないにしても読んだり、というようなことで、一緒にずっとやってきたと言ったらおこがましいかもしれませんが、そういうようなつもりで私はいたわけですね。

先ほどの、原さんの言うような在日ということであれば、私も在日文学ということを枠をつくりながらやっているつもりはないんですが。いずれにしても李恢成さんにしても、金石範さんにしても、私にとったら以前の人というか、物心ついてから読んだ人ということで、基本的に在日ということであれば、同時代的に読むし、それについて批評したり、感想を言ったりするという存在というのは、私にとっては李良枝《イヤンジ》さんと柳さんだということなので、自分としてもずっと読んできたつもりなんです。

ただ先ほど言ったように、しかもまた常に社会的な現実と作品との接点というか、接続性というか、あるいは切断性かもしれないんだけど、そういう社会との接続と切断の契機が非常に面白いといったら語弊はありますが、そこのところに着目して、別に私がハラハラする必要はないんですが、また今回どういうことになるんだろうと思いました。柳さんの作品は、前期、中期、後期なんて言ったら申し訳ないんですが……。

柳 そんな風に分類されると、もう死なないといけないみたい。（笑）

川村 一期、二期、三期と分けると、例えば『石に泳ぐ魚』とか、『ゴールドラッシュ』とか、『命』とかそういったノンフィクションものが一種の区切りのようになっている。そういうふうに考えてみたら、『8月の果て』というのは大きな転換点だと思います。しかもまた『石に泳ぐ魚』と同じように、非常に苦労と困難の下でようやく生まれてきた子供というか、作品ということであって、そういうプロセス自体は、もう出てしまったら関係なく、作品として自立したものなんですが、作品行為の中でさまざまな現実とのやり取りがありましたね。

今回『8月の果て』論でも書かせてもらったのは、新聞小説であるということ。新聞小説というのはまあ、大衆が読むかどうかは別として、毎日毎日大衆の目に触れます。基本的に新聞小説というのは、書き下ろしなんかと全く違うところは、ある意味では双方向性で、読者が毎日何かを言ってくるとか、編集者も当然それに加わる。ですから、漱石にしても、新聞小説では一番最初の頃の尾崎紅葉の『金色夜叉』なんかもそうなんですが、読者の反応や反響によって、話の筋が変わったり、終わるべきものが終わらなかったり、徳富蘆花『不如帰《ほととぎす》』の場合は、「浪子を殺すな」という投書がたくさん来た。(笑)結局殺したら、「もうおまえのところの新聞は取らない」というような、そういうやり取りもあった。

これは単なる付帯的な問題ではなしに、新聞小説、あるいは小説というものののある意味では本質的な部分でもあるだろうと思います。ですから、あちこちからいろんな批判の矢が飛んできたり、励ましの声もたまにはあるんだろうけれども、攻撃、批判、非難、そういったものをねじ伏せながら、書いていく。そういう作品行為の跡が『8月の果て』には生々しく出ている。それが面白いとも思うし、そういうことが多分現代の小説の書き方を変えたというか、新しいものにしていったという、そういう痕跡なんじゃないかなと思いました。

ですから闘争の跡というか、闘いの跡。ある意味では傷だらけの何とかというような点では『8月の果て』にも、『石に泳ぐ魚』にもまざまざと見えている。『ゴールドラッシュ』は特別にはそういうことは、作品と外面とのきしみということは、それほどなかったかもしれないけれど……作品世界の中でそういう現実というか、リアルなものと、それこそ真剣に闘っている、苦闘している、その跡というのがあって、正直に言いますと、成功しているのもあるし、成功していないのもあると思います。ただ、その傷跡、闘いの跡というのは、まさに生々しく作品として自立している。

だから、そういう言い方はよくないのかもしれないけれど、成功不成功とか、完結か未完であるというようなこととは全く別に、まさに現代の文学で小説を書くということは、こういうことなんだなというふうに私なんかは思ったし、それが柳さんの作品の魅力だということになると思うんですね。私は『水辺のゆりかご』なんかは非常に好きで、現実とこれだけ痛ましく闘う少女がいるのかということで感動しました。そういったものというのは、もちろん変わってきてはいると思うけれども、まさに初期の戯曲の時代から、『8月の果て』とか今回の『ファミリー・シークレット』にも、全部通底していますよね。

◎——「비《ビ》」(血)と「피《ピ》」(雨)

原　生々しく現実との接続があったり…。柳さんが、「血を流

原仁司氏

しながら書いている」っていうフレーズをどこかで書いていたか、おっしゃっていたような記憶が…、僕の記憶違いかもしれないけれども。それがいま、川村さんの言った話ともつながっていて、柳さんはそういう意識が強いのではないかと。どうですか？

柳　血を流しながら？　かさぶたをはがして傷口に指を突っ込む、というようなことはインタビューなどで語った記憶はあるんですが、血を流しながらなんて書いたかなぁ……。基本的に、本になったものは読み返さないんです。ゲラの段階で何度も何度も読み返して、徹底的に赤を入れて、本になったらもうそれは読者のものだと思うので、一切読み返しません。だから、自分の書いたものをどれだけ覚えているかという甚だ自信がないんですが……血を流しながら……。

原　すみません。言葉が滑ったかもしれません。

柳　いえ、でも、私きのうまで平壌《ピョンヤン》にいて、日本語から離れていたんです。「ピ」(비)と「ピ」(피)、血と雨、日本語表記では同じ「ピ」なんですけれども、微妙に違うんです。その発音を何度もいさめられて、おとといですかね、送別会をひらいてくださって、帰りに雨が降って、傘がなくて、「ピガオンニダ」って言ったら、「ピ」の発音が違うって。手のひらに人差指で「비」と「피」を書いて、小さな子に教えるみたいに発音してくださったんです。雨というのは、戯曲と小説で、重要なモチーフとして繰り返し使っています。『雨と夢のあとに』、『8月の果て』……自分の中を流れる血と、天と地をつなぐ雨、どちらも抗い難い宿命のような気がします。

富岡　音がどう違うんですか。

川村　普通のアルファベットの「ｐｉ」が雨の「ピ」なんですけれども、もう一つ、血のほうは「Ｐｐｉ（ピッ）」という感じですね。

柳　激音ですね。

川村　激音といって、強く言わなければいけない。日本人の耳にはちょっと聞き分けができないから、発音もできないので、私もダメなんですけれども。今夜は血が降ってきたとか。(笑) あるいは鼻の雨が出ちゃったとか。(笑) 発音は違うけれども、関連性はあるんですかね。

原　確かに柳さんがおっしゃるように、雨がイメージとして重要なものになっているということは、ちょうどいま『雨と夢のあとに』を書いたばかりなので分かります。インタビューで、

『雨月物語』の影響がある、とおっしゃっていますね。雨が降っているときは、月は見えないのだけれども、でも確かにそこにあるんだ、と。その見えないけれども存在しているものを描いていく。では、見えないけれど存在しているものとは何なのか、と言ったときに、人間の血筋だとか、血縁だとか、それもあるでしょうし、でも一方で、自分の「永遠の伴侶」、う〜ん、これは安っぽい言い方でしたね。「運命的な人間の関係」、いずれにせよどちらも現代社会の中では存在し得ないものなのに、世間ではそれが「運命的」という安っぽい言葉でまとめられちゃう。そういう本来まとめられないはずのものを、雨のイメージでとらえているということは非常に感じた。

富岡　去年でしたね、再演された『向日葵の柩』を見ましたが、あれも雨のイメージが貫いている。

柳　幕開きは、チマチョゴリの女たちが傘をさして歩いているイメージシーンだし、土砂降りの雨の中、兄が妹を絞殺する形で幕が下りる。

富岡　常に雨が降っていて、それが在日の血の問題とつながっていて。「雨が降っている」という言葉の繰り返しね。すごく鮮烈な舞台で、新宿梁山泊の金守珍《キムスジン》が演出して、すごい舞台だった。初期の芝居ですか。

柳　二十一歳のときですね、書いたのは。

富岡　そういう意味ではずっとテーマとしての雨、また月というのも、底流している。それを今回平壌で実体験されたという。

原　私は見られなくて残念だったのですが、NHKテレビの教養番組で、何でしたっけ、あの番組は。

柳　母の生まれ故郷・密陽《ミリャン》を訪ねた「わが心の旅」。

原　そうそう、「わが心の旅」。あれだけ見落としているんですよ。その放送がとてもよかったという話を人から聞いたんです。

柳　朝鮮を舞台にした小説を何とか書けないかと思っているんです。

川村　北朝鮮をですか。

柳　朝鮮で暮らす普通の人々の姿を小説に描けないかなと思っているので、継続的に行くつもりです。できたら住んでみたいなと。（笑）

富岡　それは現代の北朝鮮ですか。

柳　書けるか書けないかを探っている段階なので、まだ何も見えていないんですけれども、見えるまで目を離さないつもりです。

川村　ちょっと心配ですね。

柳　心配ですか。（笑）

川村　どこかで強制収容されて……。

富岡　さっき出た李良枝さんが、残念ながら若くして亡くなったけれども。

柳　いくつでお亡くなりになったんでしたっけ。

川村　四十歳ちょっとぐらいでしたね。

柳　同じくらいだ……。

富岡　踊りをやっていたけれども、向こうに行って言葉を、朝鮮語、韓国語を勉強し出したこともありましたよね。もう一回そこに戻って、小説を書こうという。

川村　だから、北朝鮮を書こう、北の人々を書こうという、またそういう困難な、あえて自ら難しいところに身をさらそうとするのですね。

◎──奪われた声を聞く

富岡　さっき川村さんは現実とのきしみと言ってましたが、柳さんの作品から感じるキーワードで、『石に泳ぐ魚』とか、『8月の果て』などの個々の作品の内在的なテーマと、メディア上の問題とか、周囲の問題もあるけれども、むしろ作品の言葉そのものが、そういう現実とのきしみから出ている。北朝鮮のことはまだこれからだと思うんですが、北朝鮮に住んでいる今の人、あるいは少し前の人たちの、情報ではなくて、人間の声が聞こえてこない。でも、作家は聞くことというか、耳を傾けて、かき消されているそういう人々の声を聞く。その沈黙の叫びを書くというのが小説の本質的な作業じゃないかと思うんです。『山手線内回り』で言えば、主人公はそこに住んでいるJR高田馬場駅戸山口のほうには、国立感染症研究所というところがあって、かつてはそこが旧陸軍の病院で、同時に軍医学校であったという。そして、そこで恐らく人体実験か何かがおこなわれた。実際一九八九年に百体ばかり白骨が出てきたんですよね。「人骨は告発する」という言葉も作中に入っているけれども、きりきりするような感じで読んだんですね。歴史の闇に死者の声が奪われている。そして現代は、いろんな社会の機構とかシステムとかの中で、生きている人の声も聞こえていないという。

柳　石原吉郎の評論集『海を流れる河』をよく読むんですが、現代は言葉が無限に拡散され、腐触する過程すら待ち切れない、言葉が腐食するのであれば、変質するにせよ持続する過程があり、持続するものには意志を託すことができるが、今は人の声がどこにも届かない時代だと、はからずもネット社会を予見することを書いています。

富岡　そういう苛酷な状況がものすごくある気がするんですよ。原さんが著書の『中心の探求』の中で、柳さんの『石に泳ぐ魚』のことも書かれているけれども、人間が何か応答できるかという問題でもある。あの中で原さんが石原吉郎の『望郷と海』を引かれていて、石原さんはジェノサイドの恐ろしさというのは、一人一人の死がないことだと。だから、無名戦士という言葉に対して憤りに似た反発を覚えると、石原さんは書いている。柳さんの中にも人間に対して、あるいは歴史に対して、死に対して、全く名前を失った、名称がなくなった、声を奪われていた者を、どうやって今、作家としてそれを書くかという、ものすごく現代的なテーマがあるという感じがするんです。だから情報としての北朝鮮ではないんですよね。

柳　朝鮮について、政治的な発言をする意志は皆無ですし、情報の収集や伝達を目的としているわけではありません。

富岡　そこは今、聞いていて思いました。

柳　先ほど富岡さんがおっしゃっていた「声」ですね。ピョンヤン市民の声を拾うためには朝鮮語をマスターしないと、旅行者としてただ観光しているだけになってしまう。一年間勉強して、なんとか看板やメニューは読めるようになったんですが、道行く人の声を聞き取ることはできません。今回訪朝したのは、ちょうど故金日成《キムイルソン》主席の誕生日である四月十五日の太陽節の前後で、翌日に大同江《テドンガン》で数十万発の花火が打ち上げられたんです。二、三日、大同江沿いの遊歩道が封鎖されて、魚雷艇が出て、人民軍が花火を水中に仕掛けていったそうなんです。

花火が終わってホテルに帰るときに、本来なら一足早くバスに乗るんだけれど、大変な人出で迷ってしまったんです。花火をきれいに見せるために平壌中の電気を消すんです。完全な暗闇の中で、すごく危ない、下手すると将棋倒しになりそうな非常事態だったんですけど、群衆の中に自分が紛れた瞬間、言葉は分からなくても、体温が伝わるほどぎゅうぎゅうで、不思議な多幸感に満たされました。

富岡　意味が分からなくても、そういう押し合いへし合いの中で聞こえてくる声とか、ざわざわしたものというのは、それだけでものすごいインパクトがありますよね。

柳　川村さん、「ゆっくりゆっくり」って、何て言うんでしたっけ？

川村　「チョンチョーニ（전전이）」ですね。

柳　そうです、「チョンチョーニ、チョンチョーニ」と、みんな口々に言い交していたんです、花火が終わった停電の夜に……。

川村　それは非常にいい体験じゃないですか。それは場面の一つとして。勝手なことを言わせていただくとですが。

柳　あと印象深かったのは、ピョンヤン市民は大同江やモランボンで、家族や友人や恋人たちと休日を過ごすんですが、大同江のちょうど主体《チュチェ》思想塔の対岸にボート乗場があって、手こぎボートなんですけど、みんなボート遊びをしているんです。

七、八歳の男の子が岸辺で膝を抱えて半泣きで「ヒョンニーム！」（형님）と叫んでいたんです。たぶん、お兄さんが恋人とボートに乗って、置き去りにされちゃったんでしょうね。そんな時も「ニム」を付けるんだっていうね、「ヒョン」じゃなくて、「ヒョンニム」という敬称で、お兄様というふうに。

川村　兄貴じゃなくて。

柳　うちの息子よりも小さい男の子が敬称で叫んでいるというのが、驚きでした。韓国ではどうなんでしょうか。

川村　それは「ヒョンニム」にするほうが普通であって、「ヒョン」と呼ぶのは、やくざ仲間で、「兄い」とか「兄貴」という感じがむしろあって、「ヒョン」だけだと、「何だこいつ、おれのことをヒョンと呼びやがって」となりかねません。

柳　ふっと目について立ち止まるような光景でした。

川村　中上健次が生きていたとしたら、彼は生きているときには結構韓国に入れ込んでいたので、今だったら、小説を書くには、北に行かなければダメだと言うんじゃないでしょうかね。（笑）何とかして潜り込んで。でも食べ物がないの、酒が少ないと文句を言って多分帰ってきたでしょうね。「小説家は」という言い方はちょっと問題ですけれども、面白い素材というか、面白い題材というか、面白い人というのに会ったり話を聞かなければ作品自体が痩せ細ってしまう。確かに今は地球上で、北朝鮮というのは……。

柳　唯一の秘境。（笑）

川村　秘境探検。しかも北朝鮮の文学というのは、全く人々の声なんか聞こえてこない。スローガンだけですし。だから唯一、韓国でも歴史小説みたいなのが出されているだけですね。

柳　二〇〇二年末に発表された『ファン・ジニ（黄真伊）』（朝日新聞社）は、歴史小説ではありますが、性描写や猥談がとても豊かで、十六世紀前半の李朝時代を舞台にしながら、現在の朝鮮に生きる人々の姿をも活写している優れた作品でした。朝鮮の作家として史上初の韓国の文学賞を受賞しています。

川村　韓国の作家の黄皙暎《ファンソギョン》が『バリテギ』という、北から脱北する少女が大連でマッサージ屋に売られ、さらにロンドンに売られてというような、いわゆる北朝鮮の脱北少女の物語なんですけれども、北のことを書いた小説というのも少ないですね。ちょうど今、『クロッシング』という映画が日本で公開されていますが、あれはまた北から逃げ出した少年の話で、かろうじてそういう表現というのが、映画、小説で出てきているけれども、日本では、日本語では、それが全然書かれていないし、書かれているのは、北はこんなにひどいという、まさに本当かどうか分からない情報と、一昔前は北はこんなに素晴らしいという、これは完全にうそ情報だったとみんなが分かっているんですが、それだけですね。

◎──村上春樹『1Q84』

川村　人間の真剣に生きている場所というのは、もちろん日本だって、書きようによっては非常に面白いというか、その表現とがまさに拮抗したようなものが書けると思うんですけれども、残念ながら日本の今の若い作家というのは、あまりそういう世間、社会、世界というと「セカイ」系のライトノベル的なものになっちゃうけど、本当の世界とちゃんと葛藤しようというか、格闘しようという気持ちがあまりなくて、世間から、せいぜいちょっとずれていたり、引きこもりをしてみたり、それから言っては悪いけど、村上春樹『1Q84』のように……、第三巻も読みましたけれども……。

柳　富岡さんは、読まれました？

富岡　まだ読んでいない。

柳　私は二まで読んだんですけど、『世界の終わりとハードボイルド・ワンダーランド』を最高傑作だと思っている長年の愛読者としては、何と言うんでしょうか、近親相姦、DV、新興宗教、現代社会の問題をこれでもかこれでもかと天こ盛りにしたせいで、それが重石になってしまい、虚構世界への飛翔力が弱くなった気がする。虚構の密度が薄まり、楽に呼吸ができるんです。普通にすらすら読めちゃう。『世界の終わりとハードボイルド・ワンダーランド』に登場する一角獣、手風琴、図書館で夢読みを手伝う少女、やみくろ──、この現実世界が希薄になるような息詰まる虚構のリアリティーが『1Q84』では完全に失せてしまっているのが残念でなりません。

川村　あれで最後どうなるかというと、こんなところで言ってもしょうがないけど、天吾と青豆がくっついて、元の一九八四年に戻っちゃうわけですよ。ハッピーエンドなんですよ。しかも青豆は天吾の子供を妊娠するんです。

柳　えっ、ハッピーエンドなんだ……。

川村　何にもしないのに、天吾の子供を妊娠するわけです。

柳　聖母マリアの受胎告知みたいな感じですか？

富岡　リトル・ピープルはどうなっちゃうんですか。

川村　出てくるけど、全然活動しない。青豆の名前が青豆雅美という名前になっています。一、二巻では青豆としか出ていなかったけれども、青豆雅美なんですが、なぜ妊娠したかというと、天吾とふかえりがセックスをするわけですね。それで青豆が妊娠したんです。で、青豆が天吾にそれを言うと、天吾も、うん、そうか、あのときこういうことがあったからと。相手が違うのに。

それはいいんですが、結局、村上春樹が『1Q84』ではオウム真理教であるとか、文化大革命とか、いろんなそういう社会的な問題、オウムの被害者や信者たちの聞き書きのように社会とか時代とかの問題、そういうことに今までは自分は関わりというのをむしろ避けていたけれども、今はコミットするんだみたいなことを書いていて、それでオウム真理教とか、そういうのが出てきたのに、完結編ではそれが全部消えちゃうんです。

富岡　むしろそこが本当はせり出してこないとね。現実との闘争にはならない。

川村　だから、単純に言うと、村上さんはそういう問題から逃げたんじゃないか。結局天吾と青豆のラブストーリーに終わってしまった。しかも妊娠してよかったわみたいな。もちろん村上春樹だから、そんな単純にはしない、いろいろ伏線を張って、こういう単純なハッピーエンドではないぞと見せかけてはいるけれども、基本的にはストーリーとしては、天吾と青豆が子供をはらんで、ちゃんとした家族として成立するというふうに終わっているんですね。だから、社会との葛藤とか、社会とのまさにきしみを生んだ交渉というか、干渉というか、そういうものをやるかと思ったら、あっさり逃げちゃった。私としては肩すかしをくらわされた思いです。これも社会との切断と接続がはたしてうまくいっているのかという問題だと思います。

これは村上春樹だけの問題ではなしに、ほかの人たちもみないいところまで行くところはあるんだけれども、結局どこかで逃げちゃうというような。あるいは逆に引きこもってしまうというふうな後退性しか示していないんじゃないか。小説はそうであってはダメなんじゃないかと。批評家は悠然と椅子に座っていていいけど、小説家は前に出て、闘えといいたいんです。

◎――『山手線内回り』が示すもの

富岡　それこそ現実との闘争というか、きしみが出てきていない。ただ、さっき原さんがおっしゃった在日の問題性を今日の日本社会が、流しちゃっているということにもつながるし、『山手線内回り』でいえば、主人公の女が山手線で死に場所を探しているというシーンがあるんだけれども、最近、日本であるという自殺者が三万人を大きく超えている。よく電車に乗っていると、電車が止まるわけですよね。

川村　特に中央線はよく止まりますね。

富岡　人身事故という言葉がひんぱんに使われているじゃないですか。「自殺」というのを「人身事故」という。何か非常に型にはまった言葉に置き換えて、マスコミもわれわれもそういうのを日々聞かされている。『山手線内回り』の中では、恐らく満州か朝鮮から来た人たちの、七三一部隊もかかわっているのかもしれないいんだけれども、そういう実験材料にされて、骨になった人たちの慰霊碑があるんですが、何とそれは保管施設というふうに言われている。だから、すべて人身事故とか保管施設とかという、言葉に全部なっちゃっている。結局、北朝鮮もそうなんだと思うんだけれども、この日本で、自由だと言われている社会の中で、本当に人間が生きている場所では、そういう声が聞こえなくなっている。それに対して、柳さんの『山手線内回り』は、切り込んでいると思うんですよ。そういう意味では川村さんがおっしゃったように、現実のきしみを持ちながら言葉を繰り出しているので、ものすごくエネルギーが要る。

柳　山手線が入線してくる前に、「黄色い線の内側までお下がりください」というアナウンスが流れますよね。自殺者はそのアナウンスに従わずに黄色い線を踏み越えてしまったわけですが、その瞬間までの人生があるわけで、その軌跡を書きたいなと。

先ほど川村さんがおっしゃった切断と接続なんですが、社会的事件を題材にするようになった村上春樹が、以前はデタッチメントが重要だったのだが、最近はコミットメントについてよく考える、という発言をしていますが、私は切断と接続、デタッチメントとコミットメントが衝突あるいは交錯する瞬間を描きたいんです。

川村　オンとオフを交互にというか、そういう感じになっていると思うんですね。

柳　プロット的にどうまとめるのかというのは、今や興味がなくて、どこまでその軋みの只中で垂直の姿勢を保てるか、ですね。

富岡　プロットじゃないんだということが非常にポイントになる。だから、読者に対してプロットで、こうだって完成して、感傷的なカタルシスを与える。恐らく村上春樹なんかはそれがうまいんだろうけれども。

川村　村上さんの場合、前からそういう現実からの反応というか、反響といったようなものは基本的にはないんですよね。それを遮断しているわけだから。でも、遮断してしまったら、もう小説としてはある意味ではおしまいであって、たくさん売れておめでとうっていうことにしかならない。（笑）

柳　どちらかというと、私は物語としては破綻させたいのかもしれない。小説としてのまとまりを第一に考えれば、『山手線内回り』の「JR高田馬場駅戸山口」に登場する感染研の人骨などは取り込むべきじゃないと思うんですよ。けれど、登場人物が日々の暮しを営む場所としてたまたま陸軍戸山学校跡を選んでしまい、七三一部隊の研究施設の跡地に感染研があり、敷地内には人骨の保体実験の痕跡のある人骨が多数見つかり、人骨の保管施設がある。取材の過程で出遭った事物は、ある意味〝縁〟だと思うので、破綻を恐れず取り込みますね。

富岡　うまく作品をまとめるとか、プロットで感動させる小説があってはいけないとは言わないけれども、現実ときしみ合う烈しさ、どう現実と対峙するかという、それが小説の真の力でしょう。うまくまとめてしまえば、非常に安易なものにしかならないと思うんです。

柳　物語が最後のページで閉じられてしまうということに違和感をおぼえていて、決して閉じない、開かれた物語を書きたいなと。現実世界の軋みを聴き取って、その軋みを軸にして物語を立ちあげ、その物語の軋みを現実世界に響かせたいんです。

富岡　それは今まで書かれてきた中では、ある時期からそういうのが……。

柳　『命』は、『魂』『生』『声』を合わせて四部作なんですが、十五歳から三十歳までの十五年間を共にした東由多加（劇団「東京キッドブラザース」主宰）との十ヶ月間の癌闘病を綴ったんですが、書けば書くほど、東の死を先延ばしにしたい気持ちが強くなって、四部作に延びてしまったというのが実感で、一番最後の『声』で完結しているわけでもないんですよ。この物語が完結するとしたら、自分の死期が逼《せま》ったときに『死』というタイトルで書くときだろうと。ですから、甚だしく破綻した『命』という物語の破れ目から『8月の果て』という物語が生まれたんじゃないかと思います。

川村　『8月の果て』でも、いわゆる社会的な話題、問題になったのは従軍慰安婦のところですが、普通に考えれば、わざわざこれを書かなくても、別に石を投げるようなことをしなくてもいいのに、石を投げちゃって。石を投げたら当然反応というか、反響がわんわんと来るのは分かっているのに、あえて石を投げざるを得なかったんだろうなというふうに私は思ったんです。でもそのとき、どうしても彼女のことを書きたいと思ったわけですね。やむにやまれぬ思いがあり、だから作品の破綻というよりも、ほとんど社会的存在を脅かされるぐらいまでになってしまったんだけれども、やっぱりこれが小説家の業《ごう》なのかなと思いました。私は別に何の味方もしませんでしたけれど。

富岡　業と言ったらちょっとあれだけど、でも、そういうものがある。書けば書くほどそういうものが出てくるということは、柳さんの中に恐らくあるんじゃないかと思うんですね。

◎――記憶・経験へのこだわり

原　柳さんの作品には、記憶や経験に対する強い執着を感じるんです。先ほどの村上春樹の話で言えば、村上春樹はたぶん神戸震災あたりから、そういう社会的な問題に関してすごく意欲的になって、そして、社会的な事件を情報として小説の中に取り入れている。けれども、それが彼自身の固有の痛みや記憶やそういうものと結び付かないから、結果として、それで「逃げている」という先程の川村さんのお話が分かるんですね。

同じように同じ村上の村上龍も、北朝鮮のことを書いた『半島を出よ』は、ものすごく情報収集をしているというのは有名な話です。だけど、その情報収集をして作り上げたものは、結局よくできた「お話」でしかなくて、それが痛みだとか、そういう問題とは全く結び付いていない感じがする。とりわけ村上龍は、明らかにそうじゃない作家で、記憶とか経験という問題について、また存在の固有の痛みということについて、なぜ彼は目を向けてくれないのかなという、非常に残念な作家だという感じがするんです。

ところで、柳さんもかなり熱心に取材をされるんですよね。

柳　おそらく、ノンフィクション作品を書くのと同じくらいのエネルギーを取材に費やしていると思います。けれど、それは、何のシーンのために何を知りたい、というわけではなくて、どちらかというと闇雲に、なんですよ。わけのわからないまま歩き回って、出合い頭に衝突してきたわけのわからないものをわけのわからないまま小説の中に招き入れるというやり方ですね。

原　『雨と夢のあとに』も、非常によく取材がなされている。実際に存在する十二歳の少女の家庭にもお邪魔して、取材をしたと聞きます。でも、取材したことを、自分が十二歳だったときの実体験の記憶の中に流し込むような、落とし込むようなことをして、それが自分のものになるまでは、表現に乗せないというようなことをおっしゃっていた。だから、情報を集めるということは、もちろんどんな作家もするんでしょうけれども、柳さんの場合それが自分の中で十分にこなれて、熟成するのを待っているようなところがあって、そういう作家がいま、現代作家にはとても少ないと思いますね。だから、貴重なというと失礼なんですけれども、貴重種の作家。昔の私小説作家とはまた違う意味での現代の私小説作者であり、同時にベンヤミンが郷愁するある種の「物語作者」でもある。

富岡　私小説作家の場合、いろいろタイプがあるから一概に言えないけれども、一応「私」という存在の血の流し方があるじゃないですか。でも柳さんは、もちろん「私」というのは作者と重なるところはあるけれども、向こう側にいる人間ですよね。見えない死者であったり、骨であったりという、そっちがまさに、原さんが言っている応答をどうやって言語化するかという、そこが面白いと思う。貴重なんですね。

破綻という言葉が出たけれども、しかし小説としての徹底した技巧もある。『山手線内回り』でいえば、慰霊碑や保管施設へ見に行くじゃないですか。そうすると、あそこに出てくる、案内してくれる人たちの発語というか、実際そうではないとは思うんだけど、言葉が巧みに、物語として的確に作用するように描けている。ふわふわっとして、こんな感じの案内をしてくれるおじさんなんかがね。そこを見てくると、昭和天皇が一回行幸したというところがあって、小泉親彦とかいう人の名前があって。実際ある？

柳　あります。人為的な傷痕がある人骨標本の保管施設の近くにその慰霊碑があって、隣に昭和天皇の行幸を記念する石碑があるという……。

富岡　そういう意味では、緻密につくられている。計算と言ったらあれだけど、丁寧に緻密に作られている。最終的には破綻しているのかもしれないけれども、小説の作りとしては、緻密に作られているんだということは言っておかないといけない。

川村　まさにさっき、『命』からというふうにおっしゃったけれども、今度出る『ファミリー・シークレット』、あれはカウンセリングのときの録音テープを大体そのまま起こしているんですか。あれは小説なんですか。

柳　ノンフィクション作品ではありますが、カウンセリングのテープ起こしのままでは読み物として成立しないので、削除・訂正・加筆だけではなく、前後を入れ替えたり、大胆かつ緻密に手を入れています。

川村　相手の精神科医の人は現実の人なんですか。

柳　もちろん実在人物で、カウンセリングの内容もあの通りではあるんです。

川村　お父さんの話も大体本当のことですね。

柳　ただそのまま文字化すると、狂人の戯言になってしまい、読者にはなにがなんだかわからないと思うので。

川村　再構成している。これって何なんだろう、記録なのか、あるいは虚構なのか。むしろ、これを小説と言っても別に構わないんだろうなと思いました。フィクションだ、ノンフィクションだというようなところの枠というのは、それこそ『命』あたりから完全に破綻じゃなしに破裂してしまって、それは『8月の果て』だったり、『山手線』だったりする。今度の作品で、明らかに現実の登場人物がお父さんも精神科医も含めて、好き勝手なことをしゃべっていて、しかしそれがまた一つの形というか、小説を読むのと同じようなテーマがあり、ここに柳さんの人生みたいなものが凝縮している、まさにポリフォニックな語りですよね。人々の語りそのものだし、柳さんの語りでもあるし、精神科医の語りでもあるし、お父さんの語りでもある。

それがまたまさに違和感というか、そういうものなしに、全体の語りの空間というか、文学表現の空間を作っているということで、もうこれはポスト近代小説と言えると思います。

今までの小説とか、近代文学というふうに言ってしまうと、どうしても形にこだわってしまい、一体これは何なんだということになる。小説でもなければ、現実に忠実な記録でもないし、もちろんエッセーでもない。どこにも当てはまらないものというふうになってしまうけれども、そこからある意味では変化してしまった形のものだと理解すれば分かりやすいんじゃないかなと思いましたね。

富岡　よく近代小説は終わったって言われるけれども、近代小説は終わっても小説は終わっていない。それを柳さんの作品で実感するし、さっき小川国夫さんの名前を挙げたけど、例えば古井由吉さんなんかは、ある時期からエッセー風でもあるし、フィクションでもあるし、自分の体験でもあるしというのが混然となって、連作短編を作っている。描写といっても、今までの描写と違う世界ですよね。

古井さんは『槿』という作品が、八〇年代の半ばぐらいで、彼のフィクションのピークですね。それ以降、もうああいうフィクションは作れないというか、変わっていったと思うんです。『仮往生伝試文』では古典の説話とか日記とかを使いながら、現代の老いとか死の問題をテーマにして、往生のことを書いている。『槿』以降は本当に自在な世界に出ていった。だから、小説は面白いんですよ。

柳さんの『石に泳ぐ魚』は九四年でしたね。そういう流れの中から、柳さんのような仕事が出てきている。

◎――「語り」と「声」

柳　私が小学生のときに一番のめり込んで繰り返し読んだのは、上田秋成の『雨月物語』なんです。「菊花の約」「浅茅が宿」「吉備津の釜」「蛇性の婬」、現実世界に亀裂を起こさせる人間の情念、思慕する力の凄まじさに魅かれたんです。怪異譚ではあるけれど、彼岸、此岸の往還を描いたのではなく、彼岸にも此岸にも触れている水のような人間の情念、異界、人界をも超えてしまう思慕の情、なんて美しく、なんて悲しい物語なんだろう、とかけがえのない存在でしたね。同時期に、エドガー・アラン・ポーも耽読しましたが……。

富岡　語りの中にリアリズムとフィクションが混然一体としていくような世界ですね。

柳　私は日本の古典文学の恩恵を受けています。あと、空で言えるほど繰り返し読んだのは、落語の速記本ですね。

川村　今の落語は高座に立って、一人がずっとやっているけれども、多分江戸時代の落語なんかは、客席から声が掛かっているんでしょうね。つまらなかったら、「引っ込め、この野郎」、面白いと歌舞伎みたいに声が掛かっていたと思うんですよ。そういうやり取りの中で落語というのが成立しているし、しかも一回ずつの語り下ろしだから、もう毎回違うんですよね。暇だから、何度でも同じ落語を聞きに行ったわけで面白かったでしょうね。それがラジオとか、レコードとか、今だったらＣＤなんかに定着されると、型が決まってしまった。

柳　私は、朝目を覚ましてなかなか起き出せないときと、夜眠る前にストレッチをするときに落語のＣＤを聴くんですが、不思議ですよね、圓生や志ん生や志ん朝や馬生や金馬などの今は亡き噺家たちの声がとても生々しく響く。一対一というのも大きな魅力ですね。

富岡　文字どおり声ですね。リアリズムですよね。だから、それこそ談志さんなんか、ある意味、型を壊しながら、現代の何かを聞くための、現代の音を、声を何とか語ろうとしている。枕を二十分ぐらいやって、終わっちゃうからね。（笑）

柳　落語はひとりの噺家が、町人、番頭、手代、町娘、女郎、旗本、あらゆる階層のひとりひとりの姿を胸におさめ、それを自分ひとりの声だけで立体化させる。古典落語と呼ばれる速記本はあっても、その一言一句を頭に入れた上で肉付けしたり削ぎ落したり、構成し直したりして、言葉を声にして生かす――。

川村　江藤淳さんが『近代以前』という、江戸文学について書いた本を出したんですが、そのときに対談して、ポストモダンはプレモダンとつながるという話をしました。今の話を聞いていると、三遊亭円朝の落語を速記して、活字にしたのが基本的に近代文学の始まりだとしたら、ポスト近代文学というのは、まさにプレ近代小説ということで、図式的にいうと、近代での語りということに、そのまま戻っていくわけではないんですけどね。ただ、そういった語りの力というものをもう一度、まさに再構成し、再現させるということが必要なんだろうなと思いますね。

富岡　今も覚えているんですが、鹿児島のシンポジウムのときに、柳さんが、印象的な話をされていました。小さいころ、学校の校庭で囲まれていじめみたいになったときに、自分の視点が木の上に移動していた。自分が自分から離脱して、もう一つの目が自分を見ているっておっしゃった。これはやっぱり作家の視点なんだなって思った。痛みを感じつつ、それを対象化する目線というか。主体が一つという、「私」といった、安定したものじゃなくて、常に浮遊したり、こっちから自分を見ている。多声的、ポリフォニックに声が響いてくる。そういう世界が柳さんの中にあるんだなと。

柳　小学三、四年の頃、昼休み、校庭のイチョウの木の陰に隠れていたら、同級生の女の子たちが脱がせコールをはじめて、男の子たちに引きずり出されて、大勢に取り囲まれて、脱がせコールが盛り上がった。何本かの手が伸びてきてスカートをめくりあげられ、最終的には全裸にされたんですが、羞恥と痛苦がピークに達した瞬間、自分が自分から離れて、どんどん離れて行って……。

ちょうどイチョウの木の天辺から脱がされている自分の姿を見おろしているんですね。脱がせコールを掛けている子たちの声も、自分の苦しみも悲しみも憤りも遠くなる。口から飛び出しそうなほどズキズキしている心臓の音も聴こえなくなる。この前、カウンセリングで、臨床心理士の長谷川博一さんに「乖離」だと指摘されたんですが、私は石原吉郎の沈黙から失語への移行がはじまる「遠心と求心が均衡する位置」という言葉を意識しつづけています。

富岡　石原吉郎と共通するものが柳さんの原点にある。石原の原点はキリスト教ですね。僕もキリスト教ですが…。

柳　カトリックですか。

富岡　僕はプロテスタントです。『旧約聖書』の「エゼキエル書」に、戦争の後だと思うんですけれども、谷に枯れた骨がばあっといっぱいあって、それが復活するシーンがあるんです。歴史の中で解体された人間、死者たちのよみがえりです。ばらばらになった骨に肉が付いて、立ちあがる。リアリズムから言えばめちゃくちゃな話で、いくら神様がいたって、こうはならないだろうって普通は感じるんだけれども、それを突破しちゃうようなところがすごい。現実を超える真実を示すからです。小川国夫さんもそういうところで、自分の作品の言葉をくみ上げてきた。そういうものがあるという気がしますね。落語と聖書、面白いですね。

原　聖書はすごく感じます。柳さんの作品を読むと、聖書を読まれているから、こういう言葉が出てくるんだろうなと。

柳　中・高一貫教育のミッションスクールに入学したので、聖書に出逢ったのは十三歳のときです。それから三十年間、聖書を手放したことはありません。

富岡　なるほど、若いころから。

柳　宗教委員もやっていましたし、一時期、マザー・テレサのもとに行くしかないとまで思い詰めて、宗教委員の先生に相談したんですが、まだ若くて前途があるんだから止しなさいと言われてしまって……でも、その十三、四のころの確信みたいなものは、私の中で生きているんですね。今もう一度、聖書の言葉に出逢うために教会に通い詰めています。平壌でも日曜礼拝に行ったんですよ、プロテスタントの教会だったんですけど。

富岡　平壌には教会があるんですか。

川村　教会もお寺もありますよ。

柳　平壌には、プロテスタントの教会と、カトリックの教会が一つずつあります。

原　日本の教会なんかと比べると、どういう風な印象の違いがありましたか。

柳　歌を大事にしているなと思いましたね。黒人霊歌にも通じると思うんですけど、聖歌隊がいて、独唱があって、さすが歌と踊りの民族だと感心しました。信者たちの歌も素晴らしいんですよ、声を合わせ歌っていると、胸の奥からふつふつと喜びが沸き上がってくる感じ……。

原　極めるところがありますものね。

柳　太陽節の翌日だったので、牧師が金日成主席のことを称える説教をするかなと思ったんですけど、全然触れませんでした。在米朝鮮人のクリスチャンの女性が最後に手を挙げて立ち上がり、「自分がアメリカで享楽をむさぼっている間に、朝鮮では苦難の行軍の時代があり、人民は苦しい状況に耐えていた。私にとっては、朝鮮自体が教会だ」と話されて、感動的でした。

川村　金日成のおじいさんは長老会派の牧師さんなんですね。だから、私は金日成の主体《チュチェ》思想《ササン》の中にはキリスト教がかなり入っていると思っています。また、原理運動と金日成の主体思想が近いというのが私の持説です。平壌リバイバルというのは長老派の運動として一九三〇年代にあるんですが、それは割合と神秘主義的傾向が強い。それが韓国の新興宗教系のキリスト教に流れ込んでいる。李龍道《イヨンド》といった人が有名ですが、その系統ですね。天のアボジ、すなわち父親が絶対というのは、主体思想の核ですからね。これはキリスト教だよなというところはありますね。

富岡　もともと朝鮮半島にキリスト教は結構入っていて。

柳　伊藤博文を暗殺した安重根《アンジュングン》も、植民地時代、禁じられた朝鮮語で詩を書いたために逮捕され二十七歳で獄死した尹東柱《ユンドンジュ》も敬虔なクリスチャンです。

原　そうですね。朝鮮半島でキリスト教はある意味盛んで、それがじつは「恨《ハン》」と結び付くということはよく語られることだと思うんですが。ちょっと行き過ぎですかね、「恨」の話までするのは。キリスト教の精神と「恨」の精神。

柳　プロテスタントもカトリックも、日本語でいう「キリスト教」は、「宗教」ではなく、「religion」なのだそうです。語源はラテン語で、「re-eligere＝再び選ぶ、re-ligare＝再び結ぶ、re-legere＝再び読む」で、すなわち信仰によって人が神と結ばれると解釈すべき言葉で、決して「宗派」の「教え」＝宗教ではない。つまり、頭で理解する「教え」ではなく、あくまで自分の心の有り様、心の中で神と結ばれ、神と共に生き、行動するということだと思うのです。

一方、「恨《ハン》」の概念は、「永久的な絶望」と解釈する人もいて、恨とは何かを考えつづけることの中にしか存在しない。日本語の「恨みを晴らす」は自分の感情・思念を他人に向ける、仕返しをすることによってその感情を解消する。「恨《ハン》を晴らす」というのは、自分の心の内で、自分の感情・思念を越える――、やはり自分の心の有り様の問題なんですね。そういう意味では、自ら進んで鞭打たれ、十字架を背負ってゴルゴタの丘を越えて、磔刑になったイエス・キリストは、日帝による植民地時代に名前と言葉を奪われ、解放後すぐに同じ民族で殺し合い、国が真っ二つに分断したまま六十年以上になる朝鮮民族の魂の現《うつ》し身と言える存在なのではないでしょうか？

原　かなり前ですがネットの中でも、そのことが論じられているのをこの間も確認しました。むろん総体的に見れば、本来キリスト教の精神と「恨」の精神とは違うんだけれども、キリスト教の精神を、「恨」における希望への志向という面に結び付けて考えられていて、キリスト教のマイナス面を逆に「恨」の思想によって改革しようという牧師さんまでいらっしゃるようです。ところで、これとはまた別の話ですが、最近アメリカの「ホワイトハウス」という人気ドラマを見たんですが、その第五シーズンで「恨」のことがテーマ化されています。北朝鮮からのピアニストがホワイトハウスを訪問して、亡命したいと訴えるんですが、大統領は逡巡したあげく結局受け入れられないと、最終的には断っちゃうんですね。そのときに、北朝鮮のピアニストは「恨」の精神をもつ人で、それを大統領は、ああいうアメリカのドラマだから、その「恨」の精神まで分かっちゃうんですね（笑）。分かるはずがないんだけど。

そのドラマの中で、目に見えないものは存在しないと一般に人は思うけれども、目に見えないものもこの世には存在する。「恨」というのは、目に見えないものを信じよう、表現しようとしているものなのだということを、ホワイトハウスの職員が物知り顔に語っているんですね。そういう意味では、目に見えないもの、名づけえぬものを描くという、最近のネットの問題にまで踏み込んでいっておやりになっている柳さんの仕事ぶりを見ていると、それが「恨」とどう重なってくるのかなということを、考えていたのですが。柳さん自身は「恨」のことについては、あまり話されていませんね。

柳　アメリカ人には理解不能なんじゃないかな。韓国映画旋風の先駆けとなった『風の丘を越えて』は「恨」をテーマにした映画なんですが、パンソリを唄って各地を流浪する血のつながりのない、父、息子、娘の物語なんです。食うや食わずの旅暮らしと、父であり師でもある男の厳しい稽古に堪えかねて、弟は追いすがる姉を振り切って逃げる。姉は悲嘆のあまり食べ物飲み物を受け付けず寝たきりになり、声が出なくなる。父は再び娘に歌わせるために毒を盛り失明させる。恨を植えつける。原作小説にはこう書いてあります。娘が父親を許すことができなければ、その思いはまさに怨念になり、唄のための〝恨〟にはなりえない。父親を許したからこそ、娘の〝恨〟はいっそう深まり、唄う力、生きる力となったと――。ですから、〝恨〟は〝恨み〟のようなネガティブな感情とは似ても似つかぬ、むしろ朝鮮民族としてのプライドを支える思想・哲学の心髄なのではないでしょうか。原さんの先ほどのご質問、〝恨〟とネットとの関わりですが、ネットとは、内なる〝恨〟とは真逆の、現実のなかでは抑圧せざるを得ない感情を暴発させる「祭り」のための場所だと思っているのです。目の前にいる相手ならば、顔色や声音を窺いながら、言葉を選び、沈黙を交えて、少しずつ距離を縮めていくことができますが、ネットを通して目の見えない相手と「つきあう」となると、キーを叩いているうちにあらゆる感情が膨れあがり、気がつくと、トマトや生卵のように感情を打つけて、潰れて流れ落ちる自分の感情を目にして呆然とすることがあります。で、2ちゃんねらーとやり合うことも度々あって、自分らが匿名を笠に着て、あることないこと、誹謗中傷、罵詈雑言を撒き散らしておきながら、いざ相手にすると、私の剣幕にびびりまくり、「まともな文化人ならば反対意見にも耳を傾け、感情とは別のところで議論できるはずです」なんていう小学校の教師のような建前を平気で口にする。もちろん、感情が暴発した結果、殺人の発端となった事件も少なくありませんから全肯定するつもりはないんですが、人と人とが建前や属性をかなぐりすてて生の感情を剥き出しにして衝突する場というのは魅力的でもあるんです。私はネットで出逢った男性と恋をして一緒に暮らしていますしね。(笑) ネットと関わるとき、いつもエーリッヒ・フロムの『自由からの逃走』の中の言葉を強く意識します。「われわれの社会においては、感情は一般に元気を失っている。どのような創造的思考も――他のどのような創造的活動と同じように――感情と密接に結びあっていることは疑う余地がないのに、感情なしに考え、生きることが理想とされている。『感情的』とは、不健全で不均衡ということと同じになってしまった。この基準を受けいれたため、個人は非常に弱くなった。かれの思考は貧困になり平板になった。他方感情は完全に抹殺することはできないので、パーソナリティの知的な側面からまったく離れて存在しなければならなくなった」――。私がネットで表現したいのは、感情にまみれた知なのかもしれませんね。ところで、原さんは、今回の作品論集に『雨と夢のあとに』を選ばれたのは、なぜなんですか。

原　単純に、好きなんです。私が柳さんの作品で好きなのは『ゴールドラッシュ』と『雨と夢のあとに』。物語性の強いもののほうが好きな性質《たち》なんです。脱構築的なものはあまり好きじゃないです。破綻と脱構築とは全然違うと思うんですよ。脱構築というのは、構築を意識して脱構築しているんだから。破綻している人は、もともと構築性を意識していない。いや、「いない」という言い方も正しくなかったですね。私は脱構築というのは結局、構築と脱構築の間を往復して遊んでいるだけだと思うから、あまり脱構築のものは好きじゃないんです。

柳　脱構築の作家って、例えば誰ですか?

原　最近はどうか知りませんが、昔の村上春樹は脱構築の作家だと思っています。『世界の終りとハードボイルド・ワンダーランド』なんかは典型的な脱構築の作品かと。

富岡　高橋源一郎とかは。

原　興味ないですね。

川村　脱構築というのは、意識した破綻であって。破綻というのは、意識していない脱構築です。破綻が爆発的に作品に破れ目を作った時それは破裂になりますね。

柳　いま川村さんがおっしゃった破裂……破裂しても言葉は残るんですよね。

川村　破裂とはまさに遠心力だけれども、どこかで逆に求心力がある……。

川村　むしろ言葉のかけらみたいなものが積み重なっていくということですね。

柳　破裂して瞬間に散らばる言葉、その一瞬の煌めきを紙に書き留められたらいいな、と思いますね。四月にピョンヤンに行ったときに大同江に何十万発の花火が打ち上げられた話をしましたが、花火を際立たせるためにピョンヤン中を停電させていたから、水面に落ちる瞬間の、最後の火の粉まで見えるんです、あの花火は息を呑むほど美しかったな……。

川村　平壌《ピョンヤン》の停電の暗闇の花火。あれは実際は単に電力がないだけだと思いますけど。(笑)

富岡　見ている人は、うわって感じ。

柳　いえ、沈黙です。

富岡　拍手とか歓声みたいなのは。

柳　ないですね、しいんと。

原　面白すぎますね、それは。

柳　何十万発の花火を。

原　しいんと見ている。

柳　日本の花火大会と違って、「強盛復興アリラン」「情の厚い友人」「この世にうらやむものなし」などの哀調を帯びた音楽が大音量で流れて、その旋律に合わせて、花火が打ち上げられるんです。

川村 何十万発の花火だと、その外貨でどれだけの牛乳とか肉が人民に与えられた……だろうね。（笑）

富岡 それこそ沈黙の声というか。その沈黙の重さ。

川村 絶対に「こんなぜいたくな」と思うと思いますよ。言ってもしょうがないけれども。腹を空かせて美しいものを見ても、あまり美しいと思わない。（笑）

富岡 でも、そのだんまりの中にはすごい何かがあるような気がするよね。古井さんの言葉で「黙燥」という、黙るという「黙」に、はしゃぐの「燥」という言葉が。もともとあるのかな。

川村 いや、ないと思う。

富岡 逆の意味ですよね。

柳 「黙沈」ですかね。漆黒の闇の中で火の粉が水に落ちる瞬間を呼吸するように見詰めているうちに、命の持ち時間を全身で感じていました。そして、ピョンヤン市民の女性はチマチョゴリを着ている人が多かったので、大同江の沿岸がチマチョゴリで揺らめいて美しかった。

原 美しいけど怖い。

川村 だって逆に、金日成が死んだときのお葬式なんか、アイゴー、アイゴーで、もう嘘だろうと思うぐらいに、それこそどよめくんですよね。

柳 たまたま金日成主席が亡くなられた日に韓国のソウルにいて、朝鮮日報の記者と共に板門店の近くにある統一展望台に行きました。七月八日、炎天下だというのにみんなチマチョゴリを着て坂道を上っていましたね。

川村 韓国ではみんな喜んだかもしれないけれども。

柳 でも私、韓国国民は喜んでいるんですか?と質問したら怒られましたよ。「永年の敵の死は家族や親友の死と同じです。あなたが言うように単純に喜んでいるひとなどひとりもおりません」と軽はずみな質問をたしなめられました。

川村 やっぱり黙燥ですよね。

◎――サイバースペースへの関心

富岡 柳さんは結構ブログとかやっていらしているんでしょ?今の情報化社会の中での言葉の発信とか受信に身をさらしているじゃないですか。

柳 HPは何度も炎上しました。（笑）

富岡 ブログのやりとりが本になっていますよね。

柳 『名づけえぬものに触れて』。

富岡　『名づけえぬものに触れて』などはインターネットの言葉にもかなり意識的に。今、ツイッターやっている？

柳　やっていますね。ただ、ピョンヤンに滞在している間は、携帯電話を空港で没収されてしまうので、ネットには関われませんでした。

川村　帰るときに返してくれるんですね。

柳　朝鮮を出国する際に、空港で携帯電話の「抑留書」を提出して返却してもらいます。本当は「ピョンヤン氷点下の花火なう」とかツイートしたかったんですけどね。

富岡　情報化社会における言葉の散らばりと、受け手と発し手というのは、作品の上でもかなり影響とかありますか。

柳　私のホームページは「La Valse de Miri（美里の円舞曲）」というんですが、前身は「La Valse」というHNの読者が管理人をやっていた「柳美里ファンBBS」なんです。その「La Valse」さんが飛び降り自殺をしてしまったんです。ある日BBS（掲示板）を見たら、弟さんが、「兄が自殺をしてしまいました。誰か理由を知りませんか?」と書き込んでいて、その書き込みに端を発して、死者である「La Valse」さんとホームページを作ることができないかなということで立ち上げたんです。

富岡　現代的なメディアと、柳さんが言っている死者の声を聞く、歴史の奥に葬られた沈黙の声をもう一回取り出して語り直すという言葉の試みが結び付いている。

柳　掲示板の書き込みにしても、ツイートにしても、それが最後になってしまうかもしれないあやうさを孕んでいる。「もう限界」「いま死にます」「リスなう」「ビルの屋上なう」みたいな。その緊張感が絶えずあるんですよね。もし、私のフォロワーの中でそういうツイートを@で私に飛ばしてくる人がいたら、どのように関わるべきか、と。

川村　あの秋葉原の殺戮事件……「これから行きます」、「殺します」という。常にまさにリアルタイムで、いろんな流れで出てきますね。ある意味では小説家としては非常に危険なことでもある……。

富岡　散らばった言葉、乱反射している言葉というか、それを小説家がもう一回集めて、再構成して、作品を作る。それはさっき言った近代小説のパターンとは全然違ったものですよね。それは時代的な要請もあるし、時代的なアクチュアリティがある。それをあえてポストモダンというふうに肯定的にどうかすれば、それはそれですごく面白い。本当のポストモダンの時代になっている。

柳　石原吉郎が八年に渡るシベリア抑留の体験を「断念の海」で書いていて、独房の壁のあちこちに名前が彫りつけてあるんですね。自分はこの世を去っているかもしれないけれど、せめて名前だけは別の人に伝えてほしい、そして言い継がれた名前が日本の家族のもとにたどりつくことがあるかもしれない、自分が生きていた確証としての名前に込められた最後の願望、祈り……ツイッターのアカウントの実名と匿名の割合を調べたことはないですが、おそらく有名人以外の人は、現状では匿名が多い。けれど、ツイッターのTLをさかのぼっていて、今存在していることを今だれでもいいだれかに伝えたい、という追い詰められた衝動を膚で感じる瞬間があるんです。その願いや祈りを伝達する相手を選ぶ余裕がないという一点でシベリアの独房の壁に自分の名前を刻む囚人の「孤絶」と等価ではないかと——。

富岡　伝える言葉のね。

川村　それは紙に書かれた言葉というのが、近代文学の本質であったんだけれども、もう石原吉郎にしても、紙もないわけだから。それと電波というか、そういったのはある意味では似ている。さっき言ったポストモダンとプレモダンが、ぐるっと一回りしてくっつくみたいに。

富岡　それは、ツイッターってよく分からないんだけど、この間、詩人の城戸朱理さんの奥さんにいろいろと教えてもらったんだけど、三日ぐらい前に……。

原　ブログとどう違うの。ブログもよく分からないのに。

富岡　ブログと同じじゃないのって言ったら、全然違いますって。

柳　ブログは閉じられているんです。

富岡　ツイッターは双方向性というか。時間が言葉の上を流れているというか、時間の中を言葉が流れているわけですよね。

柳　共有しているのは今だけなんですよ、「なう」。

川村　いつそれが途切れるか分からないという。スリリングな感じもあるし。

柳　今ここに四人いますが、本当はいつ消えて無くなるか分からないわけですよね。帰りに乗ったタクシーの運転手が居眠り運転をしてしまったら、死んでしまうかもしれない。

川村　あまり不吉なことは言わないで。（笑）

富岡　それはすごく作家として、そういうものとの関わりというのは、小さくない影響というか。

川村　ケータイ小説なんか流行っていたのも、下火になっちゃったけれども。ケータイ小説って、ただそういうふうにやっているだけで、閉じた空間でしかないし、しかもまた、あれはまさに物語の典型でしかないわけですよね。

富岡　物語のプロットで。

川村　そういう意味では、ツイッターみたいなものとはまた全然違う。

ただ、ツイッターというところから、まさに文学みたいなものが生まれてくるかどうかというのは疑問ですね。

富岡　それはツイッターそのものが文学になるということではなくて、ツイッターに関わった、柳さんみたいに、作家としての目線の中で、ツイッターの散らばった言葉をどうやって集約するかとか、再構成するかとか、あるいはそこから刺激を受けて、自分の言葉を発信するかということなんでしょうね。

川村　それをそのままペーパーにしたって意味がない。

富岡　全くスタティックなものになっちゃうわけでね。

柳　ツイッターってひりひりするんですよ。自分がツイートするのも、誰かのツイートを目にするのも。TLに流れる「今」のひりひり感に魅かれているのかもしれない。

富岡　でも、柳さん、ブログも最初、ツイッター的だったじゃないですか。鹿児島でも写真とか。何時にって撮っていたじゃないですか。富岡が酔っ払っているとかって。（笑）

柳　ハムスターに似てるとかって富岡さんの顔をブログにアップしたり。（笑）

富岡　酔っ払った顔を撮って、載せられて。（笑）

柳　だけど、それは双方向性ではない。

富岡　発信しているだけですね。

原　僕自身は、インターネットやサイバースペースは嫌悪しています。だから、柳さんみたいな、じつは本当はかなり前時代的な、古代の巫女《みこ》さんみたいな人が、インターネットの中に入って行くのを見ると、この人はなぜ一所懸命そこに躍り込んで行くのかなと。ごめんなさいね、まったく失礼な話で。つまり、サイバースペースというのは基本的には世界をフラットにしてしまう。個人の大切な記憶や経験を、普遍化とか一般化のほうに流し込んでしまって、「ひりひりしたもの」だって、やがてはまたさらっと「平らか」なものになってしまうわけですよね。だけど、柳さんはそれにあらがうように、じつは古代人的な人がサイバースペースの中に入っていくという、その感触が僕にはなんだか分かるような、分からないようなと思っていたんですけれども、今日ちょっと分かりました。

柳　タイムラインがライン川のように流れているとしたら、言葉で逆流したいな、と。

原　逆流感ですか。

柳　「今」に逆流したい。

原　流されるのじゃなくて。

柳　同じ方向へ絶えず流れて行く感覚を共有することによって、自分の孤独を紛らせたり、誰かの孤独を紛らせたりすることには全く興味がない。流れの真ん中に杭を打ち込むというか、今という時間を言葉で食い止める。時間を廃棄する意志を表明し、時間のない時間に誘《いざな》うということですかね。140字の言葉によって、「今」に穴を穿つ。

原　でもすごいですよね。普通は逆流って、シンドイことじゃないですか。なのに自分ひとりの力で一所懸命逆流させて。

富岡　でも、表現というのはどこかで異化効果じゃないけれども、そういうのがあるじゃないですか。差異化とか異化効果とかね。逆流とかね。そのエネルギーですよね。

原　吸い取っているわけですね。逆にそこからエネルギーを。

富岡　そのエネルギーが言葉のポテンシャルをつくっていく。近作を見ていると、そういうポテンシャルをずっと高めていっている。そういう感じがしますよね。

原　先ほどの木の上から見るという問題、自分自身を一個の存在として客観的に見ている目があるというのは、今日話題になった『ファミリー・シークレット』にも書かれている、柳さん自身が体験した虐待という、ちょっとシビアな話になって恐縮ですが、そういう問題があって、自分のアイデンティティを形作ってきたものの中にね……。そういった虐待されるときって、人間結構、客観的になるそうなんです。もう一人の自分が虐待されている自分を冷徹に見ているところがあって、そういうものが柳さんの文学の核にあるのかなという。

柳　幼少期に保護者である親によって無視され殴られ傷つけられ欺かれた子どもの不安、痛み、絶望、恐怖、どうしようもない口惜しさや無念さは、家や学校では登場することを禁じられるわけです。そして自分の感情と疎遠になることで自分を防御する。でも、その禁じられた、生きることのできなかった感情は、自分自身に対する憎しみに姿を変えて、自分自身に殲滅戦を仕掛けてくる。拒食症、自殺未遂、躁鬱病、パニック障害……ここで言えないこともたくさんありますが、自分を殺そうとする自分と闘ったり自分から逃げたりしつづけ、疲れ果てているというのが実感です。

川村　あと柳さんとお父さんの記憶のずれというか、あれが非常に面白かったので、それももうちょっと聞いてみたかった。人間はどういうふうに、虐待の記憶みたいなものを。当然加害者のほうは軽く考えて、救われるようにするし、また被害を受けたほうは、被害妄想も含めて、厳しく考えるということ。ただ、もうそれだけでは済まないようなずれがどうもあるんですよね。

柳　記憶のズレについては、『石に泳ぐ魚』で思い知らされ、徹底的に考えたんです。被告と原告という立場に分かれてしまったときに、ある同じ日の記憶というのを法廷で語らなければならないわけですよ。

川村　どんどんずれていくわけですね。

柳　反対尋問を受けたりして、法的には記憶のズレをすり合わせるというか、矛盾点を突こうとするんだけれども、どうしてもすり合わない。どちらかが意図的に嘘を吐いているわけではないのに、立ち位置が変わると、見たもの、聞いたものまで変貌しはじめる。人の記憶自体フィクションなのだと。

川村 日韓共同の歴史教科書みたいな……。（笑）

原 従軍慰安婦の話でもほとんどすれ違うわけですよね。

柳 従軍慰安婦という言葉自体そうですね。

富岡 体験そのものも、柳さんのその後の創作の中に意味を持ったというと変な言い方だけど、ある影響というのかな、それはあった。

柳 処女小説がプライバシー及び名誉権を侵害したとしてモデル女性に告訴され八年間に及ぶ裁判の結果、最高裁によって戦後初の発禁処分が下されてしまったんです。私は、小説とは、文章表現とは何なんだろうという問いを、自分に突き付けながら書くしかなかったんです。

富岡 柳さんは小説を書くために、生まれてきたというかね。そういう本質的な作家なんですよ。作家っていろいろいるじゃないですか。いろいろいていいと思うんです。ただ、小説を書くことが必要であり、不可欠だという。自分の人生、それこそアイデンティティと重なるんだと思うんですよね。そういう作家っていますよね。

川村 そういうふうに思わせる作家は少なくなりましたね。

富岡 そうなんですよ。メディアがこれだけ広がっちゃうと、小説のジャンル自体も広がっているから。

川村 西村賢太なんかは、書かざるを得ない作家みたいで、だんだん書くものが、どんどんどん狭くなって、すぐに限界に達しちゃったみたいだけれども。（笑）

原 一方で若者言葉では、アーチストという言葉がはやっていますけどね。みんなアーチストになりたい、アーチストになりたいって言うけど、一体いま誰がアーチストなんだよと聞きたいぐらいね。アーチストはほとんどいませんよ。

川村 今、若い人はクリエーターとかね。作家さんっていうんですよね。

柳 作家さん、編集さん。（笑）

川村 「作家さん」にはあまり会わないいんだよって、おまえが「作家さん」って言うなと私なんかも言うんだけれども。

富岡 耳障りだな、「作家さん」って。

川村 ほかの人が言うなら……本人たちが言っているっていうのは。作家だけでいいんだ、さんは要らない。ヒョンニムじゃないけれども。ヒョンでいいんだと。（笑）

原 本当に、今日はありがとうございました。

柳美里

1991—2010

断崖の上から方舟へ──「魚の祭」の〈家族〉と柳美里の演劇経験

久米依子

一　家族の危機の時代に

柳美里は二十四才の時、「魚の祭」によって第三十七回岸田國士戯曲賞（一九九三年度）を受賞し、一躍注目を浴びた。そうそうたる劇作家の並ぶ歴代の岸田戯曲賞受賞者のなかで、最年少の受賞である。受賞作「魚の祭」は、柳の多くの初期戯曲や小説と同様に、崩壊する家族の愛憎が噴出する話であり、選考委員の井上ひさしに「家族の持っている影の部分とか悲しさとか懐かしさとか、人間が持っている家族に対するさまざまなことを全部引き寄せるものすごい磁場はつくっている」[注1]と評価された。

その冒頭の「シーン一　落下（回想）断崖の上」では、六人家族である波山家の、次男の冬逢が柩のなかに横たわっている。そして傍では、「十六年前」の夏に波山家の父・孝が海辺の断崖で家族写真を撮ろうとした場面が、回想的に再現される。

孝　海を写真のなかに入れたいから、もう少しみんな後ろにさがって。

注1…「第三十七回岸田國士戯曲賞選考座談会」『岸田戯曲賞ライブラリー　ヒネミ／魚の祭』（白水社、一九九三年二月）所収。

冬樹　海に落っこっちゃうよ。
留里　こわいよぉ。
孝　大丈夫だからもう少しさがって。
貞子　あなた、もうやめてよ！　子供たちこわがってるじゃない。
孝　冬逢、お前はママの隣じゃないだろ？　留里の隣、一番端だ。
　　冬逢、泣き出す。
貞子　もうたくさん撮ったじゃない――あなた、もうやめてよ。
孝　はい、みんな笑って、チーズ！[注2]

危険を無視して家族を崖っぷちに並べ、笑顔を強いる父親、それを非難するが止められない母親、恐怖におそれ寄り添う子供たち。親の身勝手な〈愛情〉が強要され、子供たちは抵抗するすべもなく振り回される。旅の記念写真を撮るという、家族の絆を記録し愛情を強めるはずの行為が、かえって家族の命をおびやかし、相互の関係性の危うさも暗示する。

この写真撮影シーンは、終結部の「回想・断崖の上」でも全く同じようにくり返され、「魚の祭」全体の額縁に似た役割を果たしている。戯曲のなかの波山家は家族同士の親密さは一応認められるものの、長年にわたる相互の不信感と怨恨がつのり、すでに夫婦も親子も非難し合う仲となっている。「断崖の上」のシーンはそうした、愛情の結び目がほどけて「魚」のように海中にバラバラに落下しかねない不安定な家族像を浮上させる。ごく日常的なありふれた家族写真撮影の場面を使って、バランスを保ち続けることが難しい、家族というやっかいな関係を象徴的に表現したといえよう。

では「魚の祭」の波山家が抱えた問題を具体的にみてみよう。波山家は父孝、母貞子、長女結里、

注2…「魚の祭」は、作者が少しずつ手を入れているため、雑誌『テアトロ』（一九九一年一一月）版、注1前掲『岸田戯曲賞ライブラリー』版、単行本（白水社、一九九六年一月）版の三つのバージョンが存在する。その後文庫本版（角川書店、一九九七年一二月）も出たが、単行本版にルビを加えたものである。本稿の引用は単行本バージョンに拠る。

長男冬樹、次女留里、次男冬逢の六人家族である。先に触れたように冒頭から既に末子の冬逢の死が示され、彼の葬儀のために波山家の家族が集まることで戯曲が展開する。十九才の次男冬逢は、母の貞子と二人で暮らしていたが、ビルの足場を組む仕事中に転落死した。それはまさに十六年前、崖上で子どもたちが恐れた「落っこっちゃう」が実現したかのような死である。

その十六年間に、波山家は大きな亀裂を抱えた。パチンコ屋に勤める父・孝が高給を取りながら生活費をほとんど家にいれなかったため、貞子はキャバレーで働き、知り合った男たちと関係を持つなどしたあげく、十二年前、長女の結里と次男の冬逢を連れて家を出たのである。それ以後、子どもたちは密かに交流していたが、孝と長男の冬樹は貞子には会っていない。そして冬逢の突然の死を契機に再会した家族は、各自がため込んできた不満や憎しみをぶつけ合う。

冬樹　冬逢を殺したのはあんただよ。（中略）
貞子　なんにも知らないくせに……。（中略）あたしが冬逢とどんなふうに暮らしていたか、あんたはなんにも知らないくせに。
冬樹　知りたくもないよ、男をとっかえひっかえ連れ込んでよぉ！

（「シーン三　蟬の声　母の家・居間」）

あるいは次女の留里は、かつての母がろくに食事もつくらず「遠足のお弁当」も「いつもパックのオニギリ」で、日曜日には母が愛人と密会するための使い走りもさせられたと訴える。いっぽう貞子は孝に対し、冬逢が生まれた時には迎えにもこなかったと不実さをなじる。

しかし口惜しさが吐露されるなかで、過去のさまざまな経験も呼び覚まされ、兄弟姉妹が無邪気に遊んだ記憶も語られていく。波山家には和やかな時間もあったのだ。

やがて死んだ冬逢が日記に家族への憎悪を執拗に書き付けていたことが分かる。冬逢は小学校時代の日記に「ママ」や「パパ」を「ころしてやるというよくぼうがぼくのなかにざらざらわいてくる」と書き、死の直前にも「俺はみんなを一緒に殺してやる」「どうしたら、五人が一度に集まるだろうか?」と記していた。冬逢の死は事故であったかもしれないが、自ら死ぬことで、結果的に家族を呼び集めたのである。「殺してやる」という殺意は家族への強い執着と表裏であり、彼の殺害計画は、自分を殺して家族の絆を結び直すことに繋がった。命がけの逆説を行使した冬逢の死は、家族に対し、暖かい思い出となるはずの記念写真によって崖上の危機を招いた父・孝の行為と、ちょうど対照的な働きかけとなっている。

さらに波山家の家族は、冬逢の最後の日記を渡しに来た女性・香子と冬逢との間に、夏逢という赤ん坊が生まれていることを知る。終幕に近い「シーン十四　煙　焼き場」では、波山家の五人と赤ん坊を抱いた香子が、冬逢を焼く焼き場の煙を見上げ、以下のようなト書きが示される。

孝、隣に立っている貞子の手を握る。

孝、貞子、結里、冬樹、留里は煙になって消えて去く冬逢を見送りながら、はじめて自分たちがこれまで憎んできた家族——父、母、夫、妻、息子、娘、兄、妹、弟を実際には深く愛していたことを悟る。[注3]

続く「シーン十五　終わりの始まり　夕陽の道」では、冬逢の骨壺を抱く貞子に寄り添う形で、一家の記念写真が撮られる。こうして波山家は末子の犠牲的な死を経て再生し、新たな局面を迎えるこ

注3…ト書きであるため、舞台では俳優たちがそのように演技することが求められる。

とになった。

しかし先にに述べたようにこの「シーン十五」の直後に、戯曲の締めくくりとして十六年前のシーン「回想・断崖の上」が、冒頭と全く同じ形で現れる。波山家の人びとはまた崖っぷちに並び、写真を撮る父に「落っこっちゃうよ」「こわいよぉ」「もうやめてよ!」という声を浴びせる。再び亀裂と危うさが生起し、愛憎関係は安定と不安定をくり返していくだろうことが示唆される。

ただし最終場面の「回想・断崖の上」シーンが無ければ、「魚の祭」の結末は、永年の確執を乗り越え、新しい赤ん坊も得て穏やかに和解した波山家を前景化していることになる。意外なほどのハッピーエンドであり、定型的家族像に到り着いたかにみえる。

奥山文幸はそうした「家族の復活を予感させる」結末を「甘い」と評する。[注4]「魚の祭」が台詞によって「家族の緊張関係を余すところなく伝えていたのに、結末にいたって突然ヒューマニズムに変じてしまう」からだ。しかしその「甘美な希望」「甘い結末」は「家族でいることを保持し続けるには過酷な時代を生きる読者(観客)にとって必要だったのかもしれない」とも述べ、「真正直に時代の刻印を受けた作品」であると評価する。

確かにこの戯曲が発表された一九九〇年代前半は、人びとが戦後家族像の変容を肌で感じ取り、不安を覚えていた時代である。「魚の祭」はその空気を掴んでいたといえよう。波山家のモデルは柳美里自身の実際の家族だが、自らの極私的な事情を素材にしながら柳の作品は、同時代の人びとと問題意識を共有しそこに訴求する力を持つ。だからこそあれほどの恨みを抱えた波山家の齟齬が、葬式が行われるわずかな日時の間に解消されてしまうのだろう。

周知のとおり、日本の離婚率は七〇年代から上昇し続け、いっぽう婚姻率と出生率は減少の一途をたどった。九〇年代には世界でも稀な、急速な少子高齢化社会に突入する。この変化には女性の社会

注4…奥山文幸「家族写真という不幸——「魚の祭」の家族——」川村湊編『現代女性作家読本⑧柳美里』(鼎書房、二〇〇七年二月)所収。

進出が深く関わっているとされ、特に一九八六年施行の男女雇用機会均等法は、働く女性を本格的に後押しする制度と捉えられた。夫婦の性別役割分業——サラリーマンと専業主婦——を前提とする戦後日本家族の基本モデルが崩れ始めたのである。

その状況下で「魚の祭」は、再生する波山家の像と「家族——父、母、夫、妻、息子、娘、兄、妹、弟を実際には深く愛していた」というト書きによって、家族への信頼回復を促しているとみなせる。安定的モデルが失われ、家族の結束が弱まったと感じられる時代に、「実際には深く愛していた」という言葉が信仰的に示される意義があったのである。

しかし一方で家族の「愛」を甘美に説き、神話的なイメージに収斂させるやり方は、家族が機能不全に陥る原因や、関係改善のための対策について思考停止を招く可能性もある。波山家の場合、経済的に家族を支えなかった父、性的に放埒だった母、そして親との対決を避けてきた子どもたちによって関係が崩壊し、修復には冬逢の悲劇的な死が必要だった。その経緯に対して「実際には深く愛していた」と断言してしまえば、各自の責任は不問に付され、曖昧な「愛」の心情にすべてが包み込まれてしまうだろう。さらにいえば、波山家の人びとですら「愛」を失わなかったという結論は、夫婦や親子がどのような状況にあっても愛し合うべきだという規範の補強にもなる。現在も根強く残る、破綻した家族を認めまいとする冷酷な風潮に、同調圧力的に荷担しかねないのである。

もちろん「魚の祭」はその危険性を回避するために、家族が寄り添う直後に最終シーン「回想・断崖の上」を据え、批評的に機能させている。また「魚の祭」以外の家族を題材にした柳美里の戯曲では、波山家のようなハッピーエンドに到らない、悲惨な結末も描かれる。

戯曲「向日葵の柩」（而立書房、一九九三年一月）や「Green Bench」（河出書房新社、一九九四年三月）は[注5]「魚の祭」と同様、バラバラになった家族を扱いつつ、より過激な殺人や残酷な事件を含んでいる。

注5…「Green Bench」については、拙稿「『Green Bench』——家族に関する愛憎のラリー」（注4前掲 川村湊編『現代女性作家読本⑧ 柳美里』所収）を参照されたい。

「病気なのよ……私の家族は……。みんなまっ黒い気持ちを抱えていたの」(「向日葵の柩」)という台詞と共に、家族の損壊によって生じる禍々しい狂気が露呈する。

しかしそれらの戯曲も、登場人物たちが家族への思慕を手放さないという点では一致する。「ママが出て去く時、どうしてだか凍ったみたいに動けなくって……(中略)「行かないで!」って言葉が喉につかえてひりひりしてた」「君は何年待っても帰ってこないのか? 君と会って話をしたい」(「向日葵の柩」)「ほんとうはパパと離れたくなかった」「本当に愛しているのは父一人」(「Green Bench」)など、去った家族を焦がれる台詞やト書きは、「魚の祭」の「実際には深く愛していた」という文言と響き合う。

また家族が「病気」であるという捉え方は、どこかに〈健全〉な家族があるという、差異のシステムを前提としている。つまり柳の戯曲では、家族の崩壊が嘆かれると同時に、彼らの手の届かない、健全な愛情溢れる家族イメージが常に揺曳する。登場人物は〈あるべき本来の場〉としての理想的家族関係を希求しながら、水中の魚のような不安定な生に苦しむのである。

こうした描き方もやはり、現代日本の家族観の傾向と繋がっているのかもしれない。従来の家族モデルでは立ちゆかなくなり、しかしオルタナティブな家族像も上手く構築することができないまま、古き良き家族が懐かしがられるという傾向に。

いずれにしろ、ここで改めて考えるべきは、家族にそこまで執着しなければならないのか、別の選択肢はないのか、という問いである。しかし幾つもの悲惨な死を描き、緊張感に溢れる柳の戯曲の前では、そうした問いかけをすること自体、禁じられているようにみえる。在日作家という位置も〈あるべき本来の場〉への意識を先鋭化させたのかもしれない。異質な存在を排除しがちな日本社会で、無条件に人を受け入れる安らげる場所として、理想的な家族像が求められる。柳が「家族シネマ」で芥川賞を受賞した時、宮本輝は「家族のなかの孤独、もしくは異和《ママ》感が、そのまま社会や人間世界における自分の居場所の喪失感につながっている」と選評した（『文藝春秋』、一九九七年三月）。家族の損壊がただちに居場所の危機に直結する現代日本の事情が、柳の作品の切実な〈健全家族〉の希求に反映しているとみなせよう。

　では次に、その家族指向が柳の演劇活動のなかでいかに受け止められ、戯曲の表現に転化していったのかという問題を考えたい。

二　演劇という居場所

　柳美里の演劇活動は、高校を一年で中退した後、東由多加主宰の東京キッドブラザースのオーディションに受かり、研究生として参加したことに始まる。自伝的小説「水辺のゆりかご」（角川書店、一九九七年二月）によれば、当時の東は研究生に対する「アクティング」のレッスンのなかで、「まるで警察の訊問《じんもん》のように、これまで何をやってきたか、父親と母親はどのようなひとなのかと追及」し、矢継ぎ早に質問を打《ぶ》つけたという。

> 幼児のころ楽しかったのは何か、母親をどう思っているか、父親に撲《ぶ》たれたことはないか、東氏は研究生ひとりひとりに執拗《しつよう》に迫り、泣き出してしまうものもいた。
> 彼は洗いざらい私の過去を聞いてからこういった。
> 「あなたの家族のことも、これまでの出来事も、ひとには知られたくないマイナスのことだったでしょうが、演劇をやっていくんならすべてがプラスにひっくりかえるでしょう。それはあなた

の才能であり、誇りにした方がいい」　（「劇場の砂浜」）

こうしたレッスン風景から、なぜ柳が演劇――というより東京キッドブラザースと東由多加にのめり込んでいったかが理解できる。東は柳の家族の話を積極的に聞き、「マイナス」が「プラスにひっくりかえる」と保証した。辛酸で過酷な体験が劇団内では価値をもち、演劇活動を支え得ると教わったのである。さらに以下のような東の演技論や上演作品の性質、そして劇団のあり方にも、柳は共感しただろうと思われる。

東が研究生に実施したレッスン[注6]は、いわゆるスタニスラフスキー・システムから発生した、アメリカのメソッド演技法の応用である。ロシアの演劇家スタニスラフスキー（一八六三〜一九三八年）は、俳優は役を演じるのでなく役を生きるべきであるとして、心理と身体の動きが一元的に結びついた演技を求めた。それが五〇年代のアメリカに渡って、アクターズ・スタジオのメソッド技法に結実する。演技者の実生活の体験から役を把握させ、心理や内面を重視した演技によって、現実感のある芝居が目指されたのである。

東はエッセイでアクターズ・スタジオの演技システムに関する佐藤忠男の説明――「俳優自身の内面にある喜びや悲しみや怒りやコンプレックスを重要視」し「心の内側から溢《あふ》れてくる感情を溢れるままにまかせておくとき、どんなふうに肉体や視系が生々と動き出すかを経験させ、それを与えられた役に応用させる」――を引用しながら、「演技とは一言で言えば「抑圧された感情の解放」」にほかならず、「ぼくのレッスンは、日常生活で虐げられた情念の解放を目的」とし、役者はそこから「ほんとうの自分を発見」して「ほんとうの感情」に忠実に演じなければならない、と説く。[注7]

研究生の過去をえぐるような東の質問は、彼らの経験と心理を掘り起こし、身体表現と繋ぐ方法で

注6…東自身は、自分の「俳優訓練」を「ワークショップ」と呼んで紹介している。東由多加『ぼくたちが愛のために戦ったということを④』（而立書房、一九八二年一一月）参照。

注7…東由多加「真夜中のレッスン　虐げられた情念を解放する」東由多加『夢を追い夢を追い／東京キッドブラザースの青春』（講談社、一九八二年五月）所収。

あったのだろう。同時に「抑圧された」「情念の解放」を通じて、「ほんとうの自分を発見」させる意図もあったはずである。さらに東京キッドブラザースは、この役者たちの演じるロックミュージカルによって、観客の「感情」も「解放」しようとしていた。

東は、全共闘のガリ版刷りの詩の一節「もしぼくたちがいつか口をつぐむことがあったとしたら、どうか歌ってほしい。ぼくたちが愛のために戦ったということを」をモットーに、「自己変革を持続しながら愛のために闘いつづけることこそが、かけがえのない青春の勝利へ向かうことである」[注8]と主張し、「愛と連帯を叫ぶ」[注9]ミュージカルを上演し続けていた。その目標も、「ただ劇場にくる観客と共に、涙してみたいだけなのだ」[注10]と語られる。「感情の解放」は役者の演技力の基盤となるだけでなく、「愛と連帯」を歌い上げるための力の源泉としても求められ、観客もその境地に到ることが望まれた。もちろん東という作家自身の「情念の解放」もはかられる。

> ぼくの作品はぼくにとっての救済のようなものであり、祈りのようなものでもあるだろう。(中略)ぼくは、ぼくが〈愛されてもいいはずだ〉と叫び続けているのだ。キッドのミュージカルが若い観客を惹き付けるものがあるとすれば、ぼくと同じように〈愛されてもいいはずだ〉と、孤独にうちのめされている若者が少なくないからだと考えている。
>
> (「あとがき」『夢の湖』[注11])

そして東の戯曲には、「魚の祭」の世界にも通じるような台詞が書かれている。

直子　母はあたしが、六歳の時、家出したの。家を出て行く時、私に手を伸ばしたわ「行く?一緒に」って。(中略)でも一緒に行かなかったの、父を好きだったからじゃないの。母さ

注8…東由多加「真夏の陽炎のように」『PHP』、一九七七年八月。注6前掲書所収、のち『東由多加が遺した言葉』(而立書房、二〇〇二年四月)に再録。引用は注6前掲書による。

注9…「インタヴュー東京キッド・ブラザースの十年　東由多加」(『新劇』、一九七九年九月)の発言。

注10…東由多加「人間メロディ　ぼくは平凡な感傷が好きだ」注7前掲書所収

注11…『キッドペーパーシアター　夢の湖』(而立書房、一九八九年九月)所収、のち注8前掲書『東由多加が遺した言葉』に再録。

んが家出したのは、私と何の関係もなかったからよ。（中略）あんたには分らないわ。あたしは、いつも、難破船に乗って海を漂ってるみたいに生きてるのよ。私は怖いの、誰も頼れる人もいなければ、助けてくれる人もいない。（中略）女の子はいつも楽しそうに、ニコニコしているみたいに見えるかも知れないけど、本当は、みんな寂しくて、苦しくて、泣いてるのよ。本当は心の中で叫んでるの〈た・す・け・て〉って。

（東由多加「オリーブの枝」『新劇』、一九七九年九月）

このような演技論や作品に、やはり幾多の「情念」や「愛されてもいいはずだ」という思いを抱き、「難破船」に乗る心地がしていたはずの柳が強く「惹き付け」られただろうと想像される。

また東京キッドブラザースは、家族的関係に近い集団だったようだ。稽古場のレッスンで相互の過去を知り、「愛と連帯」の舞台を作り上げる、疑似家族のような親密な共同体である。東も「役者たち」について「たぶんぼくは自分の血がつながった肉親たちよりも、彼らを愛し、憎んでいるだろう」と宣言している。[注12] その分、劇団内の傷つけ合いも相当なものだったらしいが、ともかく柳は「情念」や自分の過去を「解放」する契機だけでなく、家族に代わる新たな拠り所も得たのである。

ただし役者の実体験や心理を重視し「感情」を「解放」する演劇は、素人くささを脱せられずに、技術的に未熟な印象を与える場合もある。東はインタビューで「キッドの俳優を、学芸会だとか下手だとか非常に言うわけ。お客さんやファンの子まで言うんだ」と述べている。[注13] しかしその「下手」さにこそ意味があった。東によれば「日本の新劇」の「抑制のきいた客観性のある演技」は「とりすました気取った退屈な演技」でしかなく、「ほんとうの感情」を演じられないからである。[注14]

この非専門的な演技技術の問題は、東京キッドブラザースのみならず、当時の多くの若手演劇集団

注12…東由多加「はじめに」注7前掲書所収。

注13…注9のインタビューでの発言。

注14…注7に同じ。

に共通してみられた傾向でもある。柳の第一小説「石に泳ぐ魚」（『新潮』、一九九四年九月）が『群像』の「創作合評」（一九九四年一〇月）で取り上げられた時、評者の一人金井美恵子は「うんざりするというところはどうしてもある」などと批判しつつ、鈴木忠志のいう「東京スタイルの演劇」の特色が「石に泳ぐ魚」にもあてはまると指摘した。

「東京スタイルの演劇」とは、直接的には、小劇場第三世代・第四世代といわれる、主として一九五〇年代から六〇年代生まれの野田秀樹・渡辺えり・鴻上尚史・木野花・飯島早苗らの世代の演劇をさす。八〇年代にめざましい活動を行った彼らの演劇を、鈴木忠志は以下のように概説する。

> 東京スタイルの演劇の質的特徴を一言でいえば、非リアリズムであるというのが適切であろう。これらの舞台では説得力ある社会的状況や人間像が提示されるわけではなく、日常の行動システム、家庭や学校や会社などの社会生活では公にできない心情の解放が試みられている。ある種の心情、社会生活への異《ママ》和感や怨恨や幼児的記憶への愛着やらを集団的に確認するために演劇という集団的な表現ジャンルが選ばれているといった印象を受ける。そして、その心情は日常の人間関係のきずなを飛びこえた夢やロマンの中で解放されるのである。（中略）
> 日本の小劇場の劇団は専門的な職業人の組織であるかどうか疑わしいのである。どちらかといえば、心情の代弁者ともいうべき一人の指導者を中心とした創成期の宗教集団に近い。（中略）集団的な躁状態から導きだされる心情的な言動（中略）によって観客との仲間意識を確認する場を作りだすことが、演劇活動の目標だと考えられている（後略）。
>
> （鈴木忠志「東京スタイルと日本スタイル」注15）

注15…初出題「東京スタイルについて」（『海燕』一九九〇年一月）鈴木忠志『演出家の発想』（太田出版、一九九四年七月）所収。

東京キッドブラザースは、小劇場第一世代の寺山修司[注16]の影響を受けて六〇年代末に活動を始め、主宰者の東由多加（一九四五～二〇〇〇年）は第三世代の作家たちより一世代年長である。作品の傾向も第三・四世代ほどの「非リアリズム」ではない。にも拘わらず、「東京スタイル」の演劇と同様な特徴が認められよう。その意味で第三・四世代の活動を先取りしていたというべきかもしれない。「創成期の宗教団体」のように「心情の代弁者ともいうべき一人の指導者を中心と」し、「心情の解放」と「仲間意識を確認する」ことを目指す演劇集団である。消費生活が拡大する八〇年代後半のバブル期にあって、多くの若者たちが、東京キッドブラザースを含むそうした小劇団の演劇に、孤独な「心情」の代弁や「仲間意識」が満たされることを求めた。それはちょうど、オウム真理教が勢力を伸ばしていった時期とも重なり合っている。[注17]

柳美里の戯曲との関連で考えると、彼女の戯曲も「非リアリズム」ではないが、やはり「公にできなかった「心情の解放」を試み、「社会生活への異和感や怨恨や幼児的記憶への愛着」を示している。「東京スタイル」が支持される時代に、鬱屈した青春の「心情」を表現へ昇華させる方法を、演劇活動から摂取したのだといえよう。

「石に泳ぐ魚」に「東京スタイル」との共通性を感じた金井美恵子は、柳の小説にも、集団的「仲間意識」のなかでこそ許されるような、「専門的」に磨かれていない技術をみたようだ。[注18]だが「東京スタイル」が何人もの有力な演劇関係者を育てたように、柳の才能を開花させる揺籃の場として、小劇団が役立ったことは間違いない。「心情」と「仲間」を重視する共同体が、若い才能を伸ばし、表現活動を支援する場として有効な場合もあるのだといえよう。

こうして自らを育てる刺激的な環境を確保した柳は、東の指導の下、「記憶はひとつの物語でしかなく、ひとは往々《おうおう》にして自分に都合のいいよう創作している」（「水辺のゆりかご」）という考えや、「過去

注16…小劇場第一世代が鈴木忠志・寺山修司、第二世代がつかこうへい・唐十郎とされる。唐については、第一世代ととる考え方もある。

注17…柳美里自身「水辺のゆりかご」のなかで、劇団参加当時に東の息子の「養育係」をしたことがあり、「まるで麻原の娘をあやす信者のよう」だったと述べている。

注18…例えば、合評者の高橋源一郎とともに「比喩」がほとんど「失敗」していると指摘している。

を書き換えることができる可能性」(同)も学ぶ。[注19]「過去を書き換える」「可能性」はフィクションの創造に生かされた。「水辺のゆりかご」に記された、東の「あなたはここで自分とは誰なのかを知るための旅をしている」という言葉どおり、柳は創作家としての「自分」を「知」り、「過去」から離陸していくための、物語る力を鍛えていったのである。

しかし次に問題となるのは、その「自分」がいかに示されたかという点である。再び「魚の祭」に戻り、作品と共に読者に提供された〈作家像〉について考察を加えたい。

三　方舟に乗る作家―「私」に関するドラマツルギー

「魚の祭」は岸田戯曲賞受賞の翌月に、同時受賞作の宮沢章夫「ヒネミ」と共に『岸田戯曲賞ライブラリー』(白水社、一九九三年二月)として刊行され、そこに柳の「受賞の言葉」も収録された。「私を育てて下さった全ての皆様に心からお礼申し上げます」という殊勝な謝辞で終わる「受賞の言葉」は、しかしその最終行を除く全文が、「はじめて戯曲を書いた」小学校五年時の苦い思い出話で占められている。

私がはじめて戯曲を書いたのは、小学校五年の時だ。学芸会でクラス毎に合唱や芝居をやるというので、担任の田中先生は私に何か書くように命じた。当時、私の成績は国語のみ〈たいへんよい〉で、あとはどれも〈おとる〉か〈ややおとる〉だったので先生は書く役を私にくれたのだろう。それに私はクラスのみんなに〈エンガチョ〉と呼ばれていて、みんなとまったく口をきく事ができなかったので、出演は無理だと思ったのかもしれない。

(「受賞の言葉」)

注19…当時、東の「ワークショップ」を受けた研究生も「おもしろかったのは、今まで生きてきて誰にも言わなかった話を自分がした時、全部がウソになったみたいな感じがする」と証言している(「ワークショップ白書　座談会　研究生からみたワークショップ」注6前掲書所収)。こうした点から東の言う「ほんとうの自分」や「ほんとうの感情」の「ほんとう」とは、客観的事実をさすわけではなく、心情的真実のようなものであると理解できる。

その当時は毎日のように「上履きの中に画鋲を」入れられたり「スカートをめくられ」たり「給食当番」をすれば「みんなが食べない」などのいじめを受け、家庭も不安定だったという。それでも「私」は「父が見栄で揃えた世界文学全集や戯曲集」からシェイクスピアの『冬物語』を選び、「二晩徹夜同然」で小学生向きに台詞を書き直す。しかしあらすじを担任から聞いたクラス全員に拒否された。「ひそかに好きだった小林君」は手をあげて「つまらないと思います」と発言し、「クラス一のかわいい女の子」は「私、白雪姫がいいと思うんです」と言った。

放課後、私は田中先生に返してもらった原稿用紙の束を、焼却炉の前で引き裂いて燃やした。そして今に見てろ、みんな殺してやるからと心の中で呟いた。

「今に見てろ、みんな殺してやるから」――激しい呪詛の言葉で括られる記憶。岸田戯曲賞最年少受賞者としての栄えある「受賞の言葉」すら、消しがたい根深い恨みで彩られる。柳の強烈な作家性を、ここにも窺うことができよう。

たとえ採用されなかったとしても、学芸会の台本係に選ばれることは小学生にとって誇らしい体験のはずである。しかし「私」は教師の選択の背景に「みんな」からのいじめがあったと強調し、自作を否定したクラスメートの残酷さを語る。ビターな児童文学のように再構成される思い出は、書き手の〈物語化する能力〉の卓越さを示しつつ、「私」の痛切な自負心と、自負と一体となった、自分を傷つけてくる周囲への激しい憎悪を印象づける。

しかし、実は学芸会のエピソードは、「水辺のゆりかご」ではかなり異なった描き方がされている。

小学校六年のクラス替えでいじめの主犯格だったキーちゃんとべつのクラスになったのが幸いしてか、私はいじめられなくなり、サッコとモーちゃんという友だちができた。（中略）小学校六年の学芸会、私がシェイクスピアの『リア王』を上演したいと提案し、多数決で通った。（中略）私が台本を書き、（中略）サッコとモーちゃんに読んでもらいながら直していった。（中略）この経験が私を戯曲、そして小説を書くことに向かわせたのだと思う。子どもの偶発的に思える行動が、その後の人生に決定的な影響を与えることもある。私は道化を演じながら自分が観客に受けているかより、私の『リア王』がどう評価されるか、それだけを気にしていたように思う。

（「畳の下の海峡」）

五年生と六年生の差はあるが、ほぼ同型のエピソードである。「水辺のゆりかご」に五年生の学芸会の話がいっさい出てこないことからも、おそらく同一の体験の語り直しではないだろうか。そしても し「水辺のゆりかご」の記述がより実体験に近いのだとすれば、先の「受賞の言葉」は、まさに「過去を書き換える」創作の、戦略的実践といえよう。

それはまた、どのような〈作家像〉を読者の前に登場させるかという選択の問題でもある。女優や演出家として演劇経験を重ねた柳美里は、作家となるにあたっても、いかに〈見られ〉、〈演出〉するべきかを検討したと思われる。結果的に「魚の祭」にふさわしい、辛い挫折体験を抱えた〈作家像〉が描き出された。その時、事実の整合性をこえた「ほんとうの感情」がほとばしるのである。

「魚の祭」はその後、単独でも単行本化された（白水社、一九九六年一月）。芥川賞候補作になった「フルハウス」（一九九五年五月）「もやし」（一九九五年一二月）も発表し、すっかり人気作家になってからの刊行だが、その「あとがき」もまた、「苦痛」の日々を訴える内容となった。

それによれば、岸田戯曲賞の受賞後に「エッセイや小説」の「締切り」が「つぎつぎと押し寄せ」、九五年の夏には「自分の部屋から一歩も出ることができなく」なり「布団にくるまったまま」暮らした。「巨大なドブ鼠や斧」が襲いかかる「悪夢とも幻覚ともつかない」イメージに苛まれ、「顔は老婆のように」なり「歯はぐらぐらし、白髪が」見つかる。「大きな憎悪に見張られている恐怖に、ときとして立ち眩」み、「ひとびとの憎悪が私を長生きさせたのよ」というレニ・リーフェンシュタールの言葉を考え続けたという。

かつて私は父、母、家族を憎悪して家を出た。学校を憎悪して高校を追い出された。その憎悪こそが、生きる力だったのだ。しかし今、私が憎悪する対象は不明確になり、逆に憎悪される対象になってしまった。目を瞑ると、この世から私が消え去ればいいと願っているひとの顔が幾つも浮かぶ。

（「あとがき」）

九四年十一月には、「石に泳ぐ魚」の出版差し止め訴訟が起こされているので、裁判に関する疲労もこの「苦痛」の背後にあったと考えられる。それにしても、原稿の注文が殺到する人気作家の生活も、柳の手にかかると暗鬱な恐怖に憑かれた、出口のない悪夢めいた日々と化す。

先の「受賞の言葉」では、クラスメートの振る舞いの再現を通して「私」を取り巻く悪意を立ち上らせ、この「あとがき」では、暗い部屋で「布団にくるま」り「老婆のように」消耗する自己像によって周囲の無気味な憎悪を浮かび上がらせる。いずれも人物の行為による視覚的イメージを生かした、演劇的表現がとられている。それは単なる物語化というより、「私」の像をめぐる鮮やかなドラマツルギーを示している。

そしてこの「私」は、恵まれた特権的生活を謳歌する華やかな〈作家像〉とはほど遠い。九〇年代以降の消費社会と情報化社会の益々の発達と長引く不況のなか、世の中全体がほどほどの満足感と薄いあきらめに蔽われたような状況にあって、なお消しがたい口惜しさや周囲との強烈な違和感を抱く像である。人びとの「感情」が平準化したかにみえる時代でも、社会との軋轢や不適応感、自己の不全感に苦しみ、しかし公に声を出せない多くの者がいる。その代弁者ともなり得る存在といえよう。東京キッドブラザースの東由多加が若者の「心情の代弁者」として奮闘したように、柳も同じような役割を果たそうとしているかにみえる。

家族崩壊のために苦しい青春時代を送り、〈在日作家〉としてのまなざしを浴び、脅迫まで受けた柳の個人的事情は、小説やエッセイの表現を介して、普遍的な不遇の表象に転じる。そうした〈作家像〉が時代にとっての救いとなり、得難い価値を持つことを、柳の作家活動は明らかにしているように思われる。

そしてこの〈作家像〉を生かしながら、柳は家族の問題のみならず、現代社会の中の性の暗部や女性の生き方など、多彩な面に切り込んだ作品を世に問うていくことになる。

二十一世紀直前になって柳は、死を宣告された東由多加と暮らしながら別の男性の息子を生み、一時的な家族を営んだ。そのイメージは以下のように語られる。

十八歳でものを書くようになったわたしは、わたしの家族を捩ったり折り曲げたりして変貌《へんぼう》させて、戯曲や小説にくりかえし登場させた。(中略) 家族によって疵つけられた魂で、疵ついた家族を愛し、求めていたのだ。だから家族の崩壊をテーマにしながら、常に家族の再生のイメージを胸に抱き温めていた。(中略) わたしが思い描いていたのは、東由多加とわたしと丈陽の三人の家族——、同じ方舟《はこぶね》に乗り込み洪水を越えて新天地に向かうというイメージだった。（中略）互いの命のために互いが必要だというたったひとつの根拠によって三人は結ばれているのだ。

（「命」小学館、二〇〇〇年七月）

本稿で述べたように、家族の再生が九〇年代の時代の夢であったとすれば、「わたし」はまるで人びとの悲願を引き受けるかのように、新たな家族をつくったことになるのだろうか。それはほとんど宗教的な営為を思わせ、洪水を越え新天地に向かう方舟の三人の姿は、聖家族のイコンのようである。かつて「魚の祭」で、海に落ちる魚に似た寄る辺ない崩壊家族を描いた柳は、時代の祈りを引き受けて、小さな方舟に乗りこむ〈新たな家族〉を構成してみせたのである。

二〇〇〇年四月に東は亡くなり、現在の柳は新たな男性と、血縁を軸としない三人暮らしを続けているという。その方舟からどのような物語が発信されていくのか、同時代に生きるわれわれは責任をもって見届けなければならないのかもしれない。

「物語る」ことの倫理——柳美里『石に泳ぐ魚』裁判と「表現の自由」

原　仁司

不幸があまり大きすぎると、人間は同情すらしてもらえない。嫌悪され、おそろしがられ、軽蔑される。
同情はある段階までは降りて行くが、それより下へは降りて行かない。愛がその下へまで降りて行くのは、どうしてだろう。

（シモーヌ・ヴェイユ『重力と恩寵』）

1　裁判の経緯と概要

一九九九（平11）年六月二十二日、東京地方裁判所は、被告柳美里（他一名）と株式会社新潮社に、計百三十万円の損害賠償と出版の差し止めを命じた。罪状[注1]は、被告が自作の小説『石に泳ぐ魚』の中に人物モデルとして登場させた当該原告女性に対するプライバシーの侵害および名誉毀損である。

原告が訴訟を起こしたのが一九九四年で、二審での裁定（上告棄却、二〇〇一年）がくだった当時は、

注1…法律的には「罪状」という表記はそぐわないが、ここではあえてこの表記を採用した。

国会に「個人情報保護法案」が上程されるなど「表現の自由」に対する国家権力の介入が強く懸念される時節でもあった。最終的に、最高裁での上告棄却が言いわたされ被告柳の全面敗訴が決定した(二〇〇二年九月)わけであるが、「人権の擁護」か「表現の自由」かで文壇が二分するほど意見の対立が見られた点においても、この裁判事件が特異な内実を秘めたものであったことは言をまたない。

一般に、この裁判は「表現の自由」と「プライバシー保護」が争われたものとして知られている。だが、判決までの流れを子細にたどれば、当裁判は、竹田青嗣も言うように「表現の自由に対して私的権利を守ろうとする一連の判例の流れとして捉え」るそうした「枠組み」には決しておさまらない微妙な問題が姿をのぞかせている。というのも、まず第一に、件の原告女性の顔の障害は、判決文の中でも触れられているように、そもそもそれは「外貌に関する事実」であって、「秘匿することができない」性質のものだからである。つまり、障害の事実を摘示することがプライバシーの侵害に相当するか否かについては、なお検討の余地が残されていたといえるわけだ。が、にもかかわらず今回の裁判の最終判決は、原告の顔の障害の事実を「通常、公表を欲しない事実であり、かかる事実の公表は原告に精神的苦痛を与える」とした。秘匿性のない公然の事実を摘示することが、プライバシーの侵害に当たると裁定されたわけである。

むろん、秘匿性のない事実ではあっても、それをみだりに不特定多数の人間に向けて公表すべきでない場合もあるだろう。したがって、個人に関する事実――今回のケースでは顔の障害――を公表されない自由(利益)が、正当な個人の権利=私的自由(プライバシー)権として認定されれば、当然その権利を侵す行為はプライバシーの侵害に相当することになる。しかしながら、今回のケースは何度もいうように、あくまでも秘匿性のない外貌の記述だったのであり、たんに外貌の事実を摘示することが、イコールその人にとってマイナスの事態のみに終始するのだとしたら、事実として顔の障害を持つその人の存在は、おおむね「タブーとなった『負性』」[注2]（竹田青嗣）の事象としてのみ扱われることになり、いわゆる「社会的な弱者、ハンディキャップを持つ者の像」[注3]（加藤典洋）としてその存在が定位されてしまうことになる。果たして、そのような存在の定位が当該原告女性にとって望ましいことか否か、定位されてしまうことがむしろ彼女の人間（市民）としての存在の位置を貶《おとし》めることになりはしないのか、という根本的な疑念がここに起こってくるのである。

それゆえ問題の本質は、通念的に「負性」と見なされている顔の障害の、「摘示」ではなく「描写」が、件の作品（『石に泳ぐ魚』）において原告女性の名誉毀損および名誉感情を侵害するレベルのそれとして言表化されていたか否か、という点にこそあったのではないか。障害の事実の摘示がプライバシーの侵害に当たるかどうかを問うだけでは十分ではない。それよりも、顔の障害がどのように描き出されていたかという作品全体の内実や主題にそくした表現の読解こそがそこに求められるべきだったのである。もっとも、判決文の中では「困難に満ちた〈生〉をいかに生き抜くか」という「本件小説の主題」にとって、「各記述」（小説内の外貌の描写）は「必要欠くべからざるものとは解し難い」という裁定がすでにくだされてはいた。が、その裁定は、田島康彦が「本件小説の創作性・虚構性と権利侵害の成否の判断基準の提示などの点では、小説表現の自由への配慮がやや十分でない印象も残る」[注4]と述べたように、必要十分な説得力を備えたものではなかった。また、だからこそ敗訴後、被告の側から「表現の自由を制限するには規範がなければならない」という不満が出たのだともいえるだろう。

おそらく右の裁定には、高度情報化社会の到来を時代の背景とした、「個人情報」に対するセンシティブな大衆意識の変化が少なからず影響を及ぼしていたのであろう。たとえば当裁判の、仮処分申請書（一九九四年一一月）の記述をひもとくと、「プライバシー権の概念は〈略〉情報社会により即応することのできる、かつ、より積極的な意味を持つことのできる『自己情報コントロール権』に近い内容

注2…竹田青嗣「「負性」描けば侮辱的か」朝日新聞夕刊、一九九九年七月一日。

注3…加藤典洋「柳美里『石に泳ぐ魚』論」「群像」（講談社、二〇〇一年八月）。

注4…田島泰彦「『石に泳ぐ魚』東京地裁判決を考える」「法学セミナー」一九九九年十二月。

の定義づけを試みるものに、変わりつつある」という記載があるように、「個人情報」の問題が、冒頭にも取り上げた「個人情報保護法」（二〇〇三年五月二三日制定）を成立させるような社会状況と微妙に呼応しつつ取り扱われていたことは、ほぼ間違いのないところである。国家装置による検閲という事態にいたる前＝過渡期的情勢の中で、「個人情報」の保護という一見まことしやかな理屈が過剰に押し立てられてゆく、そうした時代の趨勢と同調しつつ、判決はくだされたのではなかったか。むろん、そこには「人間性《アイデンティティ》」喪失の危機に瀕している同時代の大衆の不安感情《アノミー》が幾分か反映しており、さらには原告が在日韓国人三世であることから来る民族差別の感情や、原告が若い女性であることによる好奇と同情の念とが綯《な》い交ぜになった心理がそこにはたらいていただろうことも推測するにかたくない。

2　読解の必要性

さて、読解の必要性については、たとえば東京新聞（一九九九年六月二五日）が、「今回の判決は表現の自由とプライバシー保護の間を調整する明確な基準を示さずに、作家の良識と書かれる側への深い配慮を求める内容になっている」（傍点引用者）と記して、「本件小説の主題」と照応すべきその描写＝表現の内実が、当裁判において十分に解明されていなかったことを指摘している。この指摘は、とりわけ実際に被告側の陳述人となった作家五氏（高井有一、島田雅彦[注5]、竹田青嗣、福田和也、清水良典）に共有されているが、一例として、ここに清水良典の言述をあげておこう。――「判決文を読んで、文章に含まれる情報だけが裁かれて、文学性がまったく無視されたという感を抱いた」[注6]（毎日新聞）。

これに対し、柳美里から「人権派」と名指しを受け批判された人権委員会の委員たちや、原告側の陳述人となった作家大江健三郎らは、作品内の顔の描写を「文学的主題」との関係において読み解く

注5…ただし五氏のうち島田雅彦だけは、必ずしも被告側寄りとは言えない少し距離をおいた筆致で陳述書を書いている。

注6…清水良典「文学性を無視した判決」毎日新聞朝刊、一九九九年七月五日。

ことをほとんど放棄していたといってよいだろう。とくに大江は、「柳さんは、自分の作品が、Aさん(原告)の不幸への直視、その乗り越えを表現するにあたって、まちがっていた、よく把握しえていなかった、ということを率直に認めねばならなかったと、私はおなじ作家として考えます」[注7]と、最初から有無をいわさず被告の「描写」表現を悪視し、裁断していたふしがある。むしろ「おなじ作家」であるならば、まず第一に、それがどのように具体的に「まちがっていた」かを説明すべきであったように思うが、大江は、「(顔の描写の)デティルは決して必要でな」いと述べるだけに留まっていた。殊に、自分の家族の実例(周知のように大江の子息は障害を背負っている)をあげながら、モデルの了解を得たうえで「幾度でも」「書きなおすことの必要」を説いたくだりは、被告柳に対して作家としての最良の選択を迫ったものとはとても思えない。したがって、のちに被告が次のような反論を大江に向けて発したことも、十分私の理解の範疇に入ってくるのである。

注7…大江健三郎「感想」東京新聞夕刊、一九九九年六月二十五日。

大江氏がおっしゃるように、書かれた側が賛成するまで発表してはならないとすれば、原告の主張が無原則に容認されることになってしまう。くどいようだが、作者が書き直しに応じると申し出たにもかかわらず、モデル側の要求に際限がなければ、どのようにして、「もう一度自分の作品を書きなおしてみれば、あるいはさらに書きなおしてゆけば、本当の自己表現」(大江健三郎氏の陳述書)に到達できるのか。この意見が本件に関する多くの論説に引用されていることを、大江氏には重く受け止めていただきたい。モデルの要求に従って書き直していけば、本当の自己表現になるという発言は机上の空論というより、詐術に近く、はっきりいうなら、そのようなことは絶対に不可能である。

(「新潮45」一九九九年八月号)

「絶対に不可能」かはともかくとして、高井有一がいうように「モデルに了解を求めるのは、よほど注意深くないと、許される範囲内で書くという妥協になりかね」ない。「それなら、むしろ書かない方がいい」[注8]という彼の所見に私は同意する。おそらく大江は、柳が皮肉まじりに述べた「大江氏は、小説家は文学的達成を犠牲にしても、モデルには徹底的に譲歩すべきだと主張されているとしか思えない」（前出「新潮45」）という彼女の評言そのままの作家なのであろう。彼女はありえぬ立場としてこれを否定したわけであるが、そうした文学的立場も、全くありえないわけではない。「私小説」の長い？歴史がモデルを蹂躙してきた事実は、事実そのままのそれとして受けとめるべき深甚な事柄でもあるからだ。芸術（文学）が他者の犠牲の上に成り立つ場合もあるという確信犯的な考え方について、あらためて我々は怜悧な視線を投げかけておく必要がある。また当時、彼女は、報道機関に向けて「プライバシー及び名誉権を侵害したか否か、侮辱的表現か否かを判断されるにあたって、芸術的創造行為と、個人的悪意に基づいた表現、あるいは商品効果を狙った表現が同一の基準で裁かれるのか」というコメントを提出していたわけだが、同一であってはならぬと強弁する彼女の論理の根拠は、彼女がいうほどに確固盤石だったとは思えない。さらに彼女は、「文学の系譜には、ひとを傷つけ、絶望させ、自殺願望や殺意をもたらし、虚無を生み出す優れた小説がある」とも述べた。なるほど、たしかに文学の系譜には、文学の「悪」、文学の「毒」、というものがあるようだ。だがそれは、一歩その扱い方を間違えば、取りもどしようもない惨苦の底に人間を屈曲させる。たかが表現行為にしか過ぎなかったものが「芸術的創造行為」に昇華すれば、みそぎを得てその「悪」も「毒」も消え去るというわけではない。彼女は、「文学は、他人の痛みはわからないという痛みを持つ事からはじまる」（「創」一九九九年九月）と確言するが、後者の「痛み」が文学の免罪符にならぬことは勿論である。問題は、やはりその「悪」や「毒」がどのようにして作品内部に描出され形象化されていたか、その点に尽きるで

注8…高井有一「「石に泳ぐ魚」プライバシー訴訟——高井有一さんに聞く」東京新聞夕刊、一九九九年六月二十五日。

あろう。かつてN・チョムスキーは、「表現の自由を行使する権利そのものを擁護することと、表現された見解を支持することとは同一ではない」といった。畢竟《ひっきょう》、表現されたものの内実を問わずして、無条件に表現の自由を主張することはできないのである。そして、「どんな場合に常識を侵すことが作家として許されるのか否かは基準がなく、一編一編で判断するしかない」（高井）。

ところで、被告によって「人権派」の一人とされた坂本義和（政治学研究者にして原告の父親の友人）は、原告側の陳述人の一人であるが、原告側としては唯一人、作品の読解に踏み込んだ人物である。ただし文学畑の人間ではないことから、その読解も、たとえば「私小説」についての理解に浅さが目立ったし、また、被告の文学表現に対しても、一般通念の域を出ない類型的裁断が随所に見られた。だが、しかし、次のような指摘についてはどうだろうか。

> この作者は、Aさんの障害をオブジェ（対象物）として見、端的にいえば小説の素材・手段として扱っているのであって、その態度と手法は、ほとんどグロテスクに近いものを感じさせます。
> （波線部分は引用者、坂本義和の陳述書）

右の指摘は、被告側の立場で陳述をした文学者たちの見解とは全く対照的である。比較のため以下に三点並べてみよう。高井有一＝「この作品のどこにも、モデルの顔の障害をグロテスクに強調する卑しさはない。その障害を克服した友人に、柳さんである主人公は感動するが、その感動を読者も共有する」。福田和也＝「困難や過去の傷に対して、いやしや和解を求めるのではなく、進んで障害やあつれきに向かっていく人間の姿を描いた作品。原告がモデルになった人物は主人公の分身として高度に虚構化されている」。竹田青嗣＝「小説中、在日韓国人『朴里花』は、芸術系大学で◎◎を学ぶ学生だが、顔にひどい◎◎がある。つまり彼女は、作中の言葉を使えば『美の欠如がもたらす恐ろしい力』にあらがいつつ必死に生きる人間として描かれる。このあらがいは決して紋切り型に描かれていない」（◎◎印と傍点は引用者）。

同じ人物（原告）の外貌の描写が、なぜこのように全く正反対に理解されているのだろうか。考え得るのは、いうまでもなく彼らの立場の違いである。原告Aの幼少の頃からの知り合いである坂本と、被告側の陳述人として立つ文学者たちとの。したがって、とりあえずはこの場合、グロテスクかそうでないかの主観的に近い判断は暫く措いておくことにする。私がまずここで先に問題としたいのは、右記陳述書における波線部分の箇所である。

人物モデルを「小説の素材・手段として扱」うことは、決して理不尽なことではない。それゆえ、ここで注意を払っておきたいのは、モデルの描き方が、そのモデルの人間性——現実社会における存在の位相——を十分に汲み取った上でなされたそれであったか、という点のみである。これがなされていないと、とくに「私小説」の場合、モデルの内面性が無視されて（つまりは無機的に）処理される可能性が高くなる。坂本が、『石に泳ぐ魚』の作者が（原告の）「障害をオブジェ（対象物）として見」ていると指摘したのは、モデルの持っている障害はモデルの人格の一部でもあって、それが作者によって内面化されたものとして汲み取られていない、という彼の抗議だったように私には見えるのである。

陳述書の中で、被告は、本件小説において最も侮辱的表現と評価された〈戯曲部分〉の表現に関して、次のように述べている。「つまり、◎◎についてひどく言えば言うほど、実は里花の魂に対する賛歌になるという意図で書きました」（◎◎印は引用者、丙第三号証）と。また、ここで付足しておきたいのは、もう一つ別の陳述書の中で、被告が件の登場人物「朴里花」を、原告Aとほとんど同一視して語っていることだ。「私（柳）が彼女の顔について触れないことは、彼女を心のどこかで拒絶しているのではないかという感覚、見て見ぬふりをすることは相手方を無視することであり、もし真の友人ならば決してしてはならないということは、分かっていた」（括弧内・傍点は引用者、丙第一号証）と。こうした陳述は、陳述書における被告側の失策――曖昧さ――であるとともに、同時にそれは、文学表現における重大な意味をはらむ問題にもなってくる。なぜなら被告は、一方で作品登場人物の虚構性を強く主張しておきながら、他方ではひそかに作品の侮辱的表現についてその表現主体の罪責性を軽減しようと図っているからである。しかもその表現の主体は現実の被告柳自身であり、また、その表現の受信者は現実の原告Ａ（であると同時に朴里花）であるというのである。これでは、裁判所の判決文が次のように書かれてしまうのも、あながち無理からぬことのように思えてくる。

しかしながら、被告柳が原告に対する真の友情の発露として、原告の顔面の◎◎に言及するというのであれば、それは、本来、同被告と原告の全くプライベートな世界で行われるべき性質のものである。被告柳が本件小説において、前記のとおり「朴里花」の顔面の◎◎について触れていることが、同被告の原告に対する個人的メッセージの意味合いを有しているとしても、不特定多数の者が購読する雑誌「新潮」にこれを掲載したこと自体は、社会的には全く別異の意味を持つのであって、同被告の意図とは裏腹に、侮辱・名誉毀損などの法的問題を胚胎する余地を生じるに至るのである。殊に、前記の戯曲部分における「朴里花」の顔面の◎◎についての苛烈なまでの描写は、「朴里花」が「聖なる存在」であることを際立たせる意図に出たものであり、読者において右戯曲部分からかかる作者の意図を汲み取る可能性は十分に存するとしても、原告との関係における不法行為の成否という法的側面からみれば、それは、前記のとおり、極めて明白な侮辱的表現と評価すべきものに転化するのである。かかる帰結は被告柳の意図に反するものであろうが、それは、所詮、同被告において、現実の個人的世界と不特定多数の読者を抱えた小説の世界との関係について混淆ないしは誤認をしたことによるものと評さざるを得ない。

（◎◎印、傍点は引用者）

〝原告Aは「朴里花」のモデルに過ぎぬ〟という認識が、被告においてもし克明に保持されていたならば、陳述書の中に「もし真の友人なら」といったゆるい言葉は出てこなかったであろう。実際、「彼女の顔について触れ」ることは、この場合、友人としてというよりも一表現者として必然の行為であったはずだからだ。したがって問題は、その「触れ」方の内実にあるということ、これは先ほどから何度も繰り返し述べていることである。

〈戯曲部分〉の表現は、たしかに「苛烈」である。事件の性格上、これまでできるかぎり作品からの引用を差し控えてきたわけだが、原告Aの顔面の障害についての外形描写とそれにまつわる主人公秀香の独白（科白）は、侮辱的憎悪表現・差別表現と紙一重の臨界線上をはげしく揺動している。原告にとっては苛烈な侮辱表現であり、被告にとっては鮮烈肉厚な芸術的創造表現ということなのであろう。四百字詰原稿用紙にして約八枚の分量のこの叙述（描写）が、のちに改訂版（二〇〇二年十月）では修正削除され、代わってそこに約二枚弱の加筆がなされる。この修正削除・加筆後の描写については、幸田国広が次のような評価をくだしている。「率直に言って、これでは里花も秀香も別人物であり、作品の焦点がまったくぼやけてしまっていると言ってよい。〈略〉逆に言えば、秀香の欺瞞をいったん執りだし、里花と真摯に向き合うために必要とされた初出版における『苛烈なまでの描写』は必要不可欠なものであったと言えよう[注9]」。

前節でも触れたが、件の箇所の描写について裁判所は、「必要欠くべからざるものとは解し難い」（判

注9…幸田国広「〈顔〉をめぐる闘争——柳美里『石に泳ぐ魚』試論」千年紀文学叢書第四巻（皓星社、二〇〇三年）。

決文）という見解を示していた。が、その見解の根拠は明確ではなかったし、ほとんどその理由説明も行なわれていなかったといえる。そして、たしかに幸田の言うとおり、削除は作品全体をすっかり骨抜きにしてしまっている。では、ならばこの箇所の描写表現は、やはり被告側の陳述にあるように、本件小説の「困難に満ちた〈生〉をいかに生き抜くか」という主題を実現させる上で、必要不可欠だったということなのであろうか。

被告柳は、かつて一審の直後、改訂版は無理に出版しなくて良かった、自分の作品を「傷つけてまで出版してはならないという事」をそれまでの自分は理解できていなかった、「未熟」だったと述べていた。が、その後どのような心境の変化があったのだろう。前述のとおり二〇〇二年十月に改訂版は発行された。ところで、件の「苛烈なまでの描写」について読解を行なうためにもぜひ必要になってくるのであるが、この改訂版と初出版との間には、じつは韓国版とも呼ぶべき過渡期の(?)テクストが存在する。

そこで、以下次節に、この韓国版が発行されるに至った事情と経緯、その位置づけ、またその位置づけから見えてくる件の「描写」の内実について、若干の考察と論述を試みたい。

3　韓国版『石に泳ぐ魚』

さて、韓国版は、一九九五年六月三十日に発行、訳者はハム・ジョンヨン、出版元は東亜書籍である。じつはこの韓国版をめぐって、原告側と被告側が最もその陳述内容に食いちがいを見せていたわけであるが、その点については後述することとしたい。まずは再び経緯から追ってゆこう。

まだ本訴に入る以前、『石に泳ぐ魚』の初出が九四年の九月号「新潮」に発表されてまもなくの頃、原告と被告との間で一カ月間ほど話し合いの機会がもたれた。が、結局はその話し合いも不調に終わり、同年十一月には出版の中止を求める仮処分の申請がなされることになった。このとき、被告は六十一箇所の訂正・削除した原稿を裁判所に提出。これがのちに出版された改訂版の原型となる。その後、事態はいったん収拾されたかに見えたが、審尋期間を経て再び原告は同年十二月に提訴した。そして、その翌年の九五年三月に本訴が始まるわけであるから、韓国版はおそらく提訴の前から企画され、本訴開始後まもなく出版されたことになる。

九四年十一月の仮処分命令申請書の中に、「柳と義江邦夫（当時の「新潮」編集長）が、韓国版の出版に関して原告と話し合いを進めてきたが、『現在に至るも、その翻訳家・出版社を明らかにしない』」「出版中止に協力せず、むしろ出版を準備している」との記載がある。しかもその申請書記載においては、日本国内での改訂版出版の差し止めよりも記載の優先順位が先になっており、このときの原告にとって、韓国版が故国で出版される事態への憂慮の方が甚大であったことが推察される。同じ問題が、前出坂本義和の陳述書の中にも、「この小説は、ことさら万人の目に晒すものです。いわんや、この小説を彼女の故国である韓国でまで翻訳出版する準備が進んでいるというにいたっては、彼女の痛手をどう考えているのか、言語道断と言うしかありません」とあり、原告の悲愴な思いが伝わってくるのであるが、その思いを踏み越えて韓国版は出版されたわけである。

その後、九五年の十二月に被告柳が「表現のエチカ」と題するエッセイを発表（「新潮」十二月号）。これにより「朴里花」のモデルが原告であることが、さらに明確に特定されることになった。エッセイには被告に宛てた原告の書簡や作品の一部を引用するばかりか、原告の本名のアルファベット頭文字を使うなど係争中であることの配慮に欠けていた事実は否定のしようがない。が、裏を返せば、それほどまでに当時の被告が、日本国内での自作の出版に烈しい執着をもっていたことが分かる。しかもその出版物の内容は、審尋調書で取り決められた訂正版の枠を越え出たものであっただろうことも容易に推測できるのである。というのも、日本版に先立つ韓国版の内容を見れば、被告はこれを審尋のおりの約束の枠を出ていないものとしてその正当性を弁じていたが、しかし、実際にはそこには非常に微妙な意味をはらむ大量の加筆がほどこされていた。原告側の立場に立てば、先ほどのエッセイによる踏み越えともあいまって、審尋調書の約束が徐々になしくずされていく危機感を持ったとしても致し方ない処であろう。ちなみに両者の食い違いを明らかにしておくためにも、判決の直後、韓国版について被告側・原告側がそれぞれ書いたマスコミ向けの説明（の一部）を以下に紹介したい。

…韓国版は基本的には全て修正版に沿っており、一部変更した部分も調書の最後に記されている「右の趣旨に抵触しない限りにおける表現上の変更はこの限りではない」の域を出ない内容だと私は認識しています。もし、そうではないと言い張るのであれば、原告側には立証の責任がありますが、いまだに立証はなされていません。…〈略〉…一体全体、「審尋手続きの中で柳美里氏が六一箇所訂正削除した」作品と、「雑誌新潮一九九四年九月号に改変を加えた」作品のどこがどのように違うのか?／原告側は何とか異なったものだ（つまり審尋調書の内容を反故にしたのは私の方であり、約束を一方的に破られた為に止むなく本訴に持ち込んだのだ）と読み取らせようとしたのでしょうが、実は（一部表現上の変更はあるものの）同じものだったのです。

（柳美里「『石に泳ぐ魚』裁判をめぐる経緯について答える」一九九九年九月「創」）

ところで、右訴訟提起後、韓国において「石に泳ぐ魚」の韓国語版が出版された。原告がこれを知ったのは、「韓国語版」の出版後であった。／その内容は、「新潮」掲載の「石に泳ぐ魚」とは同一でなく、また右「改訂版」とも同一ではなかった。「韓国語版」の内容は、改訂版においては削除される約束であった原告の障害に対する侮辱的表現の一部が復活されていて、「新潮」掲載の「石に泳ぐ魚」と同様の問題点、つまり、プライバシー（権）の侵害、名誉権の侵害（名誉毀損）、名誉感情の侵害（侮辱表現）などを含むものであった。

（飯田正剛弁護士「『言論の名による人権侵害』は認められない」一九九九年九月「創」）

韓国版を読んだ人間が、実際には僅かであったためだろう。この両者の食い違いについて論評した文章を、寡聞にしてまだ私は知らない。また、判決文においても韓国版の内容についてはほとんど触れられていなかったので、少なくとも当裁判においては被告側がこの問題について深く踏み込む意欲がなかったか、あるいは裁判の進行が文学的読解（しかも韓国語の）の深みにはまることを忌避したかのどちらかであっただろうことが推察されるのである。実際に韓国版をのぞくと、被告がいう「一部表現上の変更はあるものの」という程度では済まない変更＝加筆があるのだが、しかし、一方それは原告側弁護士がいうような初出と同レベルの「人権侵害」を含むものではなかったといえる。また、被告柳の「韓国版の出版の計画があるという事は、仮処分の最中に原告側に伝え」てあったという釈明も、先の仮処分申請書の内容を読むかぎり信頼に足るものと私（原）は考えている。

だが、問題となってくるのは、やはりこの韓国版における加筆修正された箇所の内容である。とくに問題とすべき「苛烈なまでの描写」の箇所は、韓国版においては改訂版とほぼ同等の削除とともに多量の加筆があり、初出にある主人公秀香の独白（科白）——これが削除される——に代わって里花の独白（科白）が増量するという逆転現象が起こっている。つまり、里花の外貌に対する「苛烈な」侮辱的表現はかき消え、その代わりに今度は秀香が里花によって口汚く罵られるという展開である。

里花　あなたの顔を、太った蚕がはき出した汚い糸でぐるぐる巻きにして誰の目にも触れないようにするのよ。誰も絶対に触れないように！　私の頭の中まできりきり疼かせるあなたの男たちまで！

―〈ト書き部分二行省略〉―

里花　（震えながら、しかし激しく）私が私を見ているすべての人を恨んでいると思わないで！　私の愛読書は聖書だから！　でも、私はあなたを憎む。男の視線で覆われた細胞を育ててきた浅はかな女！　男のフェロモンで少しずつ誰も知らずに整形された唇！　ああ、鳥肌が立つ。気持ち悪い。私はいつも吐きそうなのに、知らなかった？

（韓国版『石に泳ぐ魚』柳美里、一九九五年十二月）[注10]

人は何かを奪われたとき、このように自らを欺瞞の水で満たすのだろうか。出版差し止めの危機に直面した被告の（表現者としての）失意と焦慮も理解できなくはないが、このような加筆では、かえって初出の価値を貶めることになってしまう。日本での改訂版が審尋調書のときのテクストをそのままの形で使い、韓国版を使わなかったのはいかにも賢明な措置であったと言える。

主人公秀香の美貌に対して投げつけられた里花の醜い妬心の悪罵は、無論、里花の科白であるというよりもこの作者自身の自己嫌悪、自己憎悪が逆投影された科白として読めるであろう。が、しかし、そうした安手な読みにしかたどりつけないからこそ、それらの表現は空虚なものに成りおおせていたと断じることができる。これをさらに敷延して言えば、初出において秀香が里花にぶつけていた「苛烈なまでの描写」とされる侮辱的表現も、じつはその程度の底浅い心情の裏づけしか持ちえていなかった、というのが実際だったのではないか。

注10…論文に使用した韓国版の日本語訳は、翻訳家の柳智尚氏にお願いした。

たしかにこの作者（被告）には、原告Aを侮辱する意図などまるで無かっただろう。侮辱的表現の「苛烈」さについても、たとえば加藤典洋が言うように、それは「むしろ差別されること、苦しみをもつことをよく知る人間の手になる表現であ」った。私（原）もそれを否定するつもりはない。だが、それらの侮辱的表現は、ならばむしろ「差別される」「苦しみ」を「知る」この作者の内面を投影するためにのみ、そこに機能していたといえはしないか。朴里花の、そしてひいては原告Aの「困難に満ちた〈生〉」を理解し汲み取るためのものとしては、それはほとんど機能していなかったと私は見るのである。

ところで、〈戯曲部分〉の「私は、自分の顔の中には一匹の魚が棲んでいるって思ってたの…」の科白は、初出では里花の科白であるが、削除対象のため韓国版では秀香の科白として転用されていた。これもまた、この作者が自分の中に里花を見、里花の内に自分を投影しようとしたがゆえの結果なのであろう。加藤が述べるように、この小説は「自分以上の不幸を背負い、それと『痛々しく』闘っている他人に出会い、その相手との葛藤を通じ、この不遇感と憎悪を緩解させ、世界との関係を作り出す糸口を見つける、という自己発見の物語であ」り、また、それゆえにこその科白の転用だったのだ。だが、この作品が加藤のいうようにまさしく作者の「自己発見」の物語であり、そしてそのストーリーが「自己発見」への道筋に集約されていたことが、かえって里花（と原告）にとっての不幸だったように私には思われるのである。

テクスト全体にわたる問題でもあるが、とりわけこの作の〈戯曲部分〉においては、初出も韓国版も、里花と秀香の互いの言葉が互いの関係において応答性を失っていることに気づく。つまり、「対話」のほとんど無い、いわば二重モノローグのような状態でそれぞれの科白が進行しているのである。韓国版の里花の科白を、もう一つだけ引用しておこう。

里花　私が恐れていると思う、秀香？　傷つけやしないかと心配？　私はあなたの言葉で癒されたいの。慰められたいんじゃないの。慰めなら自分自身でできるわ。私は、あなたの言葉で自分の顔がどんなだかはっきりと知りたいの。鏡で見るよりもはるかにリアルに言って。

里花の科白は、この作者自身の妄想（モノローグ）そのものだともいえる。初出の中で、里花が「はっきりと」「鏡で見るよりもはるかにリアルに言」われた件の侮辱的表現は、ここに引用できないので暗示的に説明するほかないが、それは障害を負った人間の〈生〉を、応答不能の物象化されたオブジェ（対象物）の位置に封印してしまう種類のものであった（と私は見る）。悲劇の仮面、蛞蝓《なめくじ》、蛆虫、蛸の吸盤、水死体、藤壺といった強面《こわもて》の名詞をふんだんに用いて作った煽情的な比喩表現は、おそらくこの作者が作品構築の上で参照した『リサ・H――エレファント・マン病とたたかった少女の記録』注11という本に影響されて生まれた――作者は否定するだろうが――ものであったのだろうが、ただしこちらは、顔の障害の描述に関して大部分が病理学的な記載――一部「ロウのマスクさながら」「昆虫の幼虫の大きな塊」のような比喩があるものの――であり、その他は彼女リサの「顔の奥にある本質」＝人間としての品位や内面性の豊かさ、それゆえにこそさらに苦しまねばならなかった「自分は何者だろうというアイデンティティの模索」に苦しむ彼女固有の〈生〉が描きとられていた。それに比し、『石に泳ぐ魚』の「苛烈な」比喩表現は、里花を非人格的なモノ的存在としてのみ扱っていたようにやはり私には見えるのだ。また、さらに言えば、もちろんその侮辱的表現描写は、大江のいうごとき、障害の「デティル」がそこに生々しく描き出されていたことが問題だったのではない。そうではなく、じつに彼女の障害が、そうした過剰な比喩表現によって異化され聖化されて、非人間的存在＝不可触なオブジェ（対象物）としてしかそこに描きとられていなかったことが問題だったのである。

注11…リチャード・セヴェロ、加藤恭子・山田敏子訳、『リサ・H――エレファント・マン病とたたかった少女の記録』（筑摩書房、一九九二年九月）。

4 文学表現と応答性

もちろん我々は、他者の「痛み」にたやすく同化することなどできはしない。そこには無限の距離がある。この作者は、いかにも現代の小説家らしく他者との非共約性＝意思疎通の不可能性を非常に大胆に、鋭敏に描き出すことができている。アイデンティティを失った自己が世界の中で他者と折り合えず、根源的な憎悪をたぎらせて生きてゆく。彷徨する女性主人公秀香の内面は、あまりにも見事に描きとられていたといってよいだろう。しかし、その主人公が、ひとたび確実に自分以上にアイデンティティを失った（と思える）存在と向き合ったとき、その他者との非共約性は、主人公を自家中毒に陥らせるものでしかなかったようである。なぜなら主人公の発したその「苛烈な」侮辱的表現は、里花（原告）がいかにこの世の物質的条件に服従させられているか――グロテスクな存在であるか――を暴露するだけのものであって、彼女の存在を「人間として」再把捉しようとするものでは決してなかったからである。

菊池久一が、J・バトラーの「人が〈存在する〉というのは、ただ認知されることをもってしてだけではなくて、そのこと以前に、認知可能な存在であることによってなのである」[注12]という言葉を引きながら、言語表現と、社会的な位置を欲求する人間存在との関係について、次のようなことを述べている。

> つまり、単に生命体としての生身の身体として認識されるだけではなくて、呼びかけられそしてそれに応答する可能性をもつ存在であると認められることによってはじめて、あのジロー、あ

注12…ジュディス・バトラー、竹村和子訳「序章「触発する言葉」」「思想」（岩波書店、一九九八年十月）。なお、この訳文は、のちに『触発する言葉――言語・権力・行為体』（岩波書店、二〇〇四年四月）に採録されているが、文脈の中に置いたとき、旧訳のほうがわかりやすいので今回はそちらを引用することにした。

の先生、あの警察官、あるいは一般的に（社会的規範からの逸脱者としての）犯罪者、精神障害者、「外人」などという名前・カテゴリーを付与される個人として、社会的存在となるということだ。

（『憎悪表現とは何か』二〇〇一年一月、勁草書房）[注13]

初出において、秀香の「苛烈な」言語表現＝独白が終了し、そして、妄想から我に返り「再び眼をあけた」とき、里花は彼女の前から「もういなくなっていた」。これは、この作としては必然の展開であっただろう。なぜなら「口の中に詰め込まれた砂利のような感情と言葉」は、じつはただ秀香自身のためだけに発されたものであり、それはこの作者の「自己発見」の手段にすぎなかったからである。加藤典洋は、被告柳を論じた自論において、この「自己発見」に力点を置き、「真実暴露」による「文学の悪」の意義を評価しようと試みていたが、私にはそれが、少し偏った狭隘な捉え方に思えた。加藤は、坂本義和や大江健三郎の言述を「浅い、欺瞞的な人権観」によるものとし、被告の小説をそうした安直な「人権観に対する異議申し立てとしてある」新しい別の人権観を持ったものだと論じたが、では障害者に対して、おまえは障害者で醜く不幸なのだと改めて生真面目なまでにその人に問い示すことが、それほどに新しいといえる人権観なのであろうか。

「そもそも、人が顔の障害を乗り越えるなどということが、できるだろうか。だから誰もが、こういう闘いでは醜い、悪戦ぶりを人の眼にさらす。その困難克服において完全であるような人間はどこにもいない」。たしかに加藤のいうとおりである。だが？「里花は痛々しい。痛々しい形で、無理して、自分は障害を克服したんだと思い込もうとしている。でも、だからこそ、里花はえらい、自分にとってかけがえがない存在なのではないか。完全ではない、無理をしているからこそ、里花は自分に勇気を与えてくれるのではないか」と、ここまで読んできて、私は、「勇気を与えてくれる」という昨今の

注13…菊池久一『憎悪表現とは何か』勁草書房、二〇〇一年。

オリンピック放送でよく使われたフレーズに胸が悪くなってきた。どんな姿形の存在であっても、――勇気を与えようが与えまいが――「人間として」応答可能な存在として扱われることがまず第一なのではないか。「えらい」「かけがえがない存在」「聖なる存在」として他者を規定し、その他者から応答性を奪ってしまえば、それはしょせん人を遠ざけ見下してしまうことの――やや知的な――翻転でしかないだろう。いうならばそれは、普通の〈生〉をごく当たり前に享受しその自足に気づかぬ者たちの、贅沢で驕慢なものの見方にすぎない。

アウシュビッツを体験したP・レーヴィがいっている。「私たちの存在の一部はまわりにいるひとたちの心のなかにある。だから自分が他人から物とみなされる経験をしたものは、自分の人間性が破壊されるのだ」[注14]（傍点引用者）と。原告Aは、陳述で、被告柳が彼女（原告）の「内面の葛藤を小説に表現しようとしたのではなく、自分の小説のために」彼女の「内面の葛藤を利用しようとした」と述べていた。要するに原告は、自分の障害を直接指摘され表現されたから苦しんだのではない。その表現の主体が、彼女の内面の「痛み」をすくいとろうとすることを、完全に忘れ果てていたから苦しんだのである。初出発表の直後、菅野昭正が「『私』の彷徨の道筋ということだけならば、渋滞や混濁は見当たらないと言ってよい。それなのに、『私』をたえず苛らだたせる不安の正体は、読者の前にはっきり現れてこない」（東京新聞、一九九四年八月二四日）と犀利な感想を書いていたが、その「不安の正体」を、里花との関係の中で改めて、もう一度描きとることができたとき、そのときこそが、おそらくこの作者と作品の中身が朴里花（原告）の「痛み」にとどくときであるのだろう。

注14…プリーモ・レーヴィ、竹山博英訳、『アウシュビッツは終わらない』（朝日新聞社、一九八〇年二月）

［本稿は、『表現の〈リミット〉』（ナカニシヤ出版、二〇〇五年）に収録された論稿に、若干の加筆修正をほどこして再録したものである。］

物語と演技――『家族シネマ』の方法論

永岡杜人

1　現実と物語

第一一六回芥川賞受賞作『家族シネマ』（一九九六年）は、〈自分の体験を素材にしていかに虚構を組み立てるか〉（『世界のひびわれと魂の空白を』）という、柳美里の初期作品に色濃くみられる小説の方法の、ひとつの到達点を示す作品である。『石に泳ぐ魚』（一九九四年）がモデルとされる女性にプライバシー侵害で提訴されて以来、柳美里は私小説作家であると目されてきた。確かに、〈自分の体験を素材に〉して組み立てられた〈虚構〉とは、「私小説」の定義そのものであるとも言える。だが、『フルハウス』（一九九五年）や『家族シネマ』は、現実と小説が地続きであるというよりは『家族の標本』（初出、一九九三〜四年）や『水辺のゆりかご』（初出、一九九五〜六年）などのエッセイと地続きであることによって「私小説」として演出されていたとも言えるのである。言語と現実の関係に鋭敏な意識をもつ柳美里は、〈体験〉と〈虚構〉というある意味対極にある言葉をそれほど単純に接続させているわけではない。『家族シネマ』の冒頭近くには次のような一節がある。

話のつづきを促すと、シナリオが問題なんだ、映画はシナリオで決まるんだよ、雑談のつもりで家族の話をしたら片山のやつ乗っちゃってさぁ、ドキュメンタリーともフィクションともつかない、その境界を超える画期的な映画を創ろうっていい出したの、と一気に捲《まく》したて、わかった？と私の顔を覗《のぞ》き込み、だからお姉ちゃんも出演することになったんだよ、囃《はや》すようにいって脚《あし》をばたつかせた。

（『家族シネマ』）

〈妹〉が語った、家族を登場人物として撮影される映画についてのコンセプトは、そのまま小説『家族シネマ』の作品世界の注釈となっている。一般に素材をそのままに切り取ったとされるドキュメンタリーと、仮構されたものとしてのフィクションは截然と分かたれていると認識されている。だが表現という人間の行為である以上、写真や映像も表現者の視点と文脈から自由ではなく、まして、言語を媒介とする表現において、解釈を差し挟まずに現実をありのままに写し取ることは原理的に不可能である。

実際に家族であった者たちが家族を演じる映画を小説という枠《フレーム》のなかで語るという方法そのものが事実と虚構《フィクション》という二分法そのものを無効化し、さらに人間の行為の自然性と演技性の境目すらも問い直すことに繋がっている。

私にとって思い出すという行為は、楽しかったことを頭の中で蘇《よみがえ》らせてふたたび楽しむことではなく、悲惨な出来事を誤読して〈物語〉にし、私に苦しみや痛みや哀しみを与えたひとびとを〈登場人物〉のように扱うことに他ならない。私は辛いものでしかない現実を〈物語〉に創《つく》り変えて、自分もまた〈登場人物〉の一員になることで、現実を消滅させていたというより、現実から姿を晦《くら》ましていたのだ。私はものごころついたころから〈物語〉の住人だった。

（『魚が見た夢』「まえがき」）

柳美里は自らの生の手ざわりをこのように記している。現実は〈物語〉でしかなく、現実世界に生きる他者や「私」は〈登場人物〉でしかない。〈物語〉として把持した出来事や〈登場人物〉としての他者や「私」は、現実とは微妙にズレている。だが、そのズレを意識しつつもそれらを現実としない限り、世界は立ち現れてはこない。現実は物語の外部に存在する。しかし、言葉はそこへは到達できず、つねに〈誤読〉しつつ、現実の傍らに佇むのである。柳美里は、言葉と現実との関係を〈言葉は私にとって眼鏡のような働き〉をしている（『レモンと檸檬』）とか、小説に書く蟻は〈現実の蟻ではなく、私の蟻、小説のなかの虫でしかない〉（『表現のエチカ』）という形で言い当てようとしている。

柳美里はこのことを東由多加との出会いによってつかんだ。『水辺のゆりかご』（一九九七年）には、東京キッドブラザースの演技指導のなかから作家柳美里が誕生した瞬間が描かれている。

記憶はひとつの物語でしかなく、ひとは往々《おうおう》にして自分に都合のいいよう創作《そうさく》しているものだという考えは、過去《かこ》の経験《けいけん》の重みにたえかねていた私にとって刺激的《しげきてき》だった。もしかしたら私の陰《いん》惨《さん》な記憶も案外自己憐憫《じこれんびん》によるフィクションかもしれない——、反発をおぼえると同時に、自分の過去を書きかえることができる可能性《かのうせい》を示唆《しさ》されたように思えた。そのときから私はいつか自分の過去を書きかえて戯曲《ぎきょく》にするという予感を持ったように思う。

（『水辺のゆりかご』）

「私」を呪縛する〈過去《かこ》の経験《けいけん》〉から解かれ、〈過去を書きかえることができる〉と気づいたことは、言語的転回とも物語論的転回とも言うべき出来事の存在論の転回を意味している。記憶は過去の出来事を「私」の視点と文脈で切り取り過去形の言語に置き換えた物語であり、多元的に存在する出来事の一面を写し出しているに過ぎない。出来事は、異なる視点と文脈、そして異なる言葉で分節されれば全く別様のものとして立ち現れてくるのである。換言すれば、常に意味として到来する経験は、意味の変容とともに姿を変える、ということである。

ここで留意すべきは〈物語〉や〈書きかえる〉ということの意味である。これらの言い方には現実とはかけ離れたもうひとつの世界を構築するというニュアンスがついてまわるが、柳美里の場合、そういう意味合いはない。そもそも言葉は現実には届かないという意識をもつ柳美里にとって、言葉によって分節された時点で現実は既にそのものではなく、現実だと認識しているものは虚構的現実、あるいは人間的現実と呼ぶものでしかないのである。そして、言葉で象られた虚構的現実、あるいは人間的現実が「私」を「私」たらしめる原初的世界を構成する。つまり、言葉で世界を構成する人間にとって、出来事はつねに現実と虚構の間《あわい》に漂うものなのである。

周知のように、柳美里はその文学的歩みを戯曲から始めた。戯曲は言葉で表現された作品であると同時に、演出家によって演出され、俳優によって舞台で演じられる脚本でもある。「私」の過去を定着させるために書かれた言葉が、他者によって解釈され演じられる度に「私」から剥離していくような異和を柳美里は〈文字の肉体化〉(『レモンと檸檬』)という言葉で表現している。舞台上の俳優の身体から発せられる声が作者が戯曲のなかに置いた言葉の意味を変容させ、「私」の過去からは遠いものとなっていく。

柳美里が戯曲から小説へと方向を転換した必然性はこのような所にこそあった。「私」を現実に繋ぎ止めておくための物語は〈自分の体験を素材〉とした〈虚構〉であり、物語を紡ぐ言葉は意味の変容を受けぬ形でそこに置かれなければならない。「私」の生を小説という枠《フレーム》に写し取った物語は〈ドキュメンタリーともフィクションともつかない、その境界をこえる〉ものなのである

2　制度と演技

トイレから出て居間に戻ると、弟がテーブルの上にケーキの箱を置いた。一家で暮らしていた二十年前と同じ配置でテーブルを囲んでいる気がする。確かにそうだ、いつもこの座り位置だった。

（『家族シネマ』）

映画の撮影が始まると、再会した家族は、二十年前と同じ座り位置でテーブルを囲む。おそらく、このようなところに家族がひとつの「自然」であると感じさせる、あるものが潜んでいる。何年離れて暮らしていても家族はやはり家族であり、座り位置という身体感覚の残像がそれを証明しているかのようである。だが、私たちが社会のなかで感じている「自然」は、すべて構築された制度が見させる幻想なのかもしれない。たとえば、ピーター・L・バーガーは、『社会学への招待』の「ドラマとしての社会」という章で次のように述べている。

社会のもろもろの制度は、事実われわれを束縛・強制するが、同時にまた、ドラマの上の約束事として、いやそれどころか虚構としてさえ現れてくる。……（中略）……われわれは、社会的ドラマを実演しながら、これらのあやふやな約束事が永遠の真理であるかのようなふりをし続けているのである。

（永野節夫・村山研一訳）

人間が社会生活を営む上で構築した〈制度〉を〈ドラマの上の約束〉、さまざまな〈制度〉のなかで繰りひろげられる私たちの生活を〈社会的ドラマ〉と見なすバーガーの見解は、人間の行為の自然性と演技性という二分法を根底から問い直している。つまり、演技が戯曲によって造形された世界と与えられた役を組織化したものであるように、人間が社会のなかで行う行為はさまざまな制度と制度が与えた役割を組織化したものであるということである。もし、そうであるとするならば、人間が他者との関係において行うすべての相互行為は、「自然」なものではなく、演技でしかないことになる。

家族も社会のなかのひとつの制度である以上、「自然」ではありえない。フィリップ・アリエスの『〈子供〉の誕生』(一九六〇年)以後の歴史社会学が明らかにしたように、子を慈しみ家庭的存在である母、一家を統率する父、父母を慕う子どもという「近代家族」そのものが、資本主義経済の浸透によって私的領域と公共的領域が分離した「近代」が生み出した制度なのである。人は自らが構築した制度を生きることで、それが制度であることを忘却し、「自然」を捏造している。

柳美里は、家族を素材とした小説を書きはじめる前に『家族の標本』というフィクションともノンフィクションともつかぬエッセイを書いている。いくつもの家族の挿話を標本のように並べた『家族の標本』には次のような一節がある。

トルストイの言葉を真似れば、「幸福な家庭はすべて似通っているが、壊れそうな家庭はそれぞれ違う不幸を抱えている」のだろう。
(『家族の標本』)

人は他者を模倣し、他者と同じであることに安住する。裕福な家が同じような間取りで同じような調度品で飾りたてられているのと同じように、どこにもなく、だが誰もが知っている〈幸福な家庭〉

ということで、人は偽りの幸福のなかに安住する。家族という物語は、存在しない、だが誰もが知っているシナリオを演じることによって成り立っているのである。

母は私が三歳になるとピアノ教室に通わせ、フランス人形のようなドレスを着せ、髪を縦ロールにした。だが自分が思い描いた幸福な家庭の挿絵《さしえ》に現実の物語がそぐわないことを知ると、キャバレー勤めをはじめ、あっさりと母親役を降りた。

(『家族シネマ』)

シナリオにト書きがあるように物語には〈挿絵《さしえ》〉がある。〈母〉にとって、〈幸福な家庭〉はまず絵=イメージとしてあった。そのイメージと似つかわしくない物語の進行とともに〈母〉には自己と役割との間に内的距離が生まれた。自己と役割との内的距離とは換言すれば、世界に対する異和である。人はこの異和のなかで役割に過ぎないと意識しつつもそれに自己を没入させ自己欺瞞のなかで生きるか、役を降りるかのいずれかの方法を選択せざるを得ない。〈私〉が語る子ども時代の思い出には、逸脱しそうになりながら役にしがみつくように〈幸福な家族〉を演じる家族の姿が刻印されている。

昔家族が一緒に暮らしていたころ、夏休みには必ず父が運転する車で丹沢や伊豆にキャンプに行った。そして必ず路に迷い、目的地に着く前に深夜になった。後部座席の床にはジュースの空缶がごろごろ転がっていて、父がハンドルを切り車が方向転換するたびに缶が打《ぶ》つかり音をたてた。母がいくらいっても父は引き返そうとせず、皆が怯えれば怯えるほど猛スピードを出した。パパは逃げ馬なんだ、と父がいうと、私たち兄弟は声を揃えて、パパは逃げ馬だ！　と叫ばなければならなかった。

(同前)

夏休みに家族でキャンプをするという〈幸福な家族〉のシナリオ通りに〈私〉の家族は出発した。しかし、路に迷いシナリオ通りに物語は進まない。〈父〉と〈母〉の苛立ちはハンドルを切る度に缶がぶつかりたてる音とともに増幅し、怯えを招来する。子どもたちの〈パパは逃げ馬だ！〉という叫びは悲鳴に近いものであるに違いない。

二十年前に〈母〉が家を出て家族は崩壊し、〈母〉は〈妻子がいる藤木〉という男性との関係を続けている。一般的にこのような行為は、家族という「自然」から逸脱した「不貞」とか「子棄て」と意味づけられ倫理的な非難に晒される。だが、〈私〉がそのような態度を示さないのは、〈母〉の行為が単に〈母親役を降りた〉ということに過ぎないと捉えられているからである。むしろ、家族が実演されつつ「自然」を捏造する制度に過ぎないことを見抜き、役を降りてしまった〈母〉を〈私〉が肯定しているようにも読める。それはおそらく、〈母〉が自己欺瞞によって〈幸福な家庭〉という一般性に埋没することなく、交換不可能な自己の個体性を自覚しているからである。

多くの家族が〈幸福な家庭〉というシナリオに呪縛され、そこからの逸脱を演技によって隠蔽し〈家族ごっこ〉を続ける、つまり捏造された自然に埋没することによって自らが直面している状況から逃亡する。そして、この状況からの逃亡が自己と演技との捩れをさらに深め不幸を現出させるのである。〈母〉が家を出たことは、家族からの逃亡であったかもしれないが、自己の置かれた状況には向きあった行為だったのである。

崩壊した家族が二十年ぶりに再会するドラマのなかで、〈父〉は家族の自然性から抜け出していないように見える。

「もう一度やり直そうじゃないか、家族が一緒に暮らさないなんて不自然だ。それにしてもどう

してこうなってしまったのか、わたしにはわからない」（同前）

〈父〉は、このような言葉で家族の再生を訴える。しかし、〈父〉と〈母〉の〈喧嘩のシーン〉を見ている〈私〉は次のように感じている。

ふたりのやりとりはシナリオに書かれた科白なのか、それともアドリブなのか、私にはわからなかった。片山がシナリオを書いたのなら、それぞれの言分を取材して科白化したのだろう。リアルな応酬にも聞こえるし、つくりものめいてもいるが、どちらにしても陳腐な科白に変わりない。（同前）

そもそも撮影されているこの〈ドキュメンタリーともフィクションともつかない、その境界を超える画期的な映画〉に〈シナリオ〉はあるのだろうか。少なくとも出演者のひとりである〈私〉には〈シナリオ〉は渡されていない。だが、監督の〈片山〉には〈激しい罵《のの》り合い、つかみ合いのあと〉に〈母〉が泣き、その後〈父〉が〈許しを請《こ》う〉という風にシーンの展開が把握されている。〈父〉と〈母〉が演じているのは、すでに誰もが知っている〈幸福な家庭〉というシナリオではなく、〈林家〉という「崩壊した家族」のシナリオなのである。そしてふたりは、このシーンを撮り直すかどうか話し合っているスタッフにこう言い放つ。

「わたしたちはやりますよ、何度だって」母は咳《せ》き込むようにいった。
「やり直すんなら眼鏡をかけたいですねぇ、どうでしょうか」父はネクタイを整え、背広についた糸屑を棘《とげ》でも抜くようにつまみとってからいった。

（同前）

この映画の〈シナリオ〉は紙に書かれたものではない。何度でも演じ直せるくらいに身に染みついた互いの〈憎悪〉がその〈シナリオ〉なのである。二十年ぶりに顔を合わせることで確認された互いに抱き合っていた〈憎悪〉が作り出す〈社会的ドラマ〉こそがこの映画の〈シナリオ〉であり、それを演じることで「家族」と「映画（シネマ）」が成り立っている。〈私〉が感じた〈二十年前とは違う別のかたちの崩れ方〉とは、家族にとって〈憎悪〉が一種の制度として家族のシナリオになってしまったことを指している。

〈家族旅行〉のシーンの撮影でも父は家族の自然性に依拠し家族を再生できると信じているように見える。〈家族がひとつになるにはキャンプがいちばんだ、うん、いいなぁ〉、〈都筑区の家でもう一度出直そうじゃないか、わたしたちは家族なんだ〉という科白はそのことを示している。だが、〈憎悪〉がこの映画のシナリオであるとするならば、〈父〉のこの科白こそが演技であることになる。〈父〉が降りしきる雨のなかテントの支柱を〈立て直そう〉として果たせず〈頭を前方に傾けて両手を握り合わせている〉姿が〈雨の音に聴き入っているようにも祈っているようにも見える〉のは、〈父〉の言動こそが自然なのか演技なのか明確ではなく、滑稽さと哀しさの両極に分裂しているからである。

人間の社会的行為が「自然」なものではなく、人が輻輳するいくつもの物語を演じることから逃れられないことを気づかせるために『家族シネマ』のなかに挿入されたのが、〈私〉が勤める〈花の世界社〉が経営する農園と〈深見清一〉という彫刻家である。

橋爪はスタッフ全員を下の名前で呼び、この農園をファミリー化している。農園主兼養護学校の

教師のように振る舞う彼の健全さに私は心のどこかで強く反撥していた。(同前)

農園で働いているのは〈登校拒否児や知的障害を持つ若者たち〉である。農園主である〈橋爪〉が彼らとの間に疑似家族のような関係を持ち込むのは、労働契約でしか結ばれていないはずの関係を隠蔽するためであり、労働に過剰な意味を付与するためである。契約によって人が使用者と労働者という関係に立つのが企業という制度である。この制度が近代の産物であって人間の「自然」に根差したものでないことは誰もが知っている。企業という制度のなかでその役割を演じているはずの人間が、その制度を隠蔽するために別の物語を捏造し異なる役を演じている。

この農園が〈多くの農家を離農させて建設した飛行場の敷地の一部であり、地元農民を雇用するという条件で国から借り受けたもの〉であることは、象徴的な意味をもっている。かつてあった農村の物語を破壊し、新たな物語によって建設された飛行場。そして、〈地元農民を雇用する〉という物語で借り受け建設された農園で、そうでない人々が働き、企業であることを隠蔽する〈ファミリー〉という捏造された物語が書き加えられていく。その土地に纏わる物語は幾度も書き換えられ、意味を変えていく。〈私〉が農園で催す吐き気は物語の呪縛によるものなのである。

〈私〉が彫刻家の〈深見清一〉に惹かれたのは、彼が社会に溢れる既成の物語から遠い〈現実感のないひと〉に見えたからである。〈深見〉は初対面の〈私〉に尻を撮影させてくれと頼む。

呆気《あっけ》にとられて笑うしかなかった。カメラを手にしたただの変態老人だ。

「最後に尻が残った」深見は一段と張りのある声でいい、私がなおも笑いつづけていると、押し入れを開けゴムボートに乗り込み、襖を閉めてしまった。押し入れの前に正座して、「びっくりしちゃったもので、すみません」と謝ったが「もうあなたには頼まない、目の前に尻があるのに撮れないなんて腹立たしい、帰ってください」襖を通した声はくぐもって聞こえ、それがいくばくかの真実味を醸《かも》し出した。初対面の老人のアパートに泊まるという危なっかしいことを仕出かしたのは決して憐憫《れんびん》からではない、この老人が持つ遊戯感覚に惹かれたのだ。(同前)

物語に呪縛されそれを演技するのではなく、遊戯する姿に〈真実味〉を感じたからこそ〈私〉は〈全裸〉になって尻を撮影させたのだし、〈私は彼と折り合うことができるのだ〉と確信し、〈深見〉が眠っている間に生活に必要なものを買い揃えたのである。だが、遊戯が遊戯であるためには、それが束の間のものでなければならない。束の間のものであるはずの遊戯を連続させることはそこに制度や物語を構築し、演技を要請する。もし〈私〉が〈遊戯感覚〉によって〈深見〉とポストファミリーを築いたとしても、〈憎悪〉という物語で結ばれた家族から別の物語に移行するだけのことなのかもしれない。再び〈深見〉のアパートを訪れた〈私〉が扉の隙間から〈頷いた拍子に鮮やかなコバルトブルーのハイヒールが目に入り、高熱が出たときのように躰の力が抜けた〉のは、遊戯を連続させることの不可能性に気づいたからである。そしてその不可能性は、人が物語を演じることから逃れることの不可能性を示唆しているのである。

3 「在日《エグザイル》」と物語

人は社会のなかで、さまざまな制度が編みだした物語を演じている。だが、「私」の連続性と全体性を支えているのも物語である。

どの家族も親と子供を創作するものだ。各人にそれぞれの物語を与え、性格を与え、運命を与え、さらには言語すらも与える。

（エドワード・W・サイード『遠い場所の記憶』）

パレスチナから遠く隔てられて生きることを余儀なくされたサイードは、自伝をこのように書きはじめている。確かに、どの家族も物語を生きている。それは「故国喪失者《エグザイル》」も「定住者」も同じである。だが、そのような在りようと、自分の生、あるいは家族をそのようなものであると意識することは全く別のことである。サイードの『遠い場所の記憶』と「早すぎた自叙伝」と評された柳美里の『水辺のゆりかご』にはいくつかの共通点がある。それが最も顕著なのは、自らが出生する前の、記憶以前の「私」に連なる人々の物語に関する件である。

サイードは〈多数の（しかしたいていは互いに相容れない）アイデンティティ〉が〈わたしの両親から、彼らの過去や名前から始まっているように思われた〉としたうえで、次のように記している。

父は一八九五年に（母は一八九三年ではないかと言っていた）エルサレムで生まれた。彼が自分の過去についてわたしに語ってくれたことは十やそこらの出来事に限定されており、すらすらと澱みなく述べたてられる決まりきった一連の文句にはほとんど何の内容もなかった。

（同前）

その〈一連の文句〉には、父がアメリカに渡りアメリカ国籍を取得したことと、フランスでドイツ軍との実戦に参加したことが含まれていたが、サイードは父から聞いた話を〈それは公式の伝記というようなもので、聞き手（主に子供や妻など）を指導・感化することを目的〉とするような〈物語〉であったとしている。そして、父の死後、除隊証明書を再発行してもらった折に、父が補給部隊に所属し〈めぼしい軍事作戦のいずれにも参加した記録〉がないことを発見するが、〈だが、これは何かの間違いであろう。わたしとしては父の話のほうを信じたい〉と記している。サイードは、公式の記録よりもそれを纏って生きた父の〈物語〉を信じようとした。この態度の根底には、その人をその人たらしめている物語に対する深い洞察と、その物語を纏って生きた父と過ごした長い時間への愛着があるに違いない。

一九六八年に横浜で生まれた「在日」二世である柳美里は、子どもの頃からいくつもの疑問を抱えていた。幻のオリンピックとなった一九四〇年の東京オリンピックに出場するはずだった祖父はなぜ日本に渡りパチンコ店の経営者になったのか、戸籍上は日本で生まれたことになっている母は本当はどこで生まれたのか、父はなぜ日本に来たのか、韓国ではどのような生活をしていたのか。だが、母が語る祖父の過去は話すたびに違っていたし、父も母も自らの来歴を語ろうとしない。そのような両親について柳美里は次のように記している。

> 両親の過去には暗いトンネルがあって、ふたりはその入口と出口を沈黙という壁でぬりこめてからでなければ、日本で生きていくことはできなかったのだ。
>
> （『水辺のゆりかご』）

サイードの父が〈すらすらと澱みなく述べたてられる決まりきった一連の文句〉という物語に自分の過去を封じ込めたのも、柳美里の両親が過去を〈沈黙という壁でぬりこめ〉たのも彼らが生まれ育った場所や本来居るはずだった場所から隔てられた「故国喪失者《エグザイル》」であったからに他ならない。彼らは、記憶とは切り離された別の物語を創作するしか「私」の連続性と全体性を維持することができなかったのである。

定住者が自己に連なる人々の物語を「史実」や「正史」として受け容れ疑問に思わないのは、物語を支える事物や物語を補強する他者の物語《サイドストーリー》があるからである。場所や事物と結びつけられた物語は「史実」や「正史」を偽装し、それが構築されたものであることを隠すのである。だが、生まれ育った土地を離れ、そのようなものから隔てられた「故国喪失者《エグザイル》」が自己を語るとき、それが構築された物語であることが剝き出しとなる。

サイードや柳美里が自己に連なる人々の人生を物語として捉え、人間の生に物語が及ぼす影響に敏感だったのは「故国喪失者」や「在日」という自己の在りようを深く洞察したからに他ならない。柳美里が『8月の果て』（二〇〇四年）で、日朝の近現代史を背景に祖父に始まる一族の物語を書き得たのも物語の力ゆえである。

『家族シネマ』の小説としての強度は、現実を物語としてしか把持することができず、物語を演じるように生きるしかない人間の在りようを描くことによって事実と虚構、自然と演技という二分法的な思考を無効化したことにある。そして、主人公の〈私〉が「在日」であることが書き込まれなかった『家族シネマ』の背景には、「在日」であることによって人を人たらしめている物語の力を強く意識するということがあった。だが、『家族シネマ』を発表された一九九六年という時代相に置き直してみれば、〈私〉を「在日」として描かなかったもう一つの理由が浮かびあがってくる。

一九八〇年代後半から一九九〇年代の始めにかけて日本社会を狂乱の渦に巻き込んだ「バブル景気」は、土地を投機の対象と変え、なり振り構わぬ金儲けは人間を「市場的人間」へと変貌させた。〈都築区の家〉を巡る〈父〉と〈母〉のやり取りは「バブル」に踊った人々を戯画化したものと言える。そして、土地が貨幣との交換物へと変貌したことが生まれ育った場所と何らかの関係を保ち続けていた「定住者」たちの在りようを大きく変え、人と場所を結びつける物語を消滅させたのである。つまり、「定住者」たちは「市場的人間」に変容し、自らを生まれ育った場所と隔てることによって「故郷喪失者《エグザイル》」となったとも言えるのである

物語を支える事物や他者の物語と隔てられ、剥き出しとなった物語によってしか「私」の連続性と全体性を維持することができないポストモダン的に断片化された人間の在りようは「故国喪失者《エグザイル》」だけのものではなく、「定住者」にも拡がりつつある。『家族シネマ』が発表から十年以上経った現在もそのアクチュアリティを失わないのは、すべての者を「故郷喪失者《エグザイル》」にしてしまうポストモダン的な現代の人間の在りようをを小説の根底に据えているからであると言うことができるだろう。

記憶のなかの海峡——『水辺のゆりかご』から『仮面の国』へ

小林孝吉

柳美里の記憶の底には、日本と朝鮮半島を隔てつつ繋ぐ海峡が流れているのではないだろうか。ときに、その海峡ははげしく渦巻き、またある瞬間には美しい風景を現出させる。柳美里は、在日二世として日本で生まれて以後、そんな海峡に引き裂かれつつ生き書きつづけている。その海峡は、家族の暮した畳の下を流れる〈幻の海峡〉(=玄界灘)なのだ。

若すぎる自伝にしてひとつの墓標でもある『水辺のゆりかご』(『月刊カドカワ』一九九五年六月号—一九九六年九月号、角川書店、一九九七年刊)は、そんな幻の海峡の存在を鮮烈に印象づけている。そして、その海峡には、日本による戦争の記憶と、その記憶を乗せた、死者をも含む無数の〈舟《ベー》〉がいまも漂っていないだろうか。

『水辺のゆりかご』の連載が開始された一九九五年、それはちょうど戦後五〇年の年であるとともに、八〇年代のポストモダン以後の日本社会にとって「失われた一〇年」といわれる九〇年代の中間にして、阪神大震災、オウム真理教事件という歴史を画する出来事の起こった年でもあった。それはやがて、柳美里の『ゴールドラッシュ』として作品化されることになる、神戸の郊外で起こった一四歳の酒鬼薔薇少年事件へとつながっていく。まさに、それらは日本社会の迷い込んだ深く、暗い森を表象している。

社会学者・大澤真幸は、戦後史を見つめ直す『不可能性の時代』（岩波新書、二〇〇八年）のなかで、敗戦後つづいた「理想の時代」のあと、七〇年代からはじまった「虚構の時代」の終焉を告げたのが、これら一連の事件であったと述べている。柳美里のこの二〇代後半のエッセイ集『水辺のゆりかご』も、それと連続する社会時評『仮面の国』（『新潮45』、一九九七年五月号―一二月号、一九九八年二月号―四月号、新潮社、一九九八年刊）も、そのような時代を背景にした日本社会と心の闇を映しだしている。

「畳のしたの海峡」「校庭の陽炎」「劇場の砂浜」という三つの章で構成され、幼年期から学校でのいじめ、高校退学後に劇団東京キッドブラザースと出会う一〇代終わりまでをつづった『水辺のゆりかご』は、こうはじまっている。「昭和四十三年六月二十二日。／私は夏至の早朝に生まれた。／美里という名をあたえてくれたのは母方のハンベ（韓国語で祖父）の梁任得《ヤンイントク》だ」。ここから柳美里の在日二世としての記憶ははじまっていく。

柳美里は、新たなノンフィクション・メディアとして創刊された『G2』（講談社、二〇〇九年第一号）に、ドキュメント「児童虐待―なぜ私は愛するわが子を叩くのか」を執筆している。このなかで、彼女はもうすぐに一〇歳を迎える自分の子どもとの痛みに満ちた関係をドキュメンタリーとして扱いながら、『水辺のゆりかご』に描かれた三〇年ほど前の自分自身の同時代の記憶を重ね見つめ直している。このドキュメントでは、柳美里は自身の家族、学校、性的虐待などのトラウマとなった体験が蘇り「再演化」されているのだ。

「児童虐待」には、父母のことがこう記されている。「父は一九三九年に慶尚南道山清で生まれ、母は一九四五年に慶尚南道密陽で生まれたが、それぞれ止むに止まれぬ事情で、朝鮮戦争の最中に故国を離れ、異国である日本に密航してきた」。その両親の朝鮮の記憶は、いつも彼らの暮した在日家族の畳の下を海峡として流れていた。
このドキュメントに、柳美里は両親についてこう書いている。――父はパチンコ屋の釘師で、当時八〇万円の高給にもかかわらず、競馬などの賭博にのめりこんですべてを使い果たし、母は家で漬けたキムチを横浜の橋のたもとで売ったり、キャバレーに勤めたりしながら、私を中学受験させるために進学塾に通わせた。生活は、信じられないほど貧しかった、と。
入学した名門女子校である横浜共立学園は、家出や自殺未遂によって高校一年で退学となる。その処分を校長室で聞いた父は、「校長先生さま、娘をどうかこの学校に置いてやってください」と土下座までするが、校長はこう退学理由を告げた。

「お父さまの気持ちはよく解りますが、娘さんは他の生徒に毒をばらまいているんですよ。段ボールのなかに腐った林檎がひとつあると、他のなんでもない林檎まで腐りはじめるでしょ」と、金縁の老眼鏡をかけて、中二からはじまったわたしの「非行」の数々を読み上げたのである。

（『G2』二〇〇九年創刊号）

柳美里は、名門のミッションスクールのなかで、毒を発散するひとつの〈腐った林檎〉だったのだ。この言葉は、二六年後のいまも忘れられないという。
『水辺のゆりかご』のあとがきに、柳美里はこの作品について、次のように記している。「多くのひとがあらわれて、去る――、それは私だけではなくだれもが経験する〈哀しみ〉だろう。残るのは思い出、記憶にすぎない。そしてその記憶こそが物語であり、物語の〈変容〉のいっさいである。これは〈自伝〉でもなく〈小説〉でもない。私はいおう、これは言葉の堆積である、言葉の土砂であると

――」。『水辺のゆりかご』は、柳美里にとって「記憶」＝「物語」であり、言葉の「堆積」＝「土砂」なのである。その底には、在日家族の擬態と自分自身の虚偽、日本社会と学校の〈仮面〉を引き裂き、癒す、民族の記憶と〈幻の海峡〉がうねり流れている……。

『水辺のゆりかご』の主な登場人物は、マラソン選手からパチンコ店の経営者となったハンベ、家族に暴力をふるい、出自について語ろうとしない父柳原孝《ユウォンヒョ》、父を捨て子どもを連れて愛人のもとに走った、虚栄心の強い母梁栄姫《ヤンヨンヒ》、〈私〉に憎しみの感情をもつ妹愛里《エリ》、「夢遊病者」の弟春樹《ハルキ》、深夜に発作を起こす弟春逢《ハルオ》、それにハンメ（祖母）、〈私〉が父の実の母であると確信しているコモ（父方の伯母）、朝鮮人であることをひたすら隠して暮す八王子のサンチュン（伯父）、それに学校の教師、クラスメートたちである。

この在日家族が住んだ借家は、風呂場ではナメクジが石鹸箱を這い、家のなかは穴だらけの壁や雨漏りする天井など、そんな光景が遠い〈私〉の記憶に残っている。「父は崩壊した家族の絆をもう一度取り戻すために家を建てたのだろうが、私のなかではもうとっくに家族は完了してしまっているのだ」というように、家族再生のために家を新築する物語『フルハウス』も、「家族なんてどっちにしたってお芝居なんだからね」と、幸福な家族を演出する『家族シネマ』も、この在日家族の長く、暗い宿命的な夜の底から生まれているのであろう。

柳美里は幼年期の記憶として、母が妹をおぶって買物に出かけたあと、弟は公園で遊び、一人家に残ったときのことをこう記している。

> そんなとき私は、部屋の畳をはがすと、そのしたにはほんとうの家族、畳のうえとはちがうふつうのくらしをしている私たちがいるのではないかと思ったものだ。となりの部屋には、ハンベ、

ハンメ、コモがすんでいて、そのもっとしたには、父がたまに口にする玄界灘がある。
私は畳に顔をよせて耳をすます。畳のひんやりとした感触が伝わってくるが、家族の団欒の声も海鳴りも聞こえてこない。
家は静まりかえっていた。

（『水辺のゆりかご』「畳のしたの海峡」）

この在日家族の記憶のなかには、畳の下には、柳美里の知らない玄界灘が、海鳴りの聞こえない〈幻の海峡〉が流れている……。

柳美里と同じ在日二世の作家・金《キム》鶴《ハ》泳《ギョン》は、若き日々に「吃音の谷」と「深い悲しみ」（『凍える口』）のなかで、やはり民族の記憶として、その家族と存在の底を流れる海峡を見つめつつも、『水辺のゆりかご』のような過去への墓標を立てることなく、ある正月の一月四日に孤独のうちに四六歳で自殺している。その死後、遺作として発表された作品に『土の悲しみ』（『新潮』一九八五年六月号）がある。その小説には、吃音という存在の「疼き」をもつ〈ぼく〉、祖父、祖母、母にすりこぎ棒が折れるほどの暴力をふるう父、耐える母、そんな陰惨な光景におびえる妹、肺病で死ぬ叔父など、在日家族三代の不幸の記憶が描かれている。

なかでも祖母は、三一歳で海峡を渡り、その二年後、朝鮮へ帰りたいともらしつつも、〈ぼく〉の故郷の町で鉄道自殺してしまう。しかも、遺骨は踏切近くに埋められたまま行方不明となり、後に墓にはその付近の〈土〉をひと握り骨壺に入れて納めることになる。〈ぼく〉は、こう想う。「ひとりの人間が死んで、埋められて、ちゃんとした墓標でなくても、何か徴しになるようなものを、周囲の誰か、誰かひとりでも立ててくれようとしなかったのでしょうか。異郷から流れてきた朝鮮人は、それほどまでにこの地でないがしろにされたのでしょうか」と。ここには、一人の朝鮮人が日本という異郷で生きた証＝記憶さえも葬られているのだ。

『水辺のゆりかご』の主人公〈私〉は、一歳の誕生日の前にコモの家にあずけられ、三歳までそこで育つことになる。それから家族は南区大岡に引っ越したあと、〈私〉は年子の春樹とともにミッション系の幼稚園に入り、そこで大人たちの不可解な会話や視線に、〈性〉や〈女〉の秘密を感じとるようになる。〈私〉は、この幼稚園の頃から学校などの集団のなかで、友だちや同級生、教師からいじめを受けることになる。

ある日、幼稚園で母の迎えが遅れたとき、一人で帰ろうと走りだすと石につまずいてころび、追いかけてきた先生に頬をたたかれたり、習っていたピアノの先生には気にいられずに脇腹をつねられたり、そんな陰湿ないじめに遭遇する。「このふたつの出来事が、私の学校や教師にたいする異常なまでの拒絶感の原因になったのだという気がする。もちろんこのような出来事を生み出したのは、私の内で芽生えつつあった暗くはげしい情念だったのだろう。私は四、五歳のころからずっと逃亡者だったのだ」。

また、〈私〉の友だちであった大家の娘の父は、ときどき〈私〉たちと遊んでくれたが、彼はだきあげたときなど、〈私〉を性の対象にとして扱った。「私の股にてのひらをあてがい、すばやく指をうごかす。他の子をだきあげるときは両の腋のしたに手をさしいれるのに——。変だと思ったがだれにも話せなかった」。さらに、こんなこともあった。日曜日、幼稚園で遊んでいて、のどがかわいたから家に帰ろうと走りだすと、彼は〈私〉の手をつかんで公園のベンチに腰をおろし膝の上にだきあげると、下着の上から陰部をまさぐり、ブラウスのボタンをはずして胸をくすぐる。そして、草の上に寝転ぶ。——「私は新しい墓穴のような土のにおいを、水気をふくんだ草の葉のにおいをかいだ」。しかも、この「秘密」な関係は、それからもつづいていく。幼稚園の頃の記憶は、このような性的虐待や集団からの排除など、それは団欒なき家族の生活を暗く彩っていた。

近所の大岡小学校に入学――。〈私〉は仲良しグループからはずされ、クラスの班にも入れず、父に買ってもらった四六色の絵具も筆もなくなり、残された暗い色を指や手のひらに塗って画用紙に絵を描くようなことがつづく。学年が上がるにつれていじめはエスカレートし、自らも四年のときには万引きをし、それがばれて学校で孤立するようになる。家では、深夜父と母が帰ってくるまで四人で夜を過ごし、ささいなことで喧嘩をする。〈私〉はゴルフクラブをつかみ、春樹は金属バットをふりあげ、愛里はゴルフボールを〈私〉の顔になげつける。「家のなかの夜ははいあがることができない穴ぐらに似ていて、私は疲労の底へずり落ちていった。夜は長く、夜になるたびにもう朝はもどってこない、そんな思いに支配された」。

小学校四年のとき、『フルハウス』に描かれるように、南区の借家から西区の一戸建てへと転居する。学校でのいじめはつづき、家族の内部にはそれぞれ「暗い穴」が開き、父と母の間は険悪になる。〈私〉が学校から帰ると、母は家の梁にコタツの電気コードをかけて首を吊ろうとしていた。その頃、母は高校の同級生で妻子ある男と恋に落ち、卒業式の前夜二度目の家出をし、その日のことはこう書かれている。「この日、私のなかの少女が死んだ気がする。喪失はある日突然におとずれる。ひとは何度でも死ぬけれど、だからといって何度も生きかえるとは限らない。私は生きながら〈自殺〉したという感覚をこの日持ったのだ」。

その柳美里は、小学校の卒業文集の将来の夢について、〈私は小説家になる〉と書いたのである。

「校庭の陽炎」は、横浜共立学園での中学から高校一年までの生活が描かれている。父母の関係は日々悪化し、父の暴力は激化し、母は外泊が多くなっていく。そんな状況のなかで、学校の授業中も憤怒と屈辱が鎮まることがない。朝は起きることができなくなり、遅刻が常習化し、カバンのなかには中原中也、太宰治の本が入っている。名門校とはいえ、「抑圧された性的エネルギーは教室や廊下に吹きすさんでいる」。

中学二年の六月二二日、一四歳の〈私〉は、はじめて家出をする。その日の朝、遅刻しそうな〈私〉を車で送るという父を無視して走りだす。すると、追いかけてきた父は瞬間車を停めると、トランクにあった傘を何本か槍のように〈私〉の背中に投げつける。路地を走ってホームで電車に乗り、そのまま偶然出会った学校の友人と熱海へと向かい、夜は友人の家に泊めてもらう。その頃、〈私〉は「毎日、自己嫌悪と後悔の念で目をさました。自分の何を嫌悪し後悔しなければならないのかわからなかったが、とにかくすべてがいやでたまらず、家や学校と縁を切って人生から降りてしまいたかった」。

山下公園で、剃刀で手首を切り、一晩中暗い海と向き合い一睡もせずに学校へ行く、そんな日もあった。駅から学校に近づくと、息が苦しくなって呼吸困難で倒れ、精神科の診察を受ける。医師は、〈私〉にたずねる。――疲れますか、眠れないですか、死にたいですか、と。〈私〉は、すべてに「はい」と答えるのだ。

ある日、〈私〉は学校で睡眠薬を飲みすぎ、無期停学となる。診察日には、医師と面談しながらも、「死ぬしかない、死のう、死のう」と思う。無期停学明けに学校に行った日、〈私〉は周囲の視線に耐えきれずに、海に飛び込んで死ぬ決意をする。真冬、逗子駅を降り線路を歩く。幻覚におそわれながら、夜住宅地の公園で寒さのために教科書を燃やしたり、すべり台に横になり朝を待つ。翌日の夜は、マンションの工事現場で過ごし、恐怖の極限のなかで一人でしゃべり、夕暮れには早く死のうと海へ向かう。靴と黒いストッキングを脱ぎ、波音のなかを海のなかへと進む。飼っていたペット、友人たちが〈私〉に笑いかけ、瞬間黒いうねりが立ち上がり、海に飲み込まれる……。

ザザーッという音がして、寒い、と目をひらくと夜はあけかけていた。私は潮の香る息を吐きながら横たわっていた。死ねなかった。波が私をはねかえしたのだ。あるいは私が、飲みこもうとおそいかかってきた波からにげたのかもしれない。私に笑いかけてくれた幻たちも消えていた。ひとりだ、そう思った。

（『水辺のゆりかご』「校庭の陽炎」）

海を背に歩きはじめる。横断歩道でたおれ、見知らぬ男の車にひろわれる。男は、一本の缶コーヒーを膝に置いたあと、「オッパイとオマンコどっちをさわらしてくれる」といい、車のシートを倒す。「男は、これで新しい下着買えばいい、とブラジャーのあいだに二千円をねじこんで、エンジンをかけた」。駅で偶然生徒会長に助けられ、彼女の家で数日間眠りつづける。「私は自分の人生が分断されてしまったように感じていた。私はひとつの人生を生き終えたのだ。もうひとつべつの昼を、べつの夜を生き直すことなどできるだろうか。二回生まれ、二回死ぬことなど――」。

このあと、〈私〉は「迷える羊」として退学処分は免れて高校へと進むが、また家出、補導が繰り返され、ついに退学処分となる。校長はいう。――「柳さん、学校だけがすべてではないよ。あなたには向かなかったというだけでね、他にかならずぴったりする世界があるからね。……」と。柳美里は、一個の〈腐った林檎〉として名門ミッションスクールから排除されたのである。

「劇場の砂浜」には、柳美里の生涯を決める演劇との出会いと、再生への予感が表現されている。横浜共立学園退学後、〈私〉は何もすることがなく、母が買い物に行ったときに冷蔵庫を開けては食べ、トイレもすますような日々がつづく。母はドアの外から怒鳴り、ある深夜、「おまえを殺して、あたしも死んでやる」と出刃包丁を握りしめて枕もとに立つ。また、〈私〉は母の愛人をも激しく拒絶する。

そんなある日、ふと中学一年のときに聞いた〈東京キッドブラザース〉という劇団を思いだし、研究生のオーディションを受けて合格し、主宰者の東由多加と運命的に出会うことなる。東は、〈私〉の過去を聞き、こうアドバイスする。——在日家族のことも、学校の体験も、人に知られたくないマイナスだが、演劇ではすべてがプラスです、と。自分のなかの抑圧を解放する演技稽古、ワークショップなど、自意識過剰な〈私〉は演劇に没頭する。卒業公演、新劇団での旗揚げ公演、地方公演などのあと、先輩劇団員の自殺などを契機に退団し、今度は戯曲を書きはじめる。

最初は、死にたい男と家出少女が砂浜で遭遇して心中する物語『水の中の友へ』を書き、劇団〈青春五月党〉を結成して、その作品の上演を計画する。舞台に砂浜をつくり、公演中は、あの海での自殺未遂を想ってか、〈私〉は海の悲鳴に耳を澄ませていた。それから六年間、『棘を失くした時計』『石に泳ぐ魚』『静物画』『月の斑点』『春の消息』『向日葵の柩』『魚の祭』と、若き在日女性戯曲家として〈家族〉をテーマにした戯曲を発表する。金壎我《キムフナ》は、『在日朝鮮人女性文学論』（作品社、二〇〇四年）のなかで、これらの小説以前の戯曲は、「過去の墓標を立てるべく柳が自らを葬り続ける過程であった」と書いている。

この自伝エッセイのエピローグには、〈私〉がこの年のはじめに一五歳で自殺を図った逗子の海岸へ行く場面が描かれている。

真冬の浜辺にはひとっ子ひとりいなかった。まるで深夜の校庭のようにしんとしていた。きこえるのは波がくだける音だけ。だれもいない。海は不安気に泡立って波を打ちかえしていた。あれから十三年——。

海を左にながめながら歩いていて、つまずいてしまった。砂浜にうもれているさびた鉄のパイプ。砂をほると、乳母車の骨と朽ちた布が姿をあらわした。

私は骨格だけの乳母車にからだをおしこんだ。目のまえにはおおきな蝙蝠のような海がひろがっている。私は乳母車を揺すった。
不意に、ゆりかご、という言葉がうかんだ。(中略)私のゆりかごは、私の墓場でもある。海は生誕の約束の場であり、死んで帰るべき場所だ。私たちが生きている場所は砂浜なのだ。私は骨ばったゆりかごにゆったりと身をまかせた。遠くから子守唄が流れてくる。
海の向こうに、幻の海峡が見えた。

(『水辺のゆりかご』「劇場の砂浜」)

一三年前、一五歳の〈私〉を呑み込もうとした死の海は、ここでは「生誕」を約束する場所にして、砂に埋もれて朽ちた乳母車は〈私〉を葬る「墓場」であり、砂浜は生きる現実であり、一八歳の〈私〉が、身をゆだねた〈水辺のゆりかご〉は、死と再生の空間なのだ。〈私〉は、一人波の音を聞く。その海の向こうに、幻の海峡が、記憶の玄界灘が、畳の下の海峡が見える……。いつか、この海峡は日本と朝鮮、被害と加害、死者と生者をつなぎ、それぞれの記憶が和解する〈希望の海峡〉にならないだろうか。

幻の海峡は、不幸な在日家族の暮す畳の下から、仮面の国・日本の社会の闇の底へと激しく貫流していく――。

『仮面の国』は、『水辺のゆりかご』を書き終えた翌年から約一年間『新潮45』(一九九七年五月号―一二月号、一九九八年一月―四月号、新潮社、一九九八年刊)に連載された、柳美里にとってはじめての社会時評である。この社会時評は、柳美里自身のサイン会中止事件に端を発し、社会的には朝鮮人慰安婦問題、新しい歴史教科書、神戸の少年事件、子どもへの虐待殺人、大蔵省の接待・収賄疑惑、援助交際、学校と少年事件などを批評対象にして、世紀末日本社会の〈仮面〉をあばく、危うい社会時評となっている。柳美里は、連載中の一年間に起きたこれら一連の事件について、今後一〇年間に起きるであろう社会を破壊するような出来事のほとんどすべてを先どりしていると書いている。その批評の底にうねる激流こそが、『水辺のゆりかご』のラストシーンで見た、在日という記憶のなかを流れつづける海峡ではないか。

『仮面の国』の最終章にあたる第一一章「『仮面の国』に贈る最後の「異論」」のなかで、柳美里は戦後半世紀を経た日本社会について、次のように記している。

私はこの国のシステム疲労が、政治・経済・学校・家庭を腐敗させ、汚職、少年犯罪、児童虐待などを生み出しているのではないかと考えている。この国のシステムは憲法と日米安全保障条約というふたつの神の呪縛によって、様々な矛盾と欺瞞を抱え込まざるを得なくなり、欺瞞を隠すために戦後民主主義、平和、正義、人権、愛国などの仮面を被ってしまったのである。閉ざされ、密室化した仮面の内側で論理は歪み、システムは疲弊し切るまで放置されてきた。仮面を支えてきたのは金である。そしてバブルが崩壊して箍《たが》が緩んだ途端に仮面ははずれ、出てきたのは薬害エイズ、オウム真理教、官僚腐敗、援助交際、少年犯罪などの醜悪な顔の数々、今、私たちは深刻なシステム疲労に直面しているのだ。

（『仮面の国』）

ここで柳美里の社会批評が向かうのは、「憲法」と「日米安保」という二つの〈神〉であり、それが戦後民主主義、平和、人権などへと形を変えつつ、社会と歴史の欺瞞をそれらの〈仮面〉で覆ってきたのである。

一九九七年二月、東京と横浜の四書店で『家族シネマ』と『水辺のゆりかご』のサイン会が予定されていたが、「独立義勇軍」「新右翼」と名乗る男からサイン会を中止するよう脅迫電話がかかり、それから柳美里は、仮面の国・日本の歪んだ姿を世紀末の時代潮流を背景に赤裸々に映しだしていくことになる。「言論の表舞台では、背後に欺瞞を隠した正義と確信の仮面劇が演じられ、大袈裟な身振りと大音声だけがスポットライトを浴びている。私はこの場で、言論及び表現の自由を内側から浸食し、欺瞞を隠蔽する〈仮面〉について書くつもりである」と。

このサイン会中止に、「新・ゴーマニズム宣言」を『SAPIO』（一九九七年三月二六日号）に掲載した漫画家小林よしのりが、「従軍慰安婦問題」とも関連させて、朝日新聞などの過大報道として糾弾したのである。柳美里は、サイン会中止事件から朝鮮人慰安婦の「強制連行」について論じ、小林よしのりについてはこう書く。「宗教家、官僚、製薬会社、人権派などの仮面を引き剥がした小林よしのり氏ですら今や自ら仮面を被り、そのことに微塵の羞恥さえ感じていないように見える」。

サイン会中止事件から時評をスタートし、それは慰安婦問題へ、戦後日本の〈神〉（＝仮面）である憲法、安保、アメリカへと鋒先を鋭く向けていく。柳美里はいう。――仮面の正体を追求すること、それが私の文学にとって差し迫って必要なのだ、と。

一四歳の神戸の少年事件については、柳美里は〈須磨区少年殺人事件〉と呼び、それは社会の深部を撃つとともに人々の存在の根拠を揺るがし、自ら名乗った「酒鬼薔薇聖斗」名の声明文や使われた「透明な存在」などという表現に、きわめて高度な文章力を見ている。「しょせんブラウン管のなかの出来事に過ぎなかった事件が、声明文によって私たちの存在の根拠に係わる物語なのではということを予感させたのである」。酒鬼薔薇聖斗とこの少年事件は、〈言葉〉によって仮面を剝ぐ一個の物語となったのだ。

酒鬼薔薇聖斗は、神戸新聞社へ送った犯行声明文に、次のように記している。「……ボクがわざわざ世間の注目を集めたのは、今までも、そしてこれからも透明な存在であり続けるボクを、せめてあなた達の空想の中でだけでも実在の人間として認めて頂きたいのである。それと同時に、透明な存在であるボクを造り出した義務教育と、義務教育を生み出した社会への復讐も忘れてはいない」（宮台真司『透明な存在の不透明な悪意』所収）。

一方、社会の仮面を引き裂く痛烈な声明文とは対照的に、少年は自らの内面深くに棲息する〈魔物〉の存在を静かに見つめている。「懲役13年」という作文には、ダンテの『神曲』の地獄篇の冒頭を「人の世の旅路の半ば、ふと気がつくと、俺は真っ直ぐな道を見失い、暗い森に迷い込んでいた」と引用し、こうつづっている。――「いつの世も……、同じ事の繰り返しである。／止めようのないものはとめられぬし、殺せようのないものは殺せない。／時にはそれが、自分の中に住んでいることもある……／「魔物」である。……」（『朝日新聞』一九九七年九月二六日号）と。

柳美里は、この事件について、両親は責任を引き受けるために記者会見を行うべきであり、社会的には少年の名前を公表し、彼には今後高等教育を施すべきだと主張している。ここで仮面とは、〈少年法〉と〈人権〉なのだ。そして、小説を書く人間として、自分はこの少年のことを考えつづけるという。それが小説『ゴールドラッシュ』として結実するのだ。

この小説の舞台は、欲望渦巻く横浜黄金町界隈で、主人公は全国有数の進学校で、パチンコ店を経営する父が理事を務める萌星学院に籍を置く一四歳の少年である。黄金町の少年は、アイアンで犬の頭を殴って殺し、神戸の少年は、猫を殺して舌を切り取るなどの虐待を行う。少年たちは暴力へ、少女たちは援助交際へ、子どもたちは虐待で死に至る。ここで柳美里が見つめる世紀末にして仮面の国・日本の社会の闇は、かぎりなく深い……。

柳美里は、子どもへの虐待殺人については、『水辺のゆりかご』に描かれた体験を背景に、「虐待に関する報道はあまりにも小さすぎる」とマスコミを批判し、こう指摘する。「虐待殺人を行う親と、ナイフをポケットに忍ばせて深夜の街を徘徊する中学生を放任している親は同根であり、両者ともに親の役割を放棄しているという意味において加害者なのである」と。

『仮面の国』の最後には、仮面がはずれて露出した闇が深刻化する日本と自分自身について、次のように記している。――すでに割れてしまった仮面を被り直すのは不可能である以上、システムの再構築と共同体の再生以外に道はない、そして〈私〉は「デラシネ」（故国喪失者）である、と。

『仮面の国』から一〇年以上経ち、日本はどのように変わったのだろうか。社会システムと共同体の再生は実現したのか。ところが、「9・11」という未曽有の出来事以後、新しい戦争の世紀を迎え、二〇〇〇年代前半の自己責任論の破綻の果てに、新たな〈貧困〉が蔓延している。さらに、この仮面なき社会では、虐待も犯罪もいっそう見えにくくなっている。柳美里自身は、『命』（小学館、二〇〇〇年）で赤裸々に描いているように、二〇〇〇年一月一七日に、丈陽《たけはる》と命名する男の子を未婚出産する。彼女は生まれたばかりの赤ん坊を脇に、奥深い淋しさのなかで「この子もひとり、わたしもひとりだ」と想う。

作家のなかで、酒鬼薔薇事件をもっとも存在の深部で受け止めた柳美里は、『命』のなかに、こう心情を吐露している。「わたしは子どもが十一、十二歳になるまでのあいだに、なぜひとを殺していけないのかをきちんと教えられる自信がない」と。「児童虐待」によると、病気で死にゆく東由多加の命と引き替えるようにして産まれた丈陽は、柳美里自身が最初に家出をしたいと思ったという小学校四年生で一〇歳を迎えようとしている。在日二世の柳美里の畳の下の海峡は、在日二世・柳美里から丈陽へと流れつづけていくのだろうか。

「児童虐待」の掲載された『G2』には、児童虐待、家族病理、自殺・自傷行為を専門とする臨床心理士との対話が収められている。柳美里は、息子との関係は感情を抑圧するか爆発するかしかなく、精神科へ通院するなど「生きるのがしんどい」ともらし、『水辺のゆりかご』の体験を顧みてこう語っている。

抗鬱剤を服用しはじめたのは、十四歳からなんです。父と母が別れてすぐの頃ですね。私は母について家を出て、窓から母の愛人の本宅が見えるマンションで暮らしたんです。本宅の妻が怒鳴りこんでくるというような修羅場もあって、居た堪らない日々を過ごしていたんですが、じゃあ父の家に帰れるかというと、父は暴力をふるうひとだったんですよ。私は鼻の骨を折られたし、母も鼓膜を破られているんです。何故、殴られるのか、よく解らないことが多かったですね。(中略)「反抗的な目をするな」と殴られたこともあったし……でも、私が悪いときもありました。万引きで捕まったときは、鞭で全身を打たれて、全裸で車に乗せられて、遠くの公園に捨てられました。

(『G2』二〇〇九年創刊号)

さらに、柳美里は小学校二年のときにバスのなかで性的虐待を受けたことを話し、また自分が父からされたことが「虐待」かどうかを専門家に訊ねると、次のような答えが返ってきた。「柳さんはもう紛れもない、激しい、重度の虐待を受けて育ってきているんですよ」。

柳美里は、ドキュメント「児童虐待」をこうしめくくっている。——私は小説や戯曲を書くことで、被害者にして加害者でもある自分を匿ってきたが、息子を産んでから「再演」の幕が開いてしまった。だが、私は父と母から受け継いだこの芝居に幕を下ろすために、「虐待」の問題に関わっていきたい、と。

この芝居の底にも、海鳴りの聞こえない海峡が流れているのだろうか。柳美里のなかには、暴力の悲しみにとらえられた父柳原孝、愛人にも父にも裏切られた悲哀の母梁栄姫、この両親から受けた体験とともに生きる柳美里自身へ、そして息子丈陽へと、家族の記憶のなかを、幻の海峡はさまざまな民族的恨《ハン》も呑み込みつつ、一個の〈在日の物語〉として流れつづけている——。

金壎我は、柳美里が家族を書きつづける理由について、「柳にとって家族とは、自分の存在を確認し、他者との「溝」について考えさせる場であった」といい、次のように書いている。「そして両親について書くことは、両親の恨《ハン》を受け継ぎ、それを「書く」という行為を通して、両親の恨《ハン》をも解こうとする行為に他ならなかった。柳は自分に疵を背負わせた両親を許し、両親を憎む己が罪を贖うことで、自分と両親との間に「和解」をもたらそうとしたのである」と。果たして、恨《ハン》は解けるだろうか。

畳の下の〈幻の海峡〉には、日本による戦争の死者や、慰安婦にさせられたハルモニたち、愛する人たちと引き裂かれて強制連行された朝鮮の若者たち、そんな固有の被害の記憶を乗せた〈舟《ベー》〉がいつまでも漂っている。だが、その悲しみの海峡で、死者をも含む日本と日本人の加害と罪の記憶を秘めた〈舟《ベー》〉とが、歴史の傷痕を超えて出会い直し、恨《ハン》を解き、和解することができないだろうか。それは柳美里にとっては、『水辺のゆりかご』の死の海の記憶が、新しいいのちを約束する和解の海へと変わる瞬間とつながっている。そのとき、在日家族の芝居＝物語にほんとうの意味で幕が下りるのだ。

私は過去の墓標を立てたかったのだ。それがどんなに早すぎるとしても——。

（『水辺のゆりかご』「劇場の砂浜」）

柳美里の文学において、記憶のなかの海峡は、海岸にあった〈水辺のゆりかご〉のように、死と再生（＝和解）を約束する〈希望の海峡〉なのである。

「十四歳の少年」の父親殺し――『ゴールドラッシュ』

井口時男

柳美里の長篇小説『ゴールドラッシュ』は雑誌「新潮」の一九九八年十一月号に発表され、十一月に単行本として刊行された。単行本の帯には「十四歳の少年はなぜ殺したのか?」という惹句が印刷されていた。この惹句は明らかに、前年五月、小学五年生の男子の首を切断して「酒鬼薔薇聖斗」と名乗った神戸の十四歳の少年を想起させるものだった。

神戸の十四歳は少年法の趣旨によって匿名化されたために「少年」と呼ばれたのだが、『ゴールドラッシュ』の十四歳の主人公を「少年」と呼ぶしかないのもたしかである。作者が作中で彼を一貫して「少年」と呼びつづけているからだ。副人物たちを各自の名前で記しながら主人公だけを名前でなく「少年」という普通名詞で呼ぶのは、小説の語りの方法としては異例のことだろう。帯の惹句に神戸の事件を参照させようとする意図があるなら、その意図はもともと作品そのものに内在している。

実際、柳美里は神戸の事件に最も鋭く反応した作家の一人だった。犯罪の王たる殺人が、しかも少年による動機の見えない、けれども反社会の意思だけは鮮明な事件が、柳美里のような作家を惹きつけないはずはない。『ゴールドラッシュ』はまぎれもなく神戸の事件に触発された小説である。だが、十四歳という年齢を除けば、主人公の境遇も事件の態様も、現実の事件とはまるで異なっている。小説の設定は神戸の事件からできるだけ遠ざかろうとしているようにさえみえるのだ。では、作家は神戸の事件に何を読み取ったのか。

柳美里は事件について何度か書いている。とりわけ私の目を惹くのは、当時「新潮45」に連載中だったエッセイ『仮面の国』第四回（一九九七年八月号）のこんな一節だ（引用は新潮文庫『仮面の国』より）。凶悪さと異常性ばかりが強調されていたこの少年に、いち早く、かくも共感的な文章を寄せた作家は柳美里だけだったように思う。

「しかし悲しいことにぼくには国籍がない。今までに自分の名で人から呼ばれたこともない。（中略）そしてこれからも透明な存在であり続けるボクを、せめてあなた達の空想の中でだけでも実在の人間として認めて頂きたいのである」

社会から孤絶した人間の哀切な響きを帯びたこの告白は、ひとびとの胸に不安な影を落とし、誰もが少なからず持っている喪失感を刺激し、あなた方はこの国でどのような人間として実在しているのかと問いかけている。アンディ・ウォーホールの言葉をもじって言えば、「現代では誰もが十五分間だけは国籍がなく、本命（本名）がない透明な存在」になれる、いや、なってしまう。しかし普通のひとびとはその十五分間をなかったことにして、仮面を被り、可視的な存在として現実社会を生きるしかないのだ。そして十四歳の少年が容疑者として逮捕されるに至って、ひとびとの仮面に亀裂が生じたのである。

「しかし悲しいことに」と始まる引用は、神戸の少年が神戸新聞社に送り付けた長文の手紙の一節である。また、柳美里が文中で「本命（本名）」と書いていているのは、少年がその文面の中で「本名」

と書くべきところを誤って「本命」と書いていたからである。

少年の手紙は、切断した被害者の頭部の口に咥えさせておいた犯行声明文の署名「酒鬼薔薇」をあるテレビ番組で「サケ　オニバラ」と誤読されたことへの抗議から書き出されている。「人の名を読み違えるなどこの上なく愚弄な行為である。表の紙に書いた文字は、暗号でも謎かけでも当て字でもない、嘘偽りないボクの本命である。ボクが存在した瞬間からその名がついており、やりたいこともちゃんと決まっていた。」そして、「しかし悲しいことに」とつづく。（神戸の少年の文章や供述の引用は朝日新聞大阪社会部編『暗い森——神戸連続児童殺傷事件』による。以下同様。）

少年はこの手紙を、次のような犯人像を想定して書いたのだという。「高校時代に野球部にいた三十歳代の男。父親はいない。母親からはがんじがらめの教育を受け、クラスメートからも無視され続けた。学校関係の仕事をしていたがクビになり、いまは病身の母親と二人暮らし。学校時代にいじめられたので、自分を『透明な存在』と思うようになり、そのことで義務教育に恨みを持っている。被害妄想と自己顕示欲が強く、社会に対し恨みを抱いている。」マスコミが不審人物として三十代の体格のいい男の目撃情報を報じていたのに合わせて操作撹乱をねらったものだ。つまり、「透明な存在」という自己規定こそが少年の意図的な偽装であり「仮面」だったということだ。偽装であり「仮面」である文章に少年の真実の「告白」を読む柳美里の反応はあまりにナイーブにみえる。

だが、一方で、この「仮面」の書き手は「酒鬼薔薇聖斗」という署名が「嘘偽りないボクの本命（本名）」だと主張している。「酒鬼薔薇聖斗」は少年が自己の内部に出現した嗜虐的な快楽殺人者としての第二の自己に名づけた名前だった。第二の自己たるこの怪物は、少年だけが不安と好奇と恐怖におののきながら内部に見つめているのであって、世間の誰の目にも見えない。そもそもこの怪物は社会的には存在しないし存在することを許されない。その意味で、「酒鬼薔薇聖斗」はたしかに「透明な存在」である。ならば、「酒鬼薔薇聖斗」を名乗る書き手にとって、その名が「本命（本名）」だというのも「国籍がない」というのも「透明な存在」だというのも、真実であり「告白」である。犯罪者が社会に対して発するメッセージには自己秘匿と自己顕示の欲望が分かちがたく共存している。あらゆる犯罪者は偽装しつつ告白するのだ。柳美里の反応は少年の心の核心をつかんでいる。

柳美里が「しかし悲しいことにぼくには国籍がない」という一文から引用を始めているのは興味深い。日本人なら文中でも最も嘘くさい虚構とみなすであろう一節に即座に反応したのは、柳美里が国籍のはざまに生きる者たる在日韓国人だからにちがいない。私は日本人と同じ顔をして同じ言葉を話すが日本人ではない、ほんとうの私は誰にも見えない、そういう思いを日々に生きることを強いられるのが在日者ということだろうから。そして柳美里はいうのだ、在日者に限らない、ほんとうの私は誰にも見えない、私は国籍なき名なき「透明な存在」だという思いに一日十五分はとらわれるのが現代人というものだ、この少年はその十五分間をやり過ごすことができなかっただけなのだ、と。

柳美里がアンディ・ウォーホールに託していうのは、誰の心にも決して社会化し得ない第二の自己が潜んでいる、ということだ。彼女は事件に異常者の異常な心理ではなく、人間の、とりわけ現代人の、心の普遍的な問題を見ている。柳美里は正しい。

人が社会化し得ない第二の自己などというものに遭遇するのは、一般に、思春期と呼ばれる季節においてである。そのとき、環境にしっくりなじんでいた子供の心がひび割れて、ひび割れの深い底から、自分にとっても見知らぬ第二の自分が出現する。環境との和解不能な鋭い異和の軋みを悲鳴のように響かせつつ見る見る成長するその第二の自己は、第一の自己を不安と孤独と絶望の中に惑乱させたり、あてどない破壊衝動と戯れたりしながら、たちまち、自分こそが第二ならぬ第一の、真実の自己なのだと、自己の王位交替要求を突き付けるだろう。現代という時代が、共同体からの離脱によって個人になることを強制する時代である以上、それは誰もが通過しなければならない自己の変容、自己の新生のつらく痛みを伴うプロセスにほかならない。人はそうやって、長い時間をかけながら、敵対から和解へと、社会との関係を結び直していくのだが、大人になっても一日に十五分ぐらいは異和の軋みの残響を、その「哀切な響き」を聴く。社会に見せているのは私の「仮面」にすぎない、ほんとうの私を誰も知らない、ほんとうの私は誰にも見えない。「社会から孤絶した人間」は誰の心にも棲む。それが現代だ。

神戸の少年は十四歳だった。彼もまた、心のひび割れの深い淵の底から第二の自己が異様な顔をもたげる光景を見つめていた。いや、およそ世の中の十四歳で、この少年ほどもまじまじと内部の異貌の顔を凝視しつづけた少年はいなかったろう。

十四歳になった彼の書いた「懲役十三年」という文章の末尾には、ニーチェの言葉が引かれていた。

魔物（自分）と闘う者は、その過程で自分自身も魔物になることがないよう、気をつけねばならない。

深淵をのぞき込むとき、その深淵もこちらを見つめているのである。

ニーチェの言葉は『善悪の彼岸』からの直接の引用ではなく、『ＦＢＩ心理分析官』というサイコ・ホラー、サイコ・サスペンスと呼ばれる書物からの引用だという（厳密には記憶による再現というべきかもしれない。彼には強い関心をもった言葉やイメージを瞬時に記憶する能力があった。ニーチェの言葉も、これにつづくダンテ「神曲」の言葉も、本屋で立ち読みしたりして脳裏に焼き付けた言葉を再現したものだ）。ただし、「魔物」（通常の翻訳では「怪物」）の後ろに「（自分）」と書き添えたのは少年自身である。なんと正確な自己認識であり、なんと正確なニーチェ読解ではないか。

思春期の自己変容に伴う不安と孤独は、環境との異和を抱えたこの異貌の自己こそが真実の自己なのだと同定することでやがて乗り越えられていくことになるのだが、少年の内部の「深淵」に出現したのは、自己として同定するにはあまりにおぞましい残虐な「魔物」だった。「十三年」（それはこの少年の生誕以来の全生涯だ）にわたって心の底に閉じ込められていたこの「魔物」がとうとう「懲役」の檻を破獄し、たちまち自己の玉座を奪取して、今や外界に躍り出ようとしている。その戦慄に満ちた予感の中で書かれたのがこの文章だ。「魔物」に乗っ取られた彼はもはや社会に生存できない。だから、ほとんどこれは少年の遺書である、と私は読む。そう読まなければこの少年とこの事件の何事をも理解できまい。以後、彼が生きるのは、自己の脱皮と新生のドラマではなく、自己分裂という悲劇のドラマである。

「社会から孤絶した人間の哀切な響きを帯びたこの告白」と書いたとき、柳美里はおそらく、私と同じものを神戸の事件の核心に直覚していたはずだ。だから彼女は、事件に触発されたこの小説で、十四歳という年齢以外は、主人公の境遇も犯行の態様も現実の事件とまるで異なる設定にし、かつ、彼を「少年」と呼びつづけるのである。問題は現実の事件をなぞることではなく、「少年」という季節が不可避にはらむ悲劇を描くことにほかならないのだから。

ただし、『ゴールド・ラッシュ』の主人公の名前は完全に匿されているわけではない。友人や兄姉が彼に呼びかける際の「弓長」とか「かずちゃん」とか「かずき」といった言葉をつなげば、「弓永かずき」という名前は容易に再構成できる。しかし、それでも語り手は一貫して彼を「少年」という普通名詞で呼びつづける。固有名が人物の固有性を表すという近代小説の前提にしたがえば、主人公こそが固有名で呼ばれるべき存在であるはずだが、この小説の語りは彼の固有名の記入を拒みつづけるのだ。柳美里はそうやって、この主人公を特殊な境涯に置かれた特殊な一少年としてではなく、「少年」一般に共通する普遍的な境位へと押し出そうとしているのだ、といえば、この異例の呼称の選択理由についての一般的な回答になるだろう。

だが、小説の主題に関わって深読みすれば、この主人公が父親を憎悪し父親を殺してしまう少年だから、語りは「弓長」という姓（「父の名」）の記入を拒んでいるのではないか、と思えてくる。それならいっそのこと、さらに深読みを重ねてもよい。母親の名「美樹」、兄の名「幸樹」、姉の名「美歩」から推測すれば、「かずき」も漢字で書くのが自然である。彼の戸籍が漢字で記されているとすれば、語り手は人物たちの会話の表記にさえ干渉して、その漢字書きの戸籍名の記入を故意に回避してひらがな書きしていることになる。なぜか。戸籍は彼を父親と母親とに帰属させる制度だが、彼はその父親を憎悪し母親に去られたみなし児も同然の身だからである。みなし児にとって戸籍は擬制にすぎない。それならやはり、名前を拒んでいるのは少年自身であり、「少年」という呼称の選択は主人公の意思を、彼自身も明瞭には意識していないかもしれない意思を、代行しているのだ。

けれども、主人公自身が「弓長」とか「かずき」とかいう呼びかけを拒むことは一度もない。のみならず、父親を殺した彼は父親の玉座たる社長の椅子を要求し、父親の愛人と交わる。あたかも、父親の所有物の一切を我が物とするかのように。「父の名」を拒み戸籍名を拒む語りと王位の象徴たる「父の名」を継承しようとする少年の行動とは矛盾し対立する。

神戸の少年には名前にこだわる理由があった。彼は犯行前のノートに、「バモイドオキ神」というただ彼ひとりだけの自家製の神に向けて、「ぼくはいま14歳です。そろそろ聖名をいただくための聖なる儀式、『アングリ』を行う決意をしなくてはなりません」と記していた。「聖名」をいただく儀式という観念も「アングリ」という奇妙な造語も、その三年前の地下鉄サリン事件報道で喧伝されたオウム真理教の儀式や用語を模倣したものだが、この犯罪の背後に名前をめぐるドラマが隠されていたのは明白だ。分裂者としての彼は、自己の「透明な」分身に存在を与えるために、何よりも名前を必要としたのである。名前こそが存在の証明なのだ。

一方、『ゴールド・ラッシュ』の少年は分裂者ではない。しかし、幼きエディプスともいうべきこちらの少年の父親殺しもまた、「父の名」の拒絶と継承、戸籍名の承認と否認という名前をめぐる葛藤のドラマを秘めている。深読みしようがしまいが、彼の名前を拒む語りはその葛藤の一面を前景化しているのである。――だが、私は少し急ぎすぎたかもしれない。

＊

冒頭部を引用する。小説がこの少年を、あたかも誰の目にも止まらぬ「透明な存在」であるかのように提示して始まっていることに注意しよう。

　少年に目を止めた通行人はひとりもいなかった。強い陽射しでハレーションを起こし非現実的に見える伊勢佐木通りを直進している少年は、両側の店がしだいに陰影をとりもどすに従って速度をゆるめ、ひょいと左に折れて通りから姿を消した。
　黄金町《こがねちょう》は陽光を拒んでいる、というより独自の灼熱を内部に秘めているので陽光のほうが町を避けているというべきかもしれない。上空から見ると、白昼でさえ住人たちは人工灯を必要としているのではないかと思わせるほど町全体が洞穴のような闇につつまれている。兇暴と頽廃の熱はノイズとなって近づこうとしている外部の人間の耳をつんざき、町に寄せつけようとはせず、恐怖に目を閉ざしている人間は危険な歓楽街だと決めつけて足を踏み入れようとはしない。ここは欲望の租界なのだ。ほかの歓楽街はその時代時代の波をまともにかぶり変貌するしかなかったが、黄金町は欲望を畸形化することなく、セックスと麻薬を適正価格でひとびとに供給しつづけている。

少年は「強い陽射し」に照らされた伊勢崎通りを左折して黄金町へと姿を隠す。表題の一部たる「黄金《ゴールド》」を名に負いながら黄金の光輝とも繁栄とも無縁なこの町は、市民社会の陽光を拒んで「洞穴のような闇につつまれている」。修辞の力だけで光から闇へと強引に世界を反転させようとして、作者の語りはいくぶん性急だ。

世界を光と闇の二項対立によって分割するのは物語の手法である。横浜黄金町は柳美里の少女期の生活史に深く食い入った現実の町だが（父親が黄金町のパチンコ屋に勤めていた）、このとき、そこは市民社会から隔絶された「異界」としての意味を帯びる。

《十一年前、少年の母親の美樹は長男の幸樹のウィリアムズ病が治らないことを医者から告げられると、長女の美歩と少年を家政婦に任せて幸樹につきっきりになった。父親の弓長英知は経営している黄金町の駅前のパチンコ店宝球殿《たからきゅうでん》に少年と美歩を連れていき、ふたりのお守り役として従業員をつけた。》

やがて少年はお守り役の目を盗んで黄金町を歩きまわるようになる。

《日が暮れるまではどちらを向いても褐色と灰色、唯一の色彩は高架下の壁のスプレーの落書きだけという終戦直後の雰囲気をいまなお残している一角だ。あたりが暗くなると肩を寄せ軒をつらねている和風スナックやお食事処の店内から、赤や紫の色セロファンを通した電球が誘蛾灯のような昏い光を発し、開けっぱなしになった戸のなかの四、五人がやっと入れるほどの小さなカウンターと安っぽい丸椅子も赤や紫で染まっていた。どの店の前にも女がいて、ある女は立ち、ある女は椅子に座って男が通りがかるのを待っている。踏みつぶされた柘榴みたいなじくじくした年増の女、一見して外国人だとわかる温室の厚ぼったい花びらのような女、正午過ぎから店の前に出ている彼女たちはめったに人の行き来がない昼間には、少年が路を通るたびに菓子をくれ頭を撫で膝に乗せてかわいがってくれたのだが、陽が翳ると少年には目もくれずに通りすがる大人の男に向かってシースルーのブラウスをめくって乳房を見せたり、ミニスカートの足を組み直したりして男の目と足を止めさせて右手のひとさし指をたてた。》

《小学校の高学年になると、父親は黄金町で遊ぶことを禁じたが、少年は友だちと野毛山動物園で待ち合わせしているとうそをついては黄金町の迷路のなかにまぎれこんだ。》

そしていま、パチンコ店の事業拡大に成功した父親は少年の通う私立学校に五億円を寄付して理事の座に就き、市民社会の領域に建つ豪邸に住む。夫の暴力に堪えかねた母親は五年前に家を出た。ウィリアムズ病（自閉症の一種かと思う）の兄は音楽に優れた才能を発揮するが対人関係のバランスがとれずパニックを起こすので外出できない。高校生の姉は外泊をくりかえし「援助交際」もしている。愛人をつくった父親はほとんど帰宅せず、家政婦は居つかない。父親は兄をとっくに見限って唯一の後継者である少年に「帝王学」を教え込もうとしている。だが、安らぐ家庭をもたない少年は、父親に反発し、金目当てに付きまとう不良仲間と付き合い、学校をさぼり、停学処分を喰らい、父親に禁じられた黄金町に入りびたっている。

市民社会で成り上がった暴君としての父親と、弱者や敗残者やアウトローたちの住む地域に親和して父親を憎悪する息子。父と子の対立を二分された世界の対立と重ねるこの設定は、中上健次の『岬』『枯木灘』『地の果て 至上の時』とつづいたいわゆる秋幸三部作を思い出させる。中上の世界にあっても、主人公・竹原秋幸の実父・浜村龍造は成り上がりの「王」のごとく「路地」を見下ろす高台の豪邸に住み、秋幸を後継者に仕立てようとし、幼年時を過ごした「路地」に深く愛着する秋幸はその龍造を拒み、憎悪していた。このとき、黄金町は中上の被差別空間「路地」である。現に、作中の黄金町は老婆の葬儀に「アリラン」の合唱が流れる町だ。そこはまさしく、日本の市民社会から隔てられ、「異人＝異邦人」たちの住み着いた「異界」である。柳美里の創作モチーフを直接に触発したのは九七年に「酒鬼薔薇聖斗」と名乗った神戸の十四歳の少年だったが、神戸の事件から遠く離れようとしたこの小説の世界設定にモデルを提供したのは九二年に急死した中上健次だった。私はそう思う。

人物配置も中上の世界と類似している。たとえば少年は黄金町の小さなラーメン屋「金閣」の老夫婦・サダ爺とシゲ婆を慕っているが、孫のような少年を見守る老夫婦という役割において、彼らは中上の『千年の愉楽』で夭逝する若者たちを見守っていたオリュウノオバと礼如さんの夫婦に対応する。実際、ラーメン屋の二階で仲間とコカインを吸入した少年は死の床に横たわるシゲ婆に母親の幻覚を見るのだし、「黄金町はサダ爺の死とともに滅びるような気がする」とも思う。オリュウノオバと礼如さんが「路地」の地霊であるように、少年の意識においては、サダ爺とシゲ婆も黄金町という土地の地霊なのだ。また、黄金町における案内者兼庇護者として少年に頼られ、「ぼくのパパになってください」とまで懇願されるヤクザ（企業舎弟）・金本は、主人公の父親代理という役割を『奇蹟』のトモノオジと共有している。

なお付け加えれば、『枯木灘』や『地の果て 至上の時』には、同和事業と新宮市の再開発事業によって消滅してしまう「路地」への挽歌という側面もあった。同じことが『ゴールドラッシュ』にもいえる。黄金町のガード下には、九七年には、「ちょんの間」と呼ばれる簡便安価な売春部屋のある店も含めて、小さな飲食店が二百軒も並んでいたが、ガード下の権利をもっていた京急が九九年をもってその使用期限を打ち切って高架の耐震工事を開始することを決定したため、わずか二年ほどでガード下の店舗は次々に閉鎖・解体されることになったという(橋本玉泉『色街をゆく』)。つまり、九八年に刊行された『ゴールドラッシュ』もまた、消滅する異界たる黄金町への挽歌としての意味を帯びているのだ。執筆時の柳美里が京急の決定を知っていたかどうか私は知らない。だが、作者はたしかに、「黄金町はサダ爺の死とともに滅びるような気がする」という少年の予感を書きとめていた。

しかし、『ゴールドラッシュ』の世界と中上健次の世界には大きな違いがいくつもある。中上の主人公は成人だが柳美里の主人公は「少年」である。しかも、中上はその主人公を「秋幸」と固有名で呼びつづけた。おそらく近代小説の主人公でこれほどもその名をくりかえし呼ばれた人物は他にあるまいと思われるほど、登場人物も彼をそう呼び、地の語りもそう呼んだ。呼ばれるたびに「秋幸」という固有名が屹立し、読者に深く刻印される。対するに、『ゴールドラッシュ』の主人公は名を呼ばれることがない。作者は彼の名を「少年」という匿名性の背後に隠そうとする。

また、秋幸の父親殺しの欲望は、一度目は龍造の息子・秀雄殺しへとずらされ(『枯木灘』)、二度目も遅延に遅延を重ねた挙句、龍造の予期せぬ自殺によって永遠にその機会を逸してしまう(『地の果て至上の時』)。しかし、『ゴールドラッシュ』の少年は、激情に駆られていともあっけなく父親を殺してしまうのだ。

もちろん、こうした違いが生じるのは、根本的にはそれぞれの主人公の世界に対する関係が異なるからだ。

秋幸は母親と暮らしていて、実父と暮らしたことはないが、少年は母親に去られて父親と暮らしている。成人でもある秋幸は、実父との距離を保持して実父を批判することができる。『枯木灘』の秋幸にとって浜村龍造は「蠅の糞みたいな王様」にすぎないのだ。実父との距離を介した秋幸の闘争は、「父なるもの」の無根拠を暴く認識と批評の闘争である。

だが、未成年として父親の膝下に置かれる少年は、物理的にも心理的にもそうした距離をとることができない。距離をとれないまま王たる父親の掟に服従を強いられる非力な少年は、たとえ父親を憎悪していようと、服従しつつ父親を模倣・学習し、模倣・学習することで父親と同じ力を身につけ、そうやっていつか父親を凌駕する日を待つしかない。——お分かりのように、これはフロイトが自我の成長と社会化のプロセスとしてモデル化した典型的なエディプスの戦略である。ただ、少年がその「いつか」を待つためには、父親はあまりに強力で、距離はあまりに近すぎたのである。

父親に対する少年と秋幸の関係が異なるように、「路地」／黄金町に対する関係も異なる。秋幸は実際に幼年期を母親とともに「路地」で暮らしたが、たとえ所在なげな娼婦たちに可愛がられようと、少年にとって黄金町はあくまで遊び場であって、一度も生活の場であったことはない。秋幸でさえ「路地」を歩くときには、無頼から成り上がった龍造の息子として、いくつもの視線に見られているという感覚をもつ。閉ざされた被差別地域は「よそもの」に対して敏感なのだ。そこで育ったわけでもない少年が黄金町で人目に立つ異物たらざるを得ないのは当然だろう。現に金本は「ここは坊ちゃんには似合いません」と忠告するし、金本に連れられて初めて訪れた五歳の少年にサダ爺が抱いた印象は「唯一無二の無垢なるもの」「幼い鶴がとことこ店に入ってきたような驚き」だった。少年は「透明」どころか「洞穴のような闇」に際立って異質な「貴種」と見られていたということだ。なるほど少年はシゲ婆に母親の幻覚を見たが、瀕死のシゲ婆はオリュウノオバのように少年を包容する物語を語る能力もなく、ただ無言のまま死の床で朽ち果てようとしているにすぎない。死滅しつつある異界は、もはや貴種たるこの外来者を祝福する能力すら喪失している。

少年は黄金町のガード下をくぐるとき、かならず閉じ込められてしまうという恐怖に襲われ、まっすぐに前を向いて通り抜けることができなかった。どっちに逃げるべきかを考え何度もうしろをふりかえりながら壁に背をつけて横這いすることさえあった。

黄金町のガード下は市民社会と異界とを区切る境界にほかならない。父親の君臨する外界にも黄金町にも帰属できないからこそ、そして意識が受け入れたくないその事実を意識下では知っているからこそ、境界領域に閉じ込められてしまいそうな恐怖が彼を襲う。この少年はどちらの世界でも受け入れられない。どちらの世界でも徴付きとして孤立している。彼は「透明な存在」になど決してなれない。

中学生になって十二歳のときに買った服がからだをしめつけ着られなくなったとき、少年は過去を切り棄てなければおとなに脱皮できないのだと確信した。小六の夏から一年間で十七センチも身長が伸びていた。おとなになるためにはなにを身につければいいのか、喫煙や飲酒や言葉づかいだとはわかっても、それをクリアするとほかにはなにも思いつかなかった。ある日、おとなと子どもの差は力の有無でしかないということに気がついた。力というX線で世界を透視すると、混沌としているように見えた世界はきちんとした秩序で二分化されていた。父親も教師も警官も力を所有しているからこそ威厳を保っているのだ、力を失えばゴミと変わりない、力とは金のほかになにがあるだろう、権威も権力も金で買える、金で手に入れられないものなどあるだろうか、だとすると貧しいひとびとは敗残者に過ぎないということになるが黄金町の住人たちは皆ウィリアムズ病の兄に似て、おとなでもない子供でもない特権的な存在なのだ、力を持つ人間が失ってはならないのは憐れみだ、と少年は考え、一刻も早くおとなになろうとこころに決めた。

「おとなと子どもの差は力の有無でしかない」というのも「力とは金のほかになにがあるだろう」というのも、父親・英知の価値観にほかならない。その限りで、王たる父親の「帝王学」の教育は見事に奏効している。息子が「帝王学」から逸脱しているのは、「力を持つ人間が失ってはならないのは憐れみだ」という認識をもっていることだ。むろんこの認識は、弱者たる母親を虐待し兄をスポイルした父親への批判である。

だが、黄金町の住人たちも含めた弱者への愛を語ったこの認識においてこそ、少年は竹原秋幸と決定的に隔たってしまう。「憐れみ」などという言葉は秋幸の語彙にはなかった。秋幸は「愛しさ」といったはずだ。

《言ってみれば秋幸はその路地が孕み、路地が産んだ子供も同然のまま育った。秋幸に父親はなかった。秋幸はフサの私生児ではなく路地の私生児だった。私生児には父も母も、きょうだい一切はない、そう秋幸は思った。》(『枯木灘』)

《秋幸は男を見ていた。その男は駅裏のバラックに火をつけ、その足で路地にあらわれたのだった。男は路地に火をつけようとした。火をつけて、路地を消し去ろうとした。その路地は何処から来たのか出所来歴の分からぬ男には、通りすがりに立ち寄った場所だが、秋幸には生まれ、育ったところだった。共同井戸、それは、まだあった。路地の家のことごとくは、軒下に木の鉢を置き花を植えていた。愛しかった。秋幸は川原に立ち、男を見ながら、その路地に対する愛しさが、胸いっぱいに広がるのを知った。長い事、その気持ちに気づかなかった、と秋幸は思った。竹原でも、西村でもない、まして浜村秋幸ではない、路地の秋幸だった。》(『枯木灘』)

秋幸の「愛しさ」は自己の出所にして起源であるものへの愛であって、自己愛に根差している。「路地」は彼の他者ではなく、彼は「路地」の他者でない。出所・起源の場所として、「路地」は現実の母親・フサをも超えた「母なるもの」という位相にまで上昇し、そのような「路地」への同一化において、彼は母親・フサを否認して「路地の私生児」を名乗り、「竹原」（母親の再婚相手の姓）や「西村」（母親の最初の夫の姓）や「浜村」（実父の姓）という「父の名」たるあらゆる姓を拒んで「路地の秋幸だ」と宣言する。それはいわば、自覚的なみなし児たらんとする意思の表明である。

一方、弱者を憐れむものは弱者ではない。「憐れみ」は強者のものだ。だから柳美里の少年は弱者たちの世界である黄金町には帰属していない。彼はあくまで、金と権力を握った父親の側にいる。この「憐れみ」の表明において、彼は自分が黄金町の他者であり黄金町が彼の他者であることを、期せずして認めてしまっているのだ。

少年は父の経営するパチンコ店の客たちを「家畜の群れ」とみなす。「少年の目にはこの店にいるおとなたちが家畜の群れにしか見えなかった。テレビに牧場の牛舎と豚舎が映し出されたとき、すぐにベガスの客たちの姿を思い浮かべた。」市民社会の秩序に飼い馴らされた「畜群」を侮蔑するとき、彼は小さなニーチェである（「酒鬼薔薇聖斗」もニーチェを引用していた）。一方、市民社会の「敗残者」たる黄金町の住人たちは皆「ウィリアムズ病の兄に似て、おとなでもない子供でもない特権的な存在」なのだと彼は思う。少年も語り手もその認識の根拠を口にしないが、「畜群」たる市民社会から排除され差別された「敗残者」を無垢な「特権的存在」へと高めるこの認識の背後には、聖なるものと賤なるものとは環流し反転しあうと述べた中上健次と類似のロジックがあるだろう。けれども、「憐れみ」における主体と客体の関係は非対称であり、反転することも環流することもあり得ない。それは中上的な聖と賤との関係ではなくあくまで強者と弱者の関係にとどまる。

しかも少年はその「憐れみ」を金によってしか表現できない。彼はシゲ婆の供養に豪華な仏壇を購入してサダ爺に送り、アパート暮らしの母親にも三百万円の札束を渡そうとするが、いずれも拒絶されてしまう。強者の「憐れみ」は気まぐれな施しでしかないのであって、施しであることによって弱者の「プライド」を踏みにじるのだ。「憐れみ」の含む無自覚な傲慢が打ち砕かれ、彼が彼の無力を自分自身で受け入れないかぎり、彼が彼の愛する者たちに真に受け入れられることもあるまい。

彼の周囲には、たしかに、傷を負った弱者たちばかりが集まる。社会生活を営む能力を欠いたウィリアムズ病の兄・幸樹、父親にスポイルされて売春にはしる姉・美歩、養護施設で悪辣な性的虐待を受けた響子、「金閣」で働く白痴の千尋。いまだ未成年の彼らすべてを強者たる彼が護らなければならない。強者には弱者を護る責任がある。それが彼の思想だ。弱者を護り庇護するものは「おとな」である。彼は「一刻も早くおとなになろうとこころに決めた」。「おとな」とは弱者を庇護する力を身につけた「父なるもの」のことである。

中上健次の主人公・秋幸が「路地の私生児」を名乗ることができたのは、現実の母親をも含めた「母なるもの」への信頼が彼にあったからである。実父・浜村龍造が自殺した後、『地の果て 至上の時』の末尾で、彼は「路地」の跡地の草むらに自ら火を放って「路地」を去る。「父なるもの」に訣別した彼は、「母なるもの」にも訣別するのだ。この結末は、ポスト・モダン思想のメタファーを使って、「ノマド＝遊牧者」たらんとする行為とも評されたが、国籍からも戸籍からも離脱してあらゆる制度の捕捉を逃れる不断の移動者「ノマド」とは真正のみなし児のことにほかならない。

ポスト・モダン的自由とは「少年＝子供」の自由である。浅田彰はそれを「スキゾ・キッズ」という一語で言い留めた。「スキゾ＝分裂者」には、制度による単一主体としての一元的捕捉を逃れる者、という意味も含まれている。だが、「ノマド」があらゆる国において「国民」としての義務や責任を免除されている半面ですさまじい差別や孤立を強いられるのと同様に、「スキゾ＝分裂者」は国家や家による強制的な主体化作用をすり抜ける半面で、複数化した自己の統合不能性に苦しまなければならない。現に神戸の少年はまぎれもない「スキゾ＝分裂者」だった。

秋幸は本来、「母なるもの」に親和し「父なるもの」を憎悪するエディプス者だった。エディプス者は分類すれば、浅田彰の二分法で「スキゾ」に対立する「パラノ＝神経症者」である。その秋幸が「ノマド」へと、すなわち真正のみなし児へと自覚的に変貌していく過程として中上の三部作を読むならば、その第一歩たる「路地の私生児」という自覚が「母なるもの」への信頼において踏み出されていたことは注意に値する。「父なるもの」の規範たる「法＝理性」を内面化することで子が自立した個人へと成型されるというフロイトのエディプス・モデルは近代的個人の成型モデルでもある。しかし、「大日本帝国」の崩壊以後、戦後日本に「父なるもの」の根拠はないのであって、秋幸の批評的闘争も、ただ「父なるもの」の無根拠を露呈させることにあった。「父なるもの」の衰弱した戦後日本にあっては、「スキゾ」であろうがあるまいが、「キッズ」たる子の自由はいつもあらかじめ稀薄に無際限に許容されている。戦後社会は「母なるもの」が稀薄に無際限に瀰漫した社会だからである。日本のポスト・モダンが思想的緊張感を伴わないのはそのためだ。（なお、不幸な分裂者へと成型されてしまった神戸の少年の家庭では、母親が厳格な父親の役割を果たしていたらしい。）

父親を憎悪する『ゴールドラッシュ』の少年もエディプス者である。中上健次の三部作から十五年も遅れてなお暴君として君臨するこの父親は、在日者（二世か？）であるらしい。柳美里はこの父親像をもっと書き込むべきだったと私は思うが、在日者の家庭で父親が暴君になりがちなことはよく知られている。その背景には、朝鮮半島における儒教の伝統、それに基づく強い家系（父系）意識、旧宗主国たる異邦の地で新たな「家」を創設する使命感、にもかかわらず日本社会で不断に味わう差別・挫折・不本意の家庭内への転嫁、等々、推測される要因はいくらもある。しかしこの少年自身は、作者の暗示する自分の民族的・歴史的ルーツを知らない。

黄金町における父親代理である金本のこんな心内語が記されている。「おれも金閣のおやじさんもどんな目でおまえを見てたと思う？　おやじさんはもうすぐくたばるんだ、そのおやじさんがおまえに救いを求めてなぜいけない！」

実のところ、ここでも書き込むべきことが十分に書き込まれていないので、この心内語は読者を当惑させる。だが、シゲ婆の通夜で「アリラン」の合唱が起こり、「金本」という姓も在日者を連想させることからして、おそらくこの心内語の背後には在日者という問題が隠されている。そして、黄金町の路地で見知らぬ老婆が少年に「張英彰《チヤンヨンチャン》の息子か、大きくなったな」と声をかけるところから推測するに――「張英彰《チヤンヨンチャン》」は少年の祖父「弓長英彰《ひであき》」を指すだろう。「弓長」は「張」を二つに分解した形である――少年自身の知らない少年の父系のルーツを黄金町の人々は、少なくともサダ爺と金本は、知っている。さらにここに、幼い少年に「唯一無二の無垢なるもの」「幼い鶴がとことこ店に入ってきたような驚き」を感じたというサダ爺の感慨を重ね合わせれば、少年は、在日者たちの被差別共同体から立身して彼らを見棄てた父系一族の孫が、祖父にも父にもなかった「愛＝憐れみ」をもってこの地に「再臨」したことになる。その少年にサダ爺は「救い」を求めるのだ。それなら少年は、被差別異族の「救い主＝英雄」という神話的な役割を期待されているのである。（もっとも、この過大な期待は物語の論理の所産であって、小説はこの論理を十分に支えるに至っていない。）

だが、この小さな「救い主＝英雄」は、いま、「父なるもの」に抑圧され、「母なるもの」に依存することもできないまま、寄るべない孤独の中に放置されている

> 少年はだれとも共鳴することなく鼓動している心臓の音に耳を澄ました。自分が死んだらだれか哀しんでくれるだろうか。幸兄ぃ、響子、とおや指とひとさし指を折り、なか指を動かしたが

だれも思いつかない。でも死んでから哀しまれても意味はない。眠れないでいるいまの自分を哀しんでくれるひとが必要なのだ。少年は折ることができなかったなか指で唇を撫でた。人間の価値は生きているときに何人から哀しまれ、何人を哀しむことができるかで決まる。自分は幸兄ぃと響子のことを哀しんでいる、美歩姉ぇとサダ爺のことも哀しめるけれど、いま眠れないでいる自分を哀しんでくれているひとはひとりもいない。少年は空を飛ぶ鳥を哀しむことさえできるような気がするのに、四歳を過ぎたころから一度も泣いたことはなかった。無力感にひたることができなければ涙は出ない、自分の弱さをいとおしみ慰めるためにこそ泣くのだ、少年は自分の弱さを感じるとすぐに怒りと憎しみのバリアを張りめぐらし、そのバリアが効かないひとに対して哀しみをおぼえるのだ。

中上健次の秋幸は「眠れない彼を哀しんでくれるひと」として母親を信頼できたが、少年にはその「母なるもの」がない。代わりに彼には、「哀しむ」べき対象、護るべき人々だけがある。彼らは「怒りと憎しみのバリア」を通り抜けてすり寄ってくる。彼は彼らを見棄てることができない。見棄てることができない以上、彼は自由に移動するみなし児たる「ノマド」にはなれない。彼は彼らを引き受けようとする。父親を殺し、母親に見棄てられたみなし児が、子供のまま「父なるもの」になろうとするのだ。このとき彼は、痛々しくも孤独な治者、寄るべない家長である。

少年に欠落した「母なるもの」を埋める役割は、家政婦として少年に雇われた響子という十七歳の少女に託される。父親が自殺し、養護施設で輪姦されて深い傷を負ったこの少女は、『罪と罰』のソーニャのように、二人きりの密室で（そこは少年の父親が使っていた地下室であり、少年がそこで父親を殺した犯行現場であり、床下の金庫に死体を隠した死体置き場である）少年の殺人の告白を聴き、自首をすすめ、少年は最後には彼女の手をとってひざまずくのだ。

もちろん響子にソーニャのような信仰があるわけではない。強制的な堕胎手術後に施設で勧められて読んだ「ヨブ記」は、ヨブの苦悶と闇だけがリアルで恩寵の光など一度も射さなかった、というのが彼女の唯一の聖書体験だ。しかし彼女は、自らの傷ましい体験を踏まえて、この少年に必要なものが世界との関係の結び直しであること、そのために誰か信じられる人間をもたなければならないこと、自分がその最初の人間になるしかないことを、直覚している。

立ち去ろうとする響子を引き留めて、少年は床下の金庫を開けて死体を引きずり出そうとする。おぞるべき腐敗臭が地下室に満ち、二人は激しく嘔吐する。


絨毯を敷き直し植木鉢を金庫の上に置いても部屋中に充満したにおいを追いはらうことはできない。少年の口から、あぁぁ、という悲憤とも絶望ともつかないうめき声が漏れ、あぁぁ、あぁぁ、と高まっていった。

あぁぁ　しんしる　あああ　しんしるよ

響子はクローゼットのひきだしから枕カバーをとり出して、口のまわりのよだれと吐瀉物をぬぐってやってから手足に付着した死体の粘液を吹きとってやった。少年は顎を突き出して声にならない声でなにかを訴えつづけている。「信じるの?」響子が顔を両手ではさむと、顎をわずかに引いた少年の目から涙があふれた。

響子は少年といっしょに風呂に入りからだと髪を洗ってやり、新しい下着とパジャマを着せ、ベッドの上に横にならせた。そしてそのあと自分も全身を洗い、歯みがき粉を何度もつけなおして歯茎から血が出るまで歯をみがいた。

私はこの場面に、「ヨブ記」ではなく「ヨナ書」を思い浮かべる。神の命じた任務を逃げたヨナは巨大魚に呑み込まれ、神への忠誠を誓ったがゆえに地上に吐き出される。不信仰による死と信仰による再生の暗喩である。地上に吐き出されたヨナは、全身にかぶった巨大魚の内臓液を洗い流さなければならなかったにちがいない。少年と少女がかぶったのは自らの吐瀉物だが、それが地下室に充満した死者の腐敗臭によって引き起こされたものである以上、死の液体であることに変わりはない。いったんは死の液体に包まれ、それを洗い流すことで、少年はヨナのように再生する。そして、自らも死の液体をかぶった少女は、自分を後回しにして、まず、少年に再生の儀式を施してやるのだ。キリスト教ならぬこの国の古代の再生儀礼を参照すれば、少女は水による王の再生儀礼に奉仕したという「水の女」(折口信夫)に似ているといってもよい。

このとき、世界に対して身を鎧っていた少年のかたくなな「バリア」は破れ、少年は初めて涙を流す。こうして少年は自分の無力を受け入れるのだ。それが少年と世界との和解である。

＊

エピローグである。少年は、自分でも理由の分らないまま、自首する前に動物園に行きたい、という。響子と兄・幸樹の三人で動物園を訪れた彼は、大地震が都市を襲う幻覚を見る。ビルは崩れ、人々は瓦礫に押しつぶされ、檻から逃げた動物たちは狂奔する。

犯行後の少年が時々幻聴や幻覚に襲われていたのはたしかだが、少年の体感まで巻き込んで長く持続するこの大地震の幻覚はあまりに過剰だ。私はこの過剰な場面を、なによりも、冒頭でこの少年を

「透明な存在」であるかのごとく登場させたのと首尾照応する神戸の少年への参照示唆なのだと思う。神戸の少年は九四年の大震災とその後の祖母(厳格な母親に代わって彼を包み込んでくれる存在だった)の死を契機に、死というものの謎に魅せられ、小動物の「解剖」を始めたのだった。

むろんこの場面を小説の主題に即して解釈できないわけではない。おびえたハリネズミのように全身の刺を逆立てて生きてきたこの少年が、心内に渦巻く抽象的で無差別な破壊衝動(それは自己自身を破壊する死の欲動と同根のものだ)から最終的に回復するために、この終末論的な幻覚のなかで思い知る決定的な無力感の体験が必要だったのだと。それなら作者は、神戸の少年を死と破壊へと方向づけた大地震を、自らの少年においては破壊衝動からの訣別と生への志向として、そのベクトルを逆転させたのである。ならば、この場面こそが、創作意欲を刺激してくれた神戸の少年に柳美里が謝意を込めて送る最も重要なメッセージであるのかもしれない。

末尾、幻覚から覚めた少年に幼年時の記憶がよみがえる。

少年はポケットのなかから色が変わった一枚の写真をとり出した。象の柵の前で撮った家族の写真、幸樹と美歩に両手をつながれた自分、そのうしろに並び、美歩の肩に手を置いた父親、幸樹の肩を抱いた母親、やっぱりこの動物園だったのだ。こちらを見ている父親の目は哀しげだった。この写真は何回も見たことがあるのに、父親の眼差しに宿っている哀しみに気づいたのははじめてだった。少年は父親を殺害した自分の手を眺めやると、その手で写真の顔を覆った。駅の売店で買った使い棄てカメラをとり出した。

「写真を撮ろう」

父親もまた孤独な家長だった。少年が気づいた「哀しみ」とはそういうことだろう。古い家族写真に代わって、兄と響子と少年と、みなし児たち三人が並ぶ新しい家族の記念写真が撮影される。それはいかにも柳美里らしいテーマだ。新しい家族が作る新しい戸籍のなかで、孤独な治者は孤独でなくなり、あらためて、少年は自分の姓と名前を引き受け直すのかもしれない。もっとも、それは彼の将来の出所後のことであり、いまはまだわずかな可能性がフィルムに感光されただけである。

欲望の贅沢な引き算——「ルージュ」をめぐって

小平麻衣子

1　はじめに

やっとの思いで化粧品会社の宣伝部に就職できた里彩《りさ》は、どんくさいが、仕事をしたいという熱情だけは誰にも負けない。そんな里彩に、人とは違うものを感じたアートディレクターによって、単なる一社員であるにもかかわらず、新製品のキャンペーン・モデルに異例の抜擢をされる。緊張する彼女の前に、次々と大人の男性の助言者が現れ、その導きによって、萎縮していた彼女の本当の力が発揮される。キャンペーンの成功により、一度は、一人歩きする自分のイメージとのギャップに悩む。が、自分を見つめなおしたことで、仕事の厳しさも、成果が評価される楽しさも受け止められるようになり、宣伝部の一員として自主的にモデルを務めると、やっかんでいた周囲は、里彩を仕事のパートナーとして認めるようになった——。

テレビドラマ化された「ルージュ」[注1]の梗概を記せば、このようになるであろう。ひとりの少女が、自分では気づかなかった才能を開花させ、〈できる〉大人の女性に成長していく。凡庸ではあるが、多

注1…脚本・田渕久美子。演出・新城毅彦、南雲聖一。出演・谷川里彩＝今井絵理子、本宮礼子（原作では後宮礼子）＝高島礼子、秋葉友之（原作では秋葉季之《としゆき》）＝東儀秀樹、黒川慎吾＝保坂尚輝。全六話。二〇〇一年八月にNHK　BS‐2衛星ドラマ劇場、八月から一〇月にNHK　ドラマDモードで放映された。

くの女性の共感を得る物語。だが、小説「ルージュ」（角川書店、二〇〇一年三月）は、これが原作だと言うだけで並べて論じるのが無理なほど、かけ離れている。

里彩がモデルに抜擢されたきっかけは、写真撮影にタレントが遅刻した間をつなぐため、たまたま居合わせた里彩が化粧をして、テストモデルになったことだった。普段まったく化粧をしない里彩が、目立った。常に「女性の新しい生き方」（2章）を提案している化粧品会社クリスティーナ、そのアートディレクターの後宮《あとみや》が彼女に見出したテーマは、「ひとを魅きつける平凡さ」（2章）だ。ところが、その平凡さとは何かをめぐって、延々と議論が繰り返され、その定義も二転三転するのが小説なのである。

バブル経済自体は破綻してしばらく経っても、その時代に人々が身につけた欲望の形態は、簡単に変えられるものではない。それに、消費の狂奔のあと、女性の消費の最たるものであるファッションの売り上げはすぐに落ち込んだが、化粧品の売りあげはそれほど落ちなかった。[注2] 化粧は、切り捨てられない幻なのだろうか、それとも、バブル期とは異なる女性の欲望や戦略の表れだったのだろうか。「ルージュ」は、専門学校を出たての里彩を、四十代前半の後宮やコピーライターの秋葉と対照し、バブル後の新しい価値観を、化粧品業界を舞台に探ろうとした小説である。柳美里の作品は、私生活との関連で論じられることが多いが、今回は、「著者初の、恋愛小説《シンデレラストーリー》」と銘打たれた、[注3] その作品内容だけに絞って分析する。

2　流行に憑かれた／疲れた人たち

里彩が体現するのは、女性が化粧をするのが当たり前になっている現代において、もっとも当たり

注2…「構造不況の百貨店化粧品は再生するか」（『国際商業』二〇〇五年一月）による。

注3…初版単行本の帯による。

前であるはずの素顔こそが、希少性を帯びてしまうという逆説である。そして、そのことが、多くの人をひきつける。「ルージュ」の世界で大人たちは、携わっている広告業界が虚業であることに飽き飽きし、素のままで生きることを切望しているからである。

例えば、新製品のキャンペーンにかかわる一人であるコピーライターの秋葉は、出会ってすぐに里彩に引かれ、食事に誘う。彼は、コピーライターという職業柄だろうか、気になったことがあると、すぐ調べる習慣がある。自分は乗りもしないテーマパークの落下型アトラクションを、どんな人が乗りに行くのか、わざわざ見に行く。また「デート」という言葉がどのような変遷をたどったのか、『現代用語の基礎知識』からの情報をわれわれに教えてくれるし、『大辞泉』を引いて〈恋愛〉や〈恋〉の定義を考察したりする。

恋が大問題であるわりに、広げる本は安直だが、それらは、その中からいつでも好きなものを取り出せる、情報の集積ということなのだろう。彼が里彩や後宮と食事をする場所は、六本木の〈京は花〉、〈ホテルニューオータニ〉や〈オペラシティ〉など、里彩こそ彼のセンスを申し分ないと言うが、誰でもアクセスできる場所であり、ちょっと誘うにも、鳥取県の東郷町で「四月十七日ごろに梨の花が満開になる」から見たい、「長野県上水内郡戸隠村大字戸隠」にある〈そばの実〉という店はどう？など、不自然なほど日付や住所のディテールが明確である。

それに対し、里彩の提案する旅行は、ガイドブックなどの情報には頼らず、空想の中の島である。空想の島にいちばん近いところを探しだす、というか、現実の島を空想のそれに仕立て上げてしまう。恋愛についても、どういうことを〈つきあっている〉というのか、恋愛とはなんなのか、疑問を持ち続ける。秋葉が世間の定義を調べて知る、つまり、ある意味受け入れていくのに対し、里彩は、世間の通念の共有に無頓着なのだ。

秋葉は、里彩の振る舞いを見て、「ニューヨークの五番街でショッピングをするのも、北鎌倉の名もない寺の庭で鳥の声に耳を傾けるのも同じだと思う感性を持つことが、これからの生き方にとってたいせつ」（5章）なのではないかと考え始める。

彼は、現代日本の〈個〉のあり方に不満がある。際立った特徴であっても、人々がこぞって取り入れ、横並びになるのは、個性ではなく流行であり、取り入れようとしない者が〈変わってる〉と蔑まれるのは、個別性など要求されていないからだ、と。八〇年代以降、誰もが人とはちょっと違った生活を求め、だからこそ、同じブランドや百貨店の売り上げを伸ばしたのは、いまさら特筆するまでもない。世界のブランドの売上高の中に日本が占める割合は大きく、たとえばルイ・ヴィトンにおける日本人のシェアは七割とまで言われた。注4 秋葉が身をおく広告業界は、それを率先して先導してきた。

秋葉と仕事を共にする後宮は、「四十二歳でクリエイティブディレクター」、「宣伝部長でさえも逆らえない」（1章）が、「仕事が忙しくなり家事に時間を割きたくなかった」（6章）から離婚し、「できれば重役の座を勝ちとりたい」（10章）と考えている。一方で、妻子ある「おとなの男」（4章）である桜木と不倫関係にある。仕事も、恋のエッセンスも、と、貪欲な欲望を実現している彼女は、自身が広告業界の推進力にふさわしい人物であるが、かつての夫であった秋葉からすれば、離婚は、彼女の象徴する時代の雰囲気との決別であったかもしれない。

秋葉にとって、素のままで生きることは、流通するイメージとの一体化から退却することで、個の問題に直結している。画一的な流行が〈個〉と勘違いされている現状に対し、里彩があるべき個別性を体現しているのではないかと期待するのである。

里彩と知り合ってからの秋葉は、ホームレスみたいに公園のダンボール箱で一晩過ごすという提案をしてみたり、北鎌倉を行き先に選んだりする。恋愛についても、つきあっているのかと後宮に問い

注4…「世界買いあさった今年　「ブランド好き」に批判」『朝日新聞』一九八九年一二月二〇日朝刊

詰められた際、つきあうことがそもそもどういうことかわからない、と答えて、「十五、六歳の男の子みたいなことといわないで」（6章）と後宮に失笑されるなど、里彩の影響をまともに受けていくのだ。

カメラマンとして活躍する黒川もまた、同様である。里彩との最初の会話では、六〇～七〇年代のCMディレクター杉山登志が、「リッチでないのに／リッチな世界などわかりません／ハッピーでないのに／ハッピーな世界などえがけません／「夢」がないのに／「夢」をうることなどは……とても／嘘をついてもばれるものです」（8章）という遺書を残して自殺した[注5]ことを話題にしている。里彩に「ここまで言葉に衒いやあいまいさがなく、思っていることをストレートに話す孝之や黒川のようなひとに会ったことがなかった」（9章）と評されるごとく、黒川も、CMは自分を偽って大衆的な流行に迎合することだと考え、そうした虚業を脱し、素のままで生きることが本当の生き方と考えているのだ。

彼の論理は、ある点まで秋葉と符合している。後宮に、里彩をタレント事務所に入るよう説得することを頼まれた際には、「社会そのものが大衆に向けて、こういう考えかたをすれば充ちたりた生活ができるというメッセージを流してきた」が「CMのメッセージに乗っかっていればみんな同じ程度の幸福を得られるなんてことは、もうなくなってしまった。これからはひとりひとりが、自分にとって幸福とはなにかをイメージしなければならないんです」（13章）と、後宮のやり方を古いと決め付ける。彼らは、一様に里彩の理解者なのだ。

3　〈人をひきつける平凡さ〉の矛盾

確かに、里彩は〈変わって〉いる。自分のスリーサイズを知らず、横山大観を評し、ザ・タイガー

注5…今井和也『テレビCMの青春時代—ふたりの名演出家の短すぎた生涯』（一九九五年一月、中公新書）を参考にした、との注記がある。

スやザ・フォーク・クルセイダースといった古い音楽しか聴かず、好きなのは浪花節である。恋愛に関しても、男性と付き合ったことがまるでない。「断る理由がなにもなかった」（3章）から秋葉からの誘いを簡単に受け、あるいは、家で外泊は許されていないために、秋葉とはわざわざ日帰りで沖縄に行きながら、初対面の黒川のマンションには泊まるなど、矛盾にあふれている。

里彩は、恋愛に関しても女性同士の関係に際しても、一般的に人が踏む手順ややり取りを無視しているのだ。かつて彼女と付き合おうと試みて断念した男性が「エイリアン」と評したとき、彼女は「わたしはごく普通に振るまっているだけなのに。もし世のなかに普通という基準があればらくらくクリアできると信じていた。でもそんな基準があるわけがない」（3章）と思う。〈私って普通ですよね？〉と聞いてくる人に〈そうですね〉と同意してはいけないのはルールだろう。彼女は、世の中が〈普通〉と〈変わってる〉に分けられるという一般的な考え方は取らず、秋葉や黒川に応えるように、どんな個性でも並び立つのが〈普通〉だという〈稀有な〉考え方をしているのである。

化粧をすること／しないことは、そのような画一性／個性と対応関係にある。例えば、里彩の祖母の文乃は七十二歳でどんなに朝早くても「ひとすじの乱れもなく髪をゆいあげ、きちんと化粧をしていて、女は化粧をしなくなったらおしまいだとでもいうようにみだしなみには気を配」っているが（2章）、彼女の指針は「ひとさまに迷惑をかけてはいけない」、「いちばんたいせつなのは世間の目」（7章）ということである。化粧をしない里彩は、整えた自らを見せるべき世間をもっていないということだ。

美容ライターの金森も、化粧をしない方が面倒だという（13章）。世間の規範から外れた振る舞いをするには、いちいち理由を説明しなければならないからだ。彼女たちの年齢の違いこそあっても、化粧が、外部の他者に対して、そのようにふるまわねばならない規範としてあることは確かであろう。

何より、後宮がいうように、化粧をする女性たちが、モデルのように美しくなりたいと思っているとしたら、それは美の画一性や、それを餌にする恋愛の画一性にもつながっている。新製品シネレールのために秋葉が作ったキャッチコピーは「夏の唇、食べさせたい」だったが、里彩の記憶のなかでは、「夏の唇を食べたい」として理解されていた（2章）。自分を見る他者の欲望をかきたてることを自らの欲望とするコピーの意図は、里彩には少々難しかったようだ。

そうであれば、一躍脚光を浴びて以後も、クリエーターになる夢を理由に、モデルになることや高いギャランティを拒否し続ける里彩は、そうするほどに、価値を高めていくであろう。

もちろん、これは、差異や相対的な希少性が、流行に容易に飲み込まれることを示している。今は流行にとらわれない生活をするのがトレンドだ、という具合に。秋葉の提案する北鎌倉のデートですら、わけのわかった大人の隠れ家として、雑誌に並んでいそうなコースだともいえるのである。そもそも、秋葉や黒川は、後宮と一線を画そうとしているが、「女性の新しい生き方」を提言してきたクリスティーナ、そして秋葉と同じ世代の感性を持つ後宮だからこそ、新たな規範として、「ひとをひきつける平凡さ」を次のコンセプトにしようと考えているのだから。

じつは、里彩の最大の特徴である〈ひとをひきつける平凡さ〉も、化粧をしなければ発揮することができない。彼女がスターになれるのは、その希少性に商品価値を見出す世界の内部でのみ、ということにもなろう。このような悪循環を脱するためにはどうしたらいいのだろうか？　こうしたテクストの逡巡は、作中人物に影響を与えずにはおかない。里彩は、限定されたスター性を踏み破るべく、当初設定された枠組みをやすやすと捨て去って変化していく。後宮も秋葉も、彼女に裏切られることになるであろう。その前に、彼女において化粧が意味するところを、しばらく見てみたい。

里彩が化粧をしないのは、似合わないと思うからだ（2章）。しかし、化粧をすると彼女が美しくなるということは、シネレールのスタッフをはじめ、カメラマン、記者、周りの誰もが認めている。彼女はよほど化粧が下手なのだろうか？　いや、すでに見たように、化粧がそれ自身であるだけではなく、生き方の比喩になっているなら、化粧を施された顔についての「見なれた通りに出ても、だれかが書いた登場人物の人生を生きているような感じは消えなかった」（2章）との感想は、タレント業をめぐって「自分ではない人間に仕立てられる不安と嫌悪――」（4章）と里彩自身が述べたように、望まない役割と、素の自分とのギャップと考えるべきだろう。

とは言え、もし化粧が、流通する美の規範に合わせて素顔を塗り隠して良いようなものなら、化粧は非日常に化身するものという原始的化粧観の支持者である里彩でも、むしろ上手にできるかもしれない。彼女の化粧が下手なのは、現代の化粧が、すでに素顔を輝かせるものに変わっているからである。「里彩は自分が自分のイメージをつくる積極性に欠けているということには気づいていた。（中略）自分のイメージがまだつかめないから口紅もアイシャドーも何色をどう塗ればいいのかわからないのだ」（3章）。最初に里彩をメイクした日比野は、メイクアップアーチストが自分の個性を押しつけて、タレントの個性を殺すことを嫌っているし（1章）、記者発表では、「化粧によって顔が一変したというのではなく、やはり素の顔が美しく輝いていて、その美しさが化粧によってくっきりと際だった」（6章）とある。つまり化粧は、彼女の本来の個性を発掘してみせただけだということになろう。里彩はただ、気づかないだけだ。素顔より素顔らしい化粧、ですらない。化粧は素顔そのものなのである。

問題は、他人の方が本当の＝素の里彩を見抜けるなら、つまり、化粧された自分が本来の自分なら、なぜ里彩にそこまでの違和感が生じるのかということである。発掘されたのは何なのか。

4　やはり女性が何を考えているかは、わからない

周囲は里彩について、たとえば秋葉は「強いなにかを内にかかえているけど、それがなんなのか自分でもまだ気づいていない」（2章）と評し、黒川は「彼女は、その根幹をなしているたいせつなものがぼくらとはちがうんじゃないかな？　言葉にして表現できないだけで、彼女のなかでははっきりとかたちになっている」（13章）と評価する。だから、発掘されたものを、隠れた里彩の思想や論理とすることは、いったんは妥当なように思われる。

なるほど里彩は、不自然なほど自分の考えを外に漏らさない。本人は無意識で、語り手の解説によって初めて形になる、というのではなく、本人の自我意識は強烈で、語り手はその心中を写すだけで済んでいる。確かに、その心中は、結論こそ欠いている場合もあるとはいえ、作者が説明するかと思うほど整然としているのだが、他の人に口外するのは拒否しているようだ。たとえばモデルになることへの嫌悪について、さんざん考察しながら、外に漏らす言葉と言えば、「ひとことでいえば、いやなんです。もっといえば、ほんとうにいやなんです」（4章）のたった一言であり、「後宮がいっていることは正しい。その通りだと思うが、納得できたわけではなかった。後宮さんのように長い年月をかけて積みかさねていきたいんです、と説明したかったが、口をつぐんだままだった」（4章）と沈黙を守る。

あるいは、圭につきまとわれた時も、「里彩は立ちあがった。どんな理由であれ、ひとに見はられるのはごめんだ、これからもつきまとわれるのだろうか、もしまた待ちぶせされるようなことがあったらはっきりといってやる。店から出た里彩は振りむかないでまっすぐに駅に向かった。」（6章）と無言

のうちに立ち去るだけだし、「おばあちゃんは酔わなければほんとうの気持ちをいえないあなたのことを情けなく思っているんだよ、と里彩はコーヒーをひとくち飲んで美和の顔を見た。この前会ったときより化粧が濃くなっている」(7章)と母に対しての思惑も胸にたたむ。

だから、他の人物が、彼女の思想や感性を知りたがるのはもっともなのだ。しかし、発掘されたのはその内容なのだろうか。先ほど述べたように、発掘されたものに、彼女自身が違和感を抱いているからだ。上のような里彩の内面は、他の人物からは「言葉にして表現できない」と見えたとしても、彼女にとっては、心中で言語化されながら外に出さないだけであり、それが見抜かれたからと言って、自分自身で違和を感じることはないであろう。

そして、別の個性が発掘されたというには、見抜いているはずの周囲が彼女の何かを言い当てているわけではないのも、見てきたとおりである。だとすれば、他人が見抜いているのは、彼女自身が自覚しているのとは別の個性ではなく、とりも直さず、彼女がいまだ何者でもないこと自体だと考えるしかないだろう。多少誇張して言えば、個性がないこと、空白と言ってもよい。

彼女が日常的に、「他人に勝手にレッテルを貼られるだけで、他人のイメージのなかで生きるしかないのだ」(3章)と思う際、彼女は自分の個性を自覚しており、他人が自分に見出しているイメージが、自身が自覚する個性と異なっているのだと思っている。しかし、化粧を通して他人の持つイメージは、具体的な個性の内実ではなく、「何か」「たいせつなもの」という空白自体だということだ。里彩における化粧と自分との落差とは、個性と別の個性の間にある落差のことではなく、個性がないことを強調された化粧と、個性があると思っている自意識とのギャップなのではないだろうか。

あるいはこれは、「ルージュ」が消費システムへの批判を行うゆえの、論理的要請でもあろう。どのような個性も(本人がどんな気の持ちようをしても)、消費のシステムに組み込まれてしまうとすれば、個性をまるで持たない、つまり、あるべきものの欠落を決め込むことこそが、システムからの逸脱方法だからである。彼女の素顔は、周囲からは、化粧をして〈いない〉と、化粧という常態からの引き算としてしか表現されず、彼女の本質は、「美人でもなければ個性的な顔立ちでもない」（1章）と否定形で語られるしかないものなのだ。

もちろん、〈ない〉ということは、それで自足している本人ではなく、過剰に〈ある〉者からみた見方にすぎない。ところが、このような、近代以降女性に期待され続け、女性にとっては抑圧である空白のイメージ[注6]に対しては、何でも批判できるほどの里彩の高い自意識は、違和感を持つどころか、受け入れていくようであり、人が見抜いた空白のイメージこそ本当の自分であるということが、さまざまな設定によって客観的に保証されてもいくのである。

たとえば、クリエーターになりたいとしきりにモデルを固辞するにもかかわらず、仕事への関心がまるでない。里彩の入社時の面接の答えはまるで型どおり、制作課で必要な資料を買いながら、その後のモデルとしての予定を忘れていたことはともかく、資料に関して何の興味をも持っていない。熱心さの片鱗は見当たらず、モデルを固辞して彼女が守りたいくらしの内実は、空白のままなのだ。

だからこそ本人が気付かなくてもモデルが向いている、としたところで、その撮影にあって、もっとも「谷川里彩」らしい場面とは、彼女が「感情が流れるに任せ」、「夢中になって絵を描いているとき」のような状態として描かれる（3章）。喩えれば、結果としての絵は問題ではなく（彼女は絵が下手なようでもある）、意識すら忘れ去られた、忘我の境地である。孝之がいうように「働くってことは、どんな仕事であれ、自己表現」（9章）なら、モデルも例外ではないが、里彩のプロ意識が高いというわけではない。もちろん、モデルが表現すべきものを一般的な〈美〉と考えることもできるが、平凡さや〈個〉というテーマの手前、そう考えることは退けねばならず、里彩の表現したいもの、すべきも

注6…拙著『女が女を演じる―文学・欲望・消費』（二〇〇八年二月、新曜社）を参照されたい。

のの内実は空白になってしまうであろう。

彼女が「化粧して幼く見える」（1章）のも、子どものようなピュアさが、まだ何者でもない、という反—個性を意味するからである。白いカーディガンの里彩に、白い大きな蝶イメージが重ねあわされる冒頭の印象的な場面をはじめ、「白い子猫」（2章）、「紫陽花が色づく前の白い花をつけている」（3章）、「半夏生の白い花に目をやった」（7章）など、白のイメージが多出する意味も、言うまでもないだろう。

5　これが愛かどうかもわからないのだけれど

要するに、彼女がモデルとして突出しているのは、個性のない本質ゆえだといえよう。演じることの一般的な図式は、本質としてある自己を押し殺し、表面では、世間の求めに応じて頻繁に取り替えられる化粧や衣装で、移ろいゆくイメージを実現しつづけるということだろう。だが、里彩の本質こそが特徴を持たないなら、里彩は悩みのない、天性のモデルとなるわけだ。そして、人に見抜かれたものが本当の自分だとすれば、そこには、自分で保護しておくべきプライバシーも、当然ながら、ない。「猫のように思いっきり伸びをした」（2章）、「たった一匹でガラパゴス諸島に向かって泳いでいる回遊魚」（8章）など、しばしば里彩が、動物にたとえられるのも、こうした文脈においてであろう。

たとえば後宮の化粧に対する持論は、「花や鳥や動物たちに比べて人間は醜い、という人間自身のコンプレックスが化粧をさせ」、化粧品産業を発展させたというものだ（6章）。里彩も、動物や花より不完全な人間だからこそ装う欲望を持った、と後宮と類似の考えを持ち、さらに化粧を「ハレの舞台に立つための、自然と日常を超越するための儀式」（13章）と位置付けている。だから日常では化粧をする必要がないと言う里彩に対して、金森は、そうしたモデルの発言によって化粧品の売り上げが落ちたらどうするのか、と苛立つが、無理もない。この苛立ちは、本当に売り上げが落ちることに対して向けられたものであろうはずがない。いくら素顔が流行る時代が来たとしても、凡人は素顔を磨きあげるために、基礎化粧品など、より巧妙になる商品を一層買うだけだからだ。しかし、動物は、化粧をし〈ない〉という意味では欠落だが、凡庸な人間から見れば、そのままで、ハレでありうる。金森はそれに嫉妬する。里彩は、天性のモデルである。

そして、そうであれば、後宮が里彩を理解できないのも当然なのだ。さきほど、彼女は里彩に裏切られると述べたが、二人の間にあるのは、世代の違いから来る生活観や価値観の違いではないからである。それを言うなら、後宮が、誰もが富と名声を求めることを信じ、里彩が、画一化された欲望を否定し、さまざまな個性が並び立つのを〈普通〉だとする心情の対立を言えば十分である。だが里彩が負わされているのは、個性のない空白という象徴的役割であって、ここに至っては平凡さも相対的な希少性も却下され、超越的な存在であることが求められており、実際に存在しえないそうした人間と、後宮のような一作中人物がリアルのレベルで向かい合うことは困難なのだ。

秋葉が、一度は「これは恋なの?」(4章)と言われながらも、物語上はさほどの説得的な理由もなく里彩の好意の対象から外れ、黒川が浮上するのも、里彩が空白の役割を引き受けるのと連動している。秋葉と黒川は、前述のように共に広告業界を批判し、一方は小説を書こうとし、一方は映画を撮りたがるという点でも資質を共有しているのに、なぜ黒川なのか。

里彩が「よくどんなことしてでもニューヨークやパリに行きたいってひとがいるけど、わたしはぜったいにこれをしたいって思ったことはないんです。たいていのことは、してもいいし、しなくてもいい、そんな感じなんです」(5章)というのを、秋葉は、「右でも左でもいい、赤でも黄色でもいいというのは意志が弱くセンスがないということになるのだろうか?」(5章)とすべての価値を横並びにする新しい価値観として受け取っていた。しかし、〈AでもBでも同じように楽しめる〉というのと、〈AでもBでもない〉という欲望の欠落では、意味が異なる。秋葉が、前者と解釈したのは、この時の里彩の意識にシンクロすることによって、むしろ象徴的な里彩の位置を読み違えたといってもいい。

同じ事態は、黒川に対しては、「ほんとうに欲しいものってお金で買えると思わないんです。というか、わたし、欲しいものがないんです」(9章)と明確な否定として宣言されている。里彩は、絶対的な空白としての否定の論理を引き受け始めている。だからこそ、モデルの体験についても、「わたしは、どうだったかわからないんです。自分が何をしたのかも…」と、わからないことが強調されていき、その告白をした里彩を、「だから最高なんだ。セックスだってなんだって快楽というものは意識から解きはなたれることだろ。自分を失えるかどうかだ」(8章)と肯定する黒川が必要になるのである。

黒川も、虚業に携わりながら、それをはぎ取るべくあがいている。その結果が彼の突然の自死なら、本当の自分は〈ない〉という形でしか証明できない。テクストの求める価値は、平凡な生活からカリスマ的魅力へと変化しており、絶対的空白としての死が、それに充てられる。里彩がかなりの共感を持ったはずの秋葉は、既に「彼が喪失したのはありきたりのもの、自然を求め保護したいと願うエコロジストのようなものにすぎない」(9章)と評価を落とした。セックスを拒否し続けていた里彩も、黒川には「蕾の花弁がほどけてひらくような自然さで」「水に流されるようにすべてをゆだね」るだろう(11章)。

6 〈喪失〉のしかけ

ところで、運命的に里彩と黒川を結びつける共通点は、「わたしと彼らにはなにかが欠けていて、欠けているというより喪失感――、その喪われたものがおそらく似ている」とされ、「ふたりは（注・黒川と孝之は）自分たちがなにを喪失したかをはっきりと自覚しているのにわたしは気づいていない」（9章）とされる。しかし、何が失われたのだろうか。このように問うのは、個性や、消費のシステムに沿った欲望が〈ない〉つまり〈欠けている〉ということと、〈失った〉ということは、似て非なるものだからである。前者は、〈あり過ぎる〉者から見て〈ない〉だけであり、もともとそれで自足していた里彩が、何かを失っているわけではない（里彩が高校の時、登校拒否で、何かに傷ついていることはほのめかされるが、その結果失ったのが何かは、テキストからは判別できない）。

もちろん、物語の最後での黒川の唐突な自殺の伏線というのが一つの答えだろうが、それだけではなく、喪失感には、里彩の具体的人格と、空白という論理上の役割とのずれが関わっていると考えられる。

里彩は、空白の役割を引き受けていくと述べたが、一方では、最後に至るまで、里彩の内面はよく言語化され続けている。心の中では実に饒舌であり、他の人物に対する批評や、化粧や恋愛に対する分析が一方的に繰り返されるのは、芯のある人物として、個性が認められるにふさわしい。つまり、言語化されるということは（仮に、里彩が言葉で自分には欲望が〈ない〉と宣言したところで）、何者かであろうとしてしまうことであり、空白という論理上の役割との間には、相当な齟齬が生じているのである。またそのようなレベル差の問題と考えず、単にキャラクターの問題に帰するなら、時に饒舌に自己の思想の突出性を誇示し、時に言語も忘れて意識も飛ばしてしまうことは、支離滅裂にしか見えないだろう。

ただし、その無理を補うのは、語りの仕掛けである。というのは、多くの場面で、事件は事後的に語られるか、里彩が記憶として思い出すことになるからだ。さきほどの「わたしは、どうだったかわからないんです。自分が何をしたのかも…」という撮影の心境が、終了後の黒川との会話でしか語られないのは典型だが、同様に、最初の写真撮影も、秋葉との食事の際に思いだされている。黒川が欲望について熱弁をふるったことは、金森との会食の際に回想されるなど、枚挙にいとまない。

このような事後的な説明は、言語によって空白を証明しようとする矛盾に、何らかの成果を与える。言語による表現であれば、空白をまるごと表すことはできないが、回想は、事件があったことを描きながら、それは里彩の事後的な解釈にすぎないとして、事件当時に何があり、どう思ったかについては空白にすることができるからである。〈ない〉が〈失った〉にスライドしてしまうのは、空白が、このように時間的に処理されるからに他ならない。〈ない〉が時間の先後関係の中で実現されるとき、つまり、〈それ〉は〈今はないのだ〉と思い返されるとき、それは、〈失った〉にきわめて近いものになるであろう。

そして、このように事後的にしか認識されないとすれば、恋愛は、後悔に似た形でしか知覚されない。里彩は自分のことを「後悔することが好きなひとっていますよね。わたし、そうなんです」（3章）と語っていた。そもそも、里彩の黒川への感情は、タレントの発掘が他人によって行われたのと同様に、孝之に「慎吾のこと好きなんでしょ？」と言いあてられ（11章）、初めて肉体的な関係が結ばれるが、それまでの感情は明らかにされていない。また、黒川とゲイのパートナーである孝之、そして里彩の三角関係をどのように処置すべきか、黒川と孝之は何ページにもわたる口論を繰り返しているが、その場を共有していても、里彩が介入する場面は、「ゆっくりと一度、そして激しく首をふった」だけであり、黒川がバリに旅立つ前の夜の最後の口論では、「里彩は立ち上がり、靴を履いた。ドアが閉まる音よりも早く、黒川の怒声が聞こえた」であり、いわば当事者としての感覚はうかがい知れない(14章)。

述べているのは、この時点で里彩に愛する感情がなかった、ということではない。実体的な人物の心情として、愛情があったに違いないと推測することは可能である。しかし、問題にしたいのは、それがどのように表象されたか、である。里彩については、事件が起こっているときには描写されず、事後的にその心情が語られる。つまり、述べてきたような、空白の時間的処理が行われているのだ。だから、確かに黒川を失ったのだが、その事実だけでなく、里彩の恋愛はいつでも後悔として、「わたしが彼と出会わなければ」(16章)という思いとして発動する。愛する者を失ったのではなく、失ったものに対する愛だけしか、われわれには見えないのだ。

里彩の恋愛論によれば、恋愛が成立しがたい現代だからこそ、日常生活の倦怠から抜け出すためのハレの場として、人々は恋愛を求めているという。里彩の後悔＝恋愛は、いつも対象を失っているという意味で、人々から見て恋愛が〈ない〉ともみなせるが、装いや道具立てによってでなければ恋愛＝ハレを作れない凡庸な人間から見れば、強い感情を抱き続ける里彩は、そのままでハレを生きているとみえるのだろう。

かくして、里彩がタレントを拒否した際の「タレントになると、名声やお金と引きかえにかならず犠牲にしなければならないものがあるような気がするんです。なにを失うのか、はっきりとはわかりませんが、普通の暮らしができないことだけはたしかです」(10章)とのセリフは、タレントになった結果を想像したものではなく、〈失う〉という条件を満たしたものだけがタレントになれるという意味であったことが明らかになる。

タレントになって失うのが時間や行動の自由であることはわかりきったことだが、里彩が答えたいのはそれではないようだ。彼女が失っているのは、事態への直接の関与やそのときの感情である。その語りの作為を里彩自身が知覚できるはずもなく、タレントが「なにを」失うのか、という問いの答えとしては口ごもるのは当然だろう。〈失う〉という条件が整った後、ラストシーンでの里彩は、黒川のことを後悔するだけで、そのままですでにタレントである。もはやルージュを塗ることなく、素顔のまま、作られた台本を演じることができる、否、演じるのではなく、生きることができるのだ。

7　おわりに

自分はそのままで、しかし、絶対的なスターであること。現代の若い女性なら、誰もが一度は夢見る事態であろう。働き、食べ、住むという、人間として最低限の欲望も満たせない事例を多く目の当たりにする今日からすれば、〈普通〉を〈欠損〉とみなす物語は、欲望の贅沢な引き算になってしまったかもしれないが、「ルージュ」は、小説にしかできない仕掛けを用い、バブル期の欲望のあり方に対して、別のモデルを提示したかったのだといえる。

しかも、あまり性急なまとめはできないが、負の徴づけによるスター性の獲得が、小説内での論理的モデルを超えて、今度は欲望となるとき、現実における手っ取り早い実現は、自死や犯罪にきわめて近くなるだろう。その点で、この新しい欲望のモデルは、その後里彩とほぼ同年代の若者が関与したさまざまな事件にみられる病理を、予見したともいえる。そして、小説が、負の心性を描けるメディアであることを、どう考えていくべきなのか、新たな課題を作ってしまったとも言えるだろう。

里彩が、本番の演技にあたって、施されたルージュを自らの意思で落とすという印象的なラストシーンは、テレビドラマでは、仕事の自覚を持ってモデルを行える心境に達した主人公が、「自らひくルージュ」という正反対の形象に変わっていた。述べてきたような、虚と実の重ね合わせは、小説言語だから可能な表現でもあるだろう。小説は虚の世界だが、物語世界に住む人物にとっては、あくまでもそこで起こることが唯一のリアルである。テレビドラマの場合、われわれはタレントを、そのドラマから離れた場面でも目にし、またタレントのプライベートを、覗けないからこそ隠れて存在すると思っている。だから、タレントが、ドラマと完全な一致を生きているという里彩像は、テレビドラマでは成立しにくいだろう。脚本化による改変は、さまざまな要因が絡んでいるであろうが、結果として、黒川が死ぬこともなく、テキストのネガティブな人物を、非常にポジティブに描いた、よくある設定になったのである。

このような凡庸さに対し、小説「ルージュ」は、小説が特別なものであることを示そうとしている。しかし、どちらの行き方が〈普通〉の人を勇気づけたのかは、わからない。現実は常に、どちらをも超えてしまうのだから。

家族の物語／家族の戯画――『女学生の友』

宇佐美 毅

1 『女学生の友』と「家族」の問題

多くのセンセーショナルな話題を提供することが多かった柳美里の作家活動とその作品の中で、『女学生の友』[注1]は極端といってもよいほど論じられることの少ない作品である。作品を網羅した『現代女性作家読本⑧ 柳美里』（鼎書房、二〇〇七年二月）になら『女学生の友』を論じた項目があるものの、柳美里作品の研究動向をコンパクトにまとめた梅澤亜由美の「研究動向 柳美里」（『昭和文学研究』五二号、二〇〇六年三月）には『女学生の友』に言及する研究はまったく紹介されていないし、最初のまとまった柳美里研究書でもある永岡杜人『柳美里 〈柳美里〉という物語』（勉誠出版、二〇〇九年一〇月）の中にも『女学生の友』を論じた部分はない。[注2]

もちろん、『女学生の友』を本格的に論じた研究論文がまだないということであって、この作品が映像化されたこともあるし、[注3]この作品に言及した批評やエッセイもまったくないというわけではない。だが、それにしても柳美里作品の中で『女学生の友』が論じられる機会が驚くほど少ないことは間違

注1…初出は『別冊文藝春秋』二二八号（一九九九年六月）。『女学生の友』（文藝春秋、一九九九年九月）所収。

注2…国文学研究資料館の論文データベースで検索してみても（二〇〇九年一一月三〇日検索）、『石に泳ぐ魚』なら二五件、『家族シネマ』『ゴールドラッシュ』『8月の果て』などの作品でも数件ずつはヒットするのに対して、『女学生の友』では一件もヒットしない。

注3…BS―i／東宝。二〇〇一年。監督・篠原哲雄、脚本・加藤正人。

いない。『石に泳ぐ魚』[注4]が裁判に関連して特に多くの論考・批評を生んだことは特殊な事情だったとしても、『女学生の友』という作品に対するここまでの無関心ぶりは逆に注目に値する現象である。

たしかに、『女学生の友』には、柳美里初期作品が持っている強烈な私小説的要素もなければ、『ゴールドラッシュ』[注5]で描かれた一四歳の少年の父親殺しのようなセンセーショナルな題材もない。また、『石に泳ぐ魚』のような作中のモデルからの訴えによる裁判が世間の注目を集めたわけでもないし、『8月の果て』[注6]のように日韓の関係をめぐるデリケートな問題を扱ったわけでもない。「女子高生の援助交際」「高齢者の生と性」という今日的な問題が扱われているものの、柳美里らしくないと言いたくなるほど刺激的な要素が少ない作品なのである。

だが、『女学生の友』という作品の意味は、他の作品のような私小説的な作品でもなく、センセーショナルな題材でもないところにある。先走って言えば、柳美里作品らしくない作品と見えながら実はきわめて柳美里的であるところにこそ、この『女学生の友』という作品の意味があると言うべきであろう。ある作家を「〜的」などと論じることが乱暴な行為だということは十分承知の上で、柳美里的とは何かを論じたい。

*

柳美里の文章に描かれる世界の多くが「家族」を重要なテーマにしていることは既に多く指摘されているし、もはや議論の余地がないほどである。だが、問い方を変えて、柳美里は「家族」をどのように描こうとしているのか、と問うならば、その問いに簡単に答えることはできない。

柳の小説作品の中で「家族」を重要なテーマにしている作品には、初期の代表作『フルハウス』[注7]や『家族シネマ』[注8]はもちろん、むしろ「家族」にかかわらない作品の方が少ないとさえ言える。そこで描かれる「家族」が一般的・常識的な「家族」像とはかなり異なっているという共通点を挙げることも

注4…新潮社、二〇〇二年一〇月(改版)。初出は『新潮』(一九九四年九月)。

注5…新潮社、一九九八年一一月。初出は『新潮』(一九九八年一一月)。

注6…新潮社、二〇〇四年八月。初出は『朝日新聞』夕刊(二〇〇二年四月一七日〜〇四年三月一六日)、『新潮』(二〇〇四年五、七月)。

注7…文芸春秋社、一九九六年六月。初出は『文学界』(一九九五年五月)。

注8…講談社、一九九七年一月。初出は『群像』(一九九六年一二月)。

できるだろうが、では柳の作品の「家族」は否定的・破滅的に書かれているかと言えば必ずしもそうではない。たとえば、柳美里は「家族」について次のように書いている。

家族という歪な小宇宙を解体して虚構として再生させることが、私にとっての習作（エチュード）であった。家族は私自身の生を読み解くために在ると考えてきた。（略）もし私が身体で書いているとすれば、身体に刻印されている家族について書かないはずはないが、家族間の愛憎や葛藤には興味がない。私は親や弟妹を愛憎の対象にしたことは一度たりともないのだ。そういう意味では家族に対して薄情なのかもしれない。（略）

それでも私は決定的に家族と繋がっていると感じている。私たちは破滅を約束されているという確かな実感を持ち、互いが滅びてゆく様を痛ましい思いで凝視し合っているからだ。その視線は虚空で絡み、解けようとしない。私の身体に刻印されているのは視線によってつけられた傷痕である。家族に限らず、私が小説に登場させる人物は皆傷痕を持っているといっていい。[注9]

「家族」が「私自身の生を読み解くために在る」と言いながら「家族間の愛憎や葛藤には興味がない」と断定する。「愛憎の対象にしたことは一度たりともない」とまで強調しながら「私は決定的に家族と繋がっている」と告白する。その振幅とアンビヴァレントな感情の中に、柳美里における「家族」の問題があるのであって、けっして単純化することができないからこそ、柳美里にとっての「家族」は重要かつ深刻なテーマなのである。

ただし、これから論じようとする『女学生の友』という作品は、先に挙げたような他の作品に比べて特に「家族」というテーマが色濃く出ている作品とは言えない。にもかかわらず、その『女学生の

注9…「血とコトバ」『魚が見た夢』新潮社、二〇〇〇年一〇月。初出は『海燕』（一九九六年九月）。

友』という作品と「家族」のかかわりを分析し、そこから柳美里作品における「家族」の複雑さやそれへの屈折した思いを抽出することが本稿の目的である。

2　弦一郎と未菜という存在

『女学生の友』という作品は、会社をリタイアした六五歳の男性・松村弦一郎と女子高生・未菜を中心にして描かれた作品である。

弦一郎は食品会社のマーケティング部長を務めた後に退職し、現在は職がなく年金暮らしをしている。弦一郎は息子である俊一の家族と同居しているが、二階で食事をし、できるだけ階下に降りずに暮らしている。その弦一郎が孫の高校生・梓と連れだって歩いていると、梓の小学生の時の同級生・まゆとその友人たちに出会い、一緒にカラオケボックスに行くことになる。後日そのうちの一人・未菜から弦一郎は電話で呼び出される。家を出て愛人と暮らしている父親の会社が倒産しかけており、未菜は家庭の窮状を弦一郎に訴えて援助交際の相手を見つけてくれるように頼む。未菜に同情した弦一郎は、自分の息子・俊一を陥れて金を取り、その金を未菜に与えて、その計画を成功させる……。

このように単純化してみるならば、『女学生の友』の主要な登場人物はまず松村弦一郎であり、次に未菜ということになる。後で論じるように、作中世界を誰の視点から描くか、という点から考えても、この二人を中心に作品ができていることは間違いない。実際に、『女学生の友』は次のように始まる。

耳鳴りだろうか。しかし、それがどんな音なのか他人の耳鳴りを聴いたことなどないのだから耳鳴りだと決めつけるわけにはいかない。幻聴かもしれず、ホワイトノイズとかいう完全雑音の可能性も考えられる。

こうした記述が誰の視点からのものなのか、はじめは明かされないが、やがて「弦一郎は薄目を開けた」と書かれて記述の主体が明らかにされる。冒頭の一文にある「他人」が「弦一郎」を主体とした場合の「他人」であり、「考えられる」と思考しているのも「弦一郎」であることがそこでわかるように書かれている。

それならば、この『女学生の友』という作品は、終始一貫してこの弦一郎の視点から記述されているかと言えば、必ずしもそうではない。弦一郎以外の人物の中で、例外的にその内面の視点から記述される人物が未菜である。たとえば、未菜が同級生たちと会話する場面は次のように描かれている。

　未菜はこのなかで花音里がいちばん嫌いだった。なぜふたりを、まゆぴゃん、瞳ぴゃんと呼んで、自分だけ未菜とそのまま呼ぶのだろう。明らかに差をつけている、距離をつくりあげ、ふたりにその距離を意識させているのは花音里だ。

「未菜は～」で始まるものの、その後は「自分だけ～」と未菜の視点からの記述になっている。また、金策に関する父母のいさかいの後、未菜が父親から酒を買うよう頼まれて家を出る場面は次のように記述されている。

　からだのなかを通り抜けるような風が心地好い。未菜は酒屋に向かって歩きながら、現実というものはなんと秩序がなく、もつれた糸をほどくように手間がかかるのだろうと思った。あれで決着がつくほど単純なことではないことは母にもわかっているはずだ。

ここでも「未菜は〜」と始まりながら、未菜の視点から「母にも〜」と記述が続けられることになる。こうした作中人物視点の記述は、この作品の中で弦一郎と未菜を中心におこなわれている。とすれば、この『女学生の友』という作品は、無職となった「老人」と援助交際を考える「少女」の視点から描かれた小説ということになる。しかしなぜか。

いまやひとびとは市民というよりは消費者で、より多く消費する人間が尊重され、コストが高くつく老人は蔑みの目でしか見られない。弦一郎は老若雇用均等法が成立しないことに腹をたてたことがある。（中略）優秀な店員として働けるかもしれない老人を雇用しない理由として考えられるのは、若者は日給のすべてどころか、レオタード姿で踊る女の猥褻なＣＭを流す消費者金融で借金をしてでも消費するが、老人は日給の五千円のうち二千円を預金しかねない社会の敵だと見做されているからだろう。資本主義は恐い、と弦一郎はあくびとともに目をひらいた。

未菜にはこのグループには援助交際ができるとは思えなかった。やってる子は、だれにも迷惑かけてないのにどうしていけないの、といっているようだが、うしろめたくないならば、親やカレシに援助交際をしているとおおっぴらに話せるはずだ。ただ、おとなはだれも気づいてくれないし、気づきたくもないだろうけれど、いちばんお金に不自由しているのは女子高生だ。

この二箇所の記述には共通するものがある。それは、消費しないことによって雇用から遠ざけられる老人とお金に不自由していることに大人から気づかれない女子高生の疎外感であり、社会からの隔絶感・孤独感である。柳美里の作品世界にしばしば登場する感覚がこの作品にも色濃く反映していると指摘することは容易いだろう。実際に、これまで『女学生の友』に触れた文章の多くは、「人生の意味を見失った老人と、あらかじめ無意味な時間の縁に立っている少女」[注10]「女子高生と老人の寂しい交流」[注11]「孤独な魂と孤独な魂が出会い分かれていく話」[注12]と、この作品を捉えている。

だが、『女学生の友』という作品が、社会から疎外された（と思う）者たちの孤独を語る小説、あるいはその者たちの触れあう小説というふうに簡単にまとめられるかと言えばそうとは言えない。この点については後で論じるが、その前にもう少し弦一郎と未菜について考えておかなければならないことがある。

3　弦一郎と未菜の不可解さ

前章で論じたように、『女学生の友』という作品は弦一郎と未菜の視点から描かれることを基本にしていることは間違いない。ただし、必ずしも二人を肯定的に描いているわけではないし、二人の言動に関しては理解しにくいことも多いのであって、二人を中心に描いていることと二人を肯定的に描くことはけっして同じではない。

たとえば、主要な登場人物である弦一郎と未菜はいくつかのこだわりを持っていることが伺われるが、その説明は必ずしも十分ではないところがある。未菜に関してもっとも不明瞭な箇所は、結末近くで「二十万円」の報酬を弦一郎から渡されながらも、約束の「十万円」だけしか受け取らないことである。また、弦一郎に関しても十分に説明されていない言動のもっとも端的な例は、未菜からの援

注10…切通理作「「女学生の友」柳美里」（『文学界』一九九九年一二月）。

注11…布施英利「演劇的思考が生み出した小説世界」（『すばる』一九九九年一二月）。

注12…松岡周作「女子高生と老人の孤独な魂の触れあい」（『シナリオ』二〇〇一年八月）。

助交際の申し出に対して、自分の息子の俊一をだまそうとする計画を立てたことである。いくつかの思いがけない展開のあるこの作品の中で、もっとも理解しにくいのがこの弦一郎の行動であろう。

もちろん、作品の中にはいくつかの伏線が張られていて、弦一郎と俊一夫婦との思いのすれ違いが描き込まれている。たとえばワインに関するエピソード。弦一郎は佐和子から「いただきものなんですけど」と言われて白ワインを手渡されたことがあった。弦一郎は赤ワインしか飲まないが「まぁいいか」と受け取る。その後居間に降りてみると、佐和子が赤ワインが入ったグラスを額に翳し、俊一がワインの香りを嗅いでいるのを見る。そして、その瞬間、弦一郎は「莫迦ッ」と怒鳴りつけ、足がもつれるほどの怒りにかられる。佐和子と俊一の行為がそれほどの怒りを買うような行為かどうかは見方によるが、弦一郎がこのことで息子夫婦にかなり強い怒りを感じたということは間違いない。

また、俊一と佐和子が家を売ってマンションに移り住みたいと考えていることも、弦一郎にとって許せない行為と映っている。マンションへの転居をどうしても進めようとする弦一郎の息子夫婦への怒りが、「ふざけた奴等だ」「頭が悪過ぎる」「愚の骨頂だ」といった激しい言葉を使って描かれており、こうした経緯が俊一を陥れる行為につながったことは否定できないだろう。これらのことを通じて、俊一夫婦が弦一郎の気持ちを受けとめられない無理解な家族として描かれており、弦一郎が俊一を陥れてやろうとする動機の要素になっていることは指摘できる。

だが、だからといって、未菜の援助交際の申し出に対して、息子の俊一から金を奪い取ることが解決策になるとは到底思えない。何よりも、弦一郎は未菜から「弦一郎さんの会社にはたくさん社員がいるじゃないですか、援交してもいいみたいなひと、紹介してもらいたいんですよ」と申し出られたことに対して、収入と生活費の計算までして未菜の考えの未熟さを整然と説明していた。弦一郎は、未菜の母親のパートに出た場合の収入、これまで通りの生活費、不足分、援助交際の相場、と計算し、未菜が考える援助交際のような単発的・場当たり的な方法では問題が解決しないことを未菜に諭している。その弦一郎が息子の俊一を陥れ、美人局のようなことをして金を巻き上げたからと言って、最終的には何の解決にもならないことは、弦一郎にとっても十分すぎるほどに明らかではないのか。未菜からの申し出に対して、自分自身の憂さ晴らしで答えた、あるいは一瞬でも未菜とつながりを持ちたかった、と考えれば一応の説明はつくものの、それでは未菜の問題に何も応えたことにはならず、未菜の母親と結婚したらどうかなどとあれこれ解決策を探っている弦一郎の姿勢とはかけ離れすぎている。

こうしたことを考え合わせるならば、弦一郎が未菜を誘い込んで俊一を陥れ、美人局を実行するこの作品のクライマックスにはかなりの飛躍があり、唐突な印象を残す。それは、もはや「戯画」と言ってもよいような、リアリティのない展開なのかもしれない。だが、こうした唐突とも思えるような弦一郎の行動は、作品内の論理を照らし合わせてみることによって、必ずしも唐突には見えなくなる。というのも、この作品は、社会から隔絶された他人同士の老人と女子高生を描いているように見えながら、実は最初から最後まで「家族」のつながりを問題にして展開しているからである。

たとえば、女子高生の未菜が弦一郎に援助交際の紹介を依頼するところで、「倒産ってあるじゃないですか、父の会社が倒産するみたいなんですよ。だから、援交しないと駄目なんです、あたし」と持ちかけることは前にも示した。しかし、なぜ「父の会社が倒産する」と「援交しないと駄目」なのか。未菜が弦一郎にその話を持ちかける前の場面を見よう。そこで父母のいさかいを嫌というほど見てしまった未菜は次のように描かれている。

この社会の現実は数え切れないほどピースが多いジグソーパズルのようになっていて、ほとん

どのひとがどのようにピースを嵌め込めば絵柄が現れるのか確信を持てないでいる。（略）自分には全体像が見えないし、はっきりとした輪郭の全体像などとても持てるとは思えない。手に握っているピースは家族、学校、友だち、援交しかない。

「全体像」の見えない未菜はとりあえず自分の周囲からものごとを考え始める。それはおそらく誰もがそうなのだろう。そして、その未菜の握っているピースは「家族、学校、友だち、援交」であり、それも最初に「家族」が来ている。だからこそ、未菜にとっては「現在の状況」イコール「援交」となる以外にない。もともと持っているピースが少ない上に、「家族」を第一に考える未菜にとって、それ以外の選択肢はあり得ないのである。

しかし、未菜の持っているピースがもっと多く、しかも「家族」というピースを最初に考えるのでなければ、彼女には他の選択肢もいくらでも存在したはずである。たとえば、いったん学校を休学して働きそれから復学する、あるいは定時制高校へ通うという選択肢もあっただろう。あるいは、「家族」を捨てて家出するという選択肢だってあったのかもしれない。だが、未菜がそれらの選択をしなかった、と言うよりも、それらの選択肢そのものが最初からなかったのは、彼女が「家族」を自分に不可欠のピースとして前提においていたからに他ならない。未菜にとっての「家族」はそれほど重要なものだったのである。

だとすれば、未菜のとっている行動が「援交」なる現代の流行語で表現されているとしても、その内実はけっして「流行」の行為でも「現代」女子高生の特徴でもない。それは、たとえば明治期の次のような価値観とほとんど変わるところはないのである。

我国にては古来の習慣として、凡そ孝女と称せらるゝ者は、其家の貧窶を見るに忍びず、遂に其身を花街遊里に沈淪せしめて以て其孝を尽したりとなすもの少なからざるが如し。何ぞ夫れ孝道を誤るの甚しきや。我輩は日本の所謂孝女を以て、却て真の孝道に背きたる所業をなるものなりと云はんと欲するなり。
然れども我国に於て斯かる悪弊を生ずるに至らしめたる源因を尋ぬるに、我輩は彼稗史小説のごとき、又芝居狂言の如き、大に此弊風を促したるの一大本源なりと信ずるなり。
(福沢諭吉「婦女孝行論」『時事新報』一九八三年一〇月八日)

家の貧窮を見かねた少女が身売りして家族を助けるという状況がいくらでもあったことを示して、福沢はそれが「稗史小説」「芝居狂言」によって作られた「弊風」であることを指摘している。福沢は「稗史小説」「芝居狂言」が身売りする少女たちを生むという方向を指摘しているが、もちろん、それは双方向的に作用したはずであり、身を売って家族を救おうとする少女たちの積み重なりがひとつの「物語」に結晶していったことは同時に指摘してもよいだろう。そして、そうした「物語」と「行為」の相互関係の延長上に、未菜もまた位置しているのであり、「援交」といった言葉の内実は前近代からの「身売り」、つまり「家族」のために自分のからだを金銭に交換しようとする意識が未菜の中に深く根ざしているのである。

だとすれば、弦一郎はどうなのか。弦一郎は未菜のように、家族のために自分を犠牲にしようなどとは少しも思っていない。一番顔を合わせる機会の多い息子の妻・佐和子とも(かつて危うい関係になったことが瞬間的にはあったと考えているものの)、あまりよい関係を保っているとは言えないし、そもそも息子の俊一のことさえ、軽蔑しているような素振りが見え、時には激しく怒ることもある。しかも、最終的にはその俊一を陥れ、美人局の標的として金を巻き上げるのだから、未菜が自分を犠牲にして「家族」を救おうと考えたこととは反対方向の行動をとったのが弦一郎と考えることができる。

だが、そこで疑問に思うことは、先にも触れたように、なぜ弦一郎が自分の息子を美人局の標的にするという唐突な行為に出たかである。そのことは、俊一が弦一郎の「家族」だったという理由以外には考えられない。というのも、弦一郎が息子の俊一を美人局の対象にしようとしたとき、次のように感じているからである。[注13]

俊一を脅迫して金を吐き出させるのはどうか、という穏やかならざる考えが閃いた。最低でも一千万は貯蓄しているにちがいない、そのなかから半分奪ってもたいした罪にはなるまい。それに脅迫できる弱みを握れば今後は思いのままに操れる、まさに一石二鳥だ。

清水良典は「息子の俊一に対する異様なまでの酷薄さ」「俊一が憎まれなければならないのは、彼が〈父〉だからである」[注14]と指摘しているが、弦一郎が「俊一」の〈父〉としての権威を憎悪していると考えるのは作品内の論理に沿っているとは思えない。「家族」であることが俊一を標的にする理由だと言っても、弦一郎が俊一に怒るのは彼の俗物性や単純さなのであって、俊一に〈父〉という権威を奪われて彼を憎んでいると考える根拠はない。むしろ〈父〉である自分には息子の財産を自由にする権利があると弦一郎が無意識的に思考している、と考える方が適切であろう。

弦一郎が美人局の標的として俊一を思い浮かべた理由は、弦一郎の思考に沿って言えば三つある。「①俊一は最低一千万円の貯蓄をしている」「②たいした罪にはならない」「③弱みを握ると今後操りや

注13…ちなみに前述の映像化作品の場合、弦一郎が俊一を美人局の標的にしようと考えるまでの過程がほとんど描かれない。加藤正人脚本では、弦一郎が未菜に突然「私にいい考えがある」と切り出すだけだし、実際の映像化の際にはその場面もなくなっている。

注14…清水良典「ゲリラとしてのガキと老人　柳美里【女学生の友】」（『群像』一九九九年一一月）。

すい」の三点である。たしかに①の理由は客観的に見てもそうなのだろう。多額の貯蓄があったらそれを奪ってもよいという論理にならないとしても、多くの貯蓄をしていない人間を標的にしても意味がないことは明らかである。

だが、②③の理由にはかなり疑問が残る。美人局という行為が「たいした罪にはならない」という論理がなぜ生まれてくるのか。それは恐喝であり、悪質な犯罪であることは誰の目にも明らかである。にもかかわらず、弦一郎が「罪」の意識を持たないのは、標的が自分の長男であり、自分の「家族」だからという安心感、あるいは甘えに支えられているとしか考えられない。そう考えれば、俊一を標的とする理由は③にもつながってくる。通常「美人局」の標的からは金銭を得ることだけが目的のはずだが、弦一郎の場合は、今後もかかわり続ける「家族」だからこそ俊一を標的にするのであり、③のような理由までもが想定されてくるのである。

そのことは、弦一郎が未菜に計画を説明する際にさらに明らかになる。


「ほんとにやるの？」本気にしたら、冗談だよと笑われるに決まってる、と未菜は思った。

「援助交際より罪は軽い」

「どうして」

「援助交際は淫行というとんでもない破廉恥な行為だが、この計画は、説明するのは難しいんだがね、自分で自分の金を盗むといえばいいのかな、そんなようなもんだ」

「それって、教師が自分のつくった試験問題を盗んで、生徒に渡すみたいな？」

「どんぴしゃりだ！　頭がいい。まさにぴったりだよ！」弦一郎は感嘆の声をあげた。

罪の軽重の意識は人の倫理観に左右されるが、法的に見るならば、条例（たとえば東京都「東京都青少年の健全な育成に関する条例」等）で定められている「淫行」よりも、最高で一〇年の懲役刑まである「恐喝罪」がはるかに重いことは言うまでもない。にもかかわらず弦一郎が恐喝にあたる行為を「淫行」よりも軽微なものと考えるのは、「自分で自分の金を盗む」「そんなようなもんだ」と捉えているからに他ならない。本来は「教師が自分のつくった試験問題を盗んで、生徒に渡す」こととはまったく異なる行為なのに、弦一郎が「どんぴしゃりだ！」と答えているのは、息子の財産は自分のものであるとする意識によっている。ここでも弦一郎が、「家族」である俊一の金だからこそ、奪ってもたいした罪ではないと認識していることが明らかになるのであり、弦一郎の論理は「家族は他人とは違うのだから、その管理する財産を自分が自由にしてよい」といういきわめて前近代的な家族観に基づいていることになる。

ちなみに、弦一郎が未菜の母親との結婚を想像したことも、弦一郎が「家族」を特別に思っていることの一つの表れなのかもしれない。弦一郎は未菜から援助交際を持ちかけられたときに、まずは会ったこともない未菜の母親との結婚を想像し、その後に弦一郎を陥れることを考えつく。弦一郎は未菜を自分の娘にするという自分の新しい「家族」を一瞬だが夢想し、その次に自分の「家族」を未菜に差し出すことを思いつくのである。

そのように考えてみると、弦一郎と未菜の共通性は、先に触れたような、社会からの疎外という点だけではないことがわかるだろう。たしかに、弦一郎と未菜はどちらも社会から疎外されていると自覚し、どちらも自分の居場所を持てないと感じている人物であるが、それだけではなく、二人の思考および感覚に「家族」が深く根ざしているという点でも大きな共通性を持つ人物たちなのである。あるいは、「深く根ざしている」というレベルの問題ではないのかもしれない。家族のためになら自分の身を売ってもよいと考える娘と、家族の財産なら取りあげてもかまわないと考える老人……。それは実は、現代においてはもはや見られなくなりつつあるような非「現代」的な感覚を共有する二人の結びつきなのである。

4　弦一郎と未菜を描くということ

ではなぜ、「家族」のために自分を犠牲にしようとする女子高生と、「家族」を他人のために犠牲にしてよいと考える老人が描かれたのか。あるいは、そのような二人を描いたこの作品は、柳美里作品の中でどのような意味を持つのか。

先に、弦一郎と未菜がこの作品の中心人物であり、この二人の視点から作品が描かれていることが多いと指摘した。そのこと自体は間違いない。だが、この作品の語り手は、こうした二人の側に全面的に寄り添っているわけではない。

たしかに作品全体の中で、弦一郎という一人の作中人物の視点から記述されている部分が圧倒的に多く、読者の性別・年齢などの個人差があるにしても、弦一郎という人物に寄り添って作品世界に入っていくのが自然な読み方なのかもしれない。だが、注意深く見てみれば、弦一郎のものの見かたは必ずしも作品内で肯定されているわけではない。たとえば、次のような記述を見てみよう。

弦一郎が部長だったマーケティング部を新社長が事実上直轄にして力を入れるようになったまでは良かったのだが、いつの間にか二十代の社員が多数を占め、弦一郎からすれば、彼らはパソコンを操作しているか、漫画本を読み漁っているか、勤務時間中に平気で映画を観に行ったり、食べ歩きをしたりして、会社を遊び場と勘違いしているようにしか思えなかった。会議室に小学生、女子中・高校生を集めてマーケティングを行うようになって、彼らに総スカンを食ったものはほとんどが却下され、かつてのような理詰めの分析を積みあげて新商品を開発するという知的な雰囲気は見事に消えてしまった。

ここでの記述は、たしかに弦一郎の視点に立って書かれているし、その弦一郎に同調しながら読む読者は多いことだろう。しかし、考えてみればおかしな話ではないか。

弦一郎は「かつて」の会社を「理詰めの分析」「知的な雰囲気」を持った会社となつかしみ、現在の会社は、若い社員が「遊び場と勘違い」しているようなところに過ぎないと言う。だが、別の箇所に「社長が起用した無名タレントのCMが当たって、新商品の〈七味ライス〉が予想外にヒットして」とも確かに書かれているのであり、事実としては、弦一郎の軽蔑する「遊び場」のような会社でヒット商品が生まれている。弦一郎が現在の社員たちの姿勢を軽蔑したとしても、その社員たちによって会社が利益をあげたことは間違いない。

では、「かつてのような理詰めの分析」「知的な雰囲気」で作られた作品はその後どうなったのか。あるいは、そのような「分析」と「雰囲気」から新たなヒット作品は生まれたのか。それについては書かれていないが、それも明らかだろう。会社というところが、ヒット作を次々に生み出す社員を早めに切り捨てるはずはない。弦一郎たちは、ヒット作品を生み出さないが故に、若い社員たちにその場を奪われたのである。

つまり、弦一郎は自分たちを「理詰めの分析」「知的な雰囲気」という基準によって評価しようとするが、それは会社が利潤を追求する組織であることを忘れた、あるいは意図的に忘れたふりをした判断に過ぎない。会社は「理詰めの分析」だろうが「遊び場と勘違い」しようが、利潤をあげる働きをすることが第一に重要なはずなのだが、実はそのことから目をそむけているのは弦一郎の方なのである。しかも、「これまで経済でしか世の中を考えてこなかった弦一郎」とも記述されており、弦一郎自身は自分が「経済」を視点に周囲の世界を見ていると自覚しているようなのだが、それに反して、実は彼の世界の見方は「経済」を視点としているわけではない。すなわち、弦一郎の自己認識とその思考回路の差異がこの作品には表出されている。

そして、このことは弦一郎自身の感想へとつながってくる。すなわち、「資本主義は恐い」のであり、それは何も老人が消費をしないからだけではなく、自分自身が「資本主義の恐さ」によってリタイアを余儀なくされた存在だからなのである。このように、『女学生の友』という作品は、弦一郎という老人の視点から社会を批判的に描いているように見えながら、弦一郎には見えていないものを同時に描き出す作品なのである。

それに類することは未菜についても言える。高校生である未菜の視点からの記述は、弦一郎のように多くはないし、また分析的でもない。ただ、先の引用箇所の他にも、未菜の視点から彼女の心情を記述した部分は、この作品の中で弦一郎に次いで多いことは間違いない。しかし、彼女の視点は必ずしも肯定的に提示されているわけではないし、十分に論理として説明されているわけでもない。その典型的な場面は、未菜が弦一郎の息子・俊一を陥れる計画に加担し、報酬を得ることに成功した場面である。

未菜は弦一郎から、約束の報酬「十万円」を上回る「二十万円」を渡されるが、それを断って最初の約束の「十万円」だけを受け取ろうとする。そのために他の友人たちから「ムカツク！　頭おかしんじゃない？　うちらは二十万もらうから、ほしくないんなら返しなよ！　マジキレるよ！」と言われても、未菜は結局「十万円」しか受け取らない。しかし、何故か。その理由は「弦一郎には未菜がなぜ執拗にこだわっているのか理解できなかった」と書かれているし、未菜自身においても「どう考えても花音里のいっていることのほうが筋が通っているように聴こえるにちがいない」と思われている。

ちなみに、花音里は最後に「これ、カンパ。学校やめてほしくない」と言って金の入った封筒を未菜に手渡す。しかし、それは未菜が学校をやめざるを得ない状況に対して封筒を手渡したのであって、「二十万円」と「十万円」の差異を納得し、未菜の論理を受け入れたわけではない。結局のところ、未菜の主張を説明することは誰にもできないし、作品としてもその論理を明確に示してはいない。いずれにしても、この『女学生の友』という作品が弦一郎と未菜の視点やものの見方を必ずしも肯定的に描いているわけではないことは明らかなのである。だとすれば、「家族」を特別視する弦一郎と未菜という二人の人物を描きながら、同時にその二人を相対化するような描き方をしていることは何を意味するのか、その点を最後に考えておきたい。

5 『女学生の友』という「物語」

柳美里は小説・戯曲とともに多くのエッセイを書いていることでも知られる。ただし、小説とエッセイとでほとんど同じ内容を書いている場合もあり、彼女にとっては小説とエッセイの間の区別自体が意味がないのかもしれない。

その柳美里の文章に次のようなものがある。よく引用される文章ではあるが、それだけ柳美里という書き手を考えるのに欠かせない文章である。

「何、さっきからぼうっとしてるの？」

小さいころから、周囲のひとたちによくいわれた言葉である。

傍からぼうっとしているように見えるときは、思い出していたのである。

私にとって思い出すという行為は、楽しかったことを頭の中で蘇らせてふたたび楽しむことではなく、悲惨な出来事を誤読して〈物語〉にし、私に苦しみや痛みや哀しみを与えたひとびとを〈登場人物〉のように扱うことに他ならない。私は辛いものでしかない現実を〈物語〉に創り変えて、自分もまた〈登場人物〉になることで、現実を消滅させていたというより、現実から姿を晦ましていたのだ。私はものごころついたころから〈物語〉の住人だった。


（「まえがき」、前掲『魚が見た夢』）

「物語」とは「辛いものでしかない現実」を「創り変えて」しまうもの……。だとすれば、『女学生の友』の未菜と弦一郎には確かに一瞬の「物語」が描かれている。父母の不仲と父の会社の不振のなかで「家族のために自分の体を売り犠牲になる」という想定は、たしかに未菜の不幸な状況に一つの意味を与えることになる。また、何も食べずに餓死しようと試みたことさえある弦一郎にとって、息子の俊一の弱みを握ることで彼の貯金の一部を奪ったり言うことを聞かせたりすることも一つの救いになることだろう。さらに言えば、未菜にかかわろうとしたのも、自分の生が他人に役立つという「物語」を付け加えたかったからに他ならない。ともあれ、「家族」のために自分を犠牲にして生きるというのも一つの「物語」なら、「家族」を自分の犠牲にして他人のために役立たせるというのも一つの「物語」である。柳美里が「物語」がなければ生きられないように、この作品に描かれる未菜と弦一郎もまた「物語」なしでは希望がなさすぎる人生を生きている。

だが、柳美里は「物語」を生きる人物を書いて作品を終えることはできない。未菜は「十万円」を持ってまた同じ現実の中に戻っていくし、問題は何ひとつ解決することはない。弦一郎もまた、俊一への美人局が成功しても、「思ったより楽しくなかった」としか感じられないし、弦一郎がバッグに入れた「二百万円」を受け取らずに未菜は去っていってしまう。柳美里は、未菜と弦一郎の「物語」を描くと同時にその「物語」を突き放す。この『女学生の友』という作品の中で、未菜と弦一郎の「物語」の脆弱さもまた描いてしまうのが柳美里という作家なのである。けっして「家族」の物語に安住する世界は描かれない。

弦一郎は俊一を陥れ、金を得ることには成功した。だからといって、それでどうなるというのか。未菜が去った後の弦一郎の姿を次のように描いて作品は終わる。

瞼の閉じ目から涙があふれるのを感じ、喉から漏れる嗚咽を耳にしたが、哀しくはない。自分の感情にさえ置き去りにされた弦一郎は、この世と自分をつなぐ最後の扉の把手が消えてしまったのを感じた。

光は公園をズームアウトするように、弦一郎を取り残し街へとひろがっていった。

この結末を読めば、この『女学生の友』という作品を「女子高生と老人の交流」「孤独な魂の触れあい」の物語として結論づけるだけでは不十分なことは明らかだろう。弦一郎と未菜の「物語」は、結局無残に崩れ去ったのかもしれない。柳美里という作家は、たとえそれが「戯画」のような世界であったとしても、「家族」の物語を描き、そして自らの手でその「家族」の物語をかき消さずにはいられない。そのアンビヴァレントな行為こそ柳美里的と言えるのであり、その「自傷」的な行為のなかに柳美里という作家は存在するのである。

ただし、その後の柳美里の軌跡を辿るなら、柳がその位置にとどまっていないこともまた明らかになる。柳美里は、その後『8月の果て』で再び「家族の物語」を書くことに回帰するが、そのことは偶然ではない。この『女学生の友』という作品で見てきたように、柳の描く作品の中には、前近代的な「家族の物語」を求める指向性とそれを否定する方向性が同居している。柳はいつか自らの中にあるそのようなアンビヴァレントな感情に決着をつけるために、「家族の物語」を捨て去るか、あるいは徹底的に追究するか、どちらかの方向をとらざるを得なかったはずなのである。だからこそ、柳は『女学生の友』の三年後に、『8月の果て』を掲載し始めた。

柳自身が、「過酷な時代の中で生きて死んだ名もなき人々の、沈んだ魂を引き上げたい、魂の声を聴きたいという思いが年を経るごとに強くなっていったんです[注15]」とインタビューに答えているように、この作品にかける決意は並々ならぬなどという平凡な言葉では表せないものがあったに違いない。

多くの中断やトラブルがあったにもかかわらず、柳はおよそ一八〇〇枚におよぶ長編『8月の果て』を完成させた。柳は家族の過去を徹底的にさかのぼり追究しようとする道を選んだのである。柳が作家として出発期から常に持ち続けた「家族」という課題からすれば、『女学生の友』から『8月の果て』へ至る方向性は必然の道筋だった。柳美里という作家の軌跡の中で大きな注目を集めた『8月の果て』という作品と、ほとんど注目を集めなかった『女学生の友』という作品は、こうした必然の道筋でつながっている。

注15…「表紙の私　柳美里」『婦人公論』二〇〇四年九月。

方舟と戦争――柳美里『命』四部作を読む

中島一夫

1

今回、柳美里の『命』四部作（『命』、『魂』、『生』、『声』[注1]）を通読して思ったのは、これらは精神世界の文脈で捉えるべき小説ではないかということだ。

「わたし＝柳美里」の出産と、パートナー「東由多加」の癌との闘病を軸に展開するこの四部作は、その壮絶な物語もさることながら、命や家族という誰もが切実で普遍的なテーマを描いた、いわゆる「感動もの」に近い作品としても幅広い読者にアピールし、映画化までされたと記憶している。現に、第一作『命』の冒頭付近には、四部作全体のテーマを告げるような次の一節が読まれる。

注1…
『命』二〇〇〇年七月、
『魂』二〇〇一年二月、
『生』二〇〇一年九月、
『声』二〇〇二年五月。

わたしが出産を決意したのはこの日だったと思う。生と死がくっきりとした輪郭を持って迫ってきたとき、胎内の子と東のふたつの命を護らなければならないという使命感にも似た感情に激しく揺さぶられたのだ。東が癌にならなければ、わたしは堕胎していたかもしれない。ひとつの命の終わりを拒絶した者に、どうしてもうひとつの命のはじまりを奪うことができるだろうか。
わたしは胎児と癌というふたつの存在が、命という絆で結ばれたような不思議な感覚を持った。
そして命の誕生と再生にでき得る限りの力を尽くし献身しようとこころを決したのだった。

（『命』）

だが、「命の誕生と再生にでき得る限りの力を尽くし献身しようとこころを決したのだった」という極めて倫理的な作者の言葉に従ってこの四部作を読み進めてきた読者がいるとしたら、例えば第三作『生』の次のようなくだりに接して当惑してしまうだろう。

仏壇の扉を閉め忘れていた。母に見られてしまっただろうか。わたしは扉を閉めようとして、小さな位牌の文字を読んだ。
幻夢若子
幻栄若子
幻清若子
幻空若子
この子たちの父親は東由多加だ。わたしは東が癌だとわかってから、「どうか、あなたたちの父親である東を救ってください」と位牌に向かって手を合わせつづけた。
十代のときに身籠った子たちなので、もし生んでいたら四人とも十代半ばになっているはずだ。

（『生』）

さまざまな事情があったとはいえ、中絶によって四つの命は失われていながら、それらは別の命を護るよう懇願される。それまで命をないがしろにしてきた「わたし」は、東が癌になることで、突然命を護ろうという使命感に目覚めたかのようである。あの命は捨てられ、この命が選ばれる。これは、あまりに都合がよすぎはしないか。少なくとも、ここに命に対する一般的な倫理的姿勢をみることは難しいし、作家もそれを隠そうとはしない。

別に「わたし」を批判したいわけではない。『命』四部作を、殊更に倫理的に読んでも仕方がないということを確認しておきたいだけだ。

では、この四部作を、総体としてどのように捉えたらよいのか。そう考えたとき、まず目を引くのはタイトルだろう。『命』、『魂』、『生』、『声』と並べてみるなら、そこにスピリチュアルなイメージを持たない方が難しいぐらいだ。また、そのように捉えてみることで、四部作に関しても、またこの作家に関しても、従来とはやや違ったパースペクティヴが開けてくるはずである。

2

そもそも、「わたし」と東との関係とは何なのか。作中、それは、家族、父娘、男女、師弟などさまざまに言い表される。なかでも、次のくだりは、両者の関係をその出会いから全体的によく伝えている。

わたしは五年前、『フルハウス』という小説で「私のなかではもうとっくに家族は完了してしまっているのだ」と書いた。

わたしが最初に家出したいと思ったのは小学校四年のときで、以来家族から一刻も早く解放されたいと願いつづけ、十六歳で高校を放校処分になり、〈東京キッドブラザース〉に入団したのをきっかけにして家族から遠ざかり、父や母が入院したと知らされても見舞いに行かず、電話で会話することさえ拒んでいた。しかし十八歳でものを書くようになったわたしは、わたしの家族を捩ったり折り曲げたりして変貌させて、戯曲や小説にくりかえし登場させた。なぜか。わたしのなかで家族は完了していたのではなく、未解決だったということにほかならない。わたしは家族によって疵つけられた魂で、疵ついた家族を愛し、求めていたのだ。だから家族の崩壊をテーマにしながら、常に家族の再生のイメージを胸に抱き温めていた。もしかしたら、作家である以前に、わたし自身にとっての家族再生の物語の〈核〉として、子どもを生もうと決心したのかもしれない。実際、何年も音信を絶っていた母が毎週水曜に病室を訪れ、わたしの自宅に料理を拵えにくるというし、父もわたしと丈陽のためになにかをしたいと願っているようだ。

しかし、わたしが思い描いていたのは、東由多加とわたしと丈陽の三人の家族——、同じ方舟に乗り込み洪水を越えて新天地に向かうというイメージだった。血の繋がりはないし、婚姻という制度によって保証されているわけでもないが、だからこそ強固な絆のように思える。互いの命のために互いが必要だというたったひとつの根拠によって三人は結ばれているのだ。（『命』）

一見、「わたし」と東との関係は、血の繋がりを欠いた家族のようなものと捉えられている。また、そのように捉えることで、家族をテーマとした『フルハウス』や『家族シネマ』といった他の小説や戯曲との関連性も見えてくることは確かだ。だが、先に見たように、「互いの命のために互いが必要だ」というような倫理を括弧に括ってしまえば、むしろ浮き彫りになってくるのは、「同じ方舟に乗り込み洪水を越えて新天地に向かう」といった宗教的、精神的なイメージだろう。さらに、「わたし」が、東との関係を語る次のような場面はどうか。

「この前、北村さんに冗談で、『三人にとって東さんはイエスの方舟のおっちゃんみたいな存在なんですか』って訊いたら、『そうなんです』とうれしそうにおっしゃって、なんだか……」佐藤先生は穏やかな笑みを顔いっぱいにひろげた。

「そうですね、一般常識から考えると奇妙ですよね。東の妻でも娘でも恋人でもない独身女性が三人でローテーションを組んで看病してるわけだから。でも、わたしも、イエスの方舟がいちばん近いと思います」（『生』）

千石イエス率いる教団「イエスの方舟」においては、家族や親子から切断された女性たちが、教祖を中心とした共同生活を営み新しい家族を形成した。高校を中退し、家族からも離れ、東由多加率いる劇団「東京キッドブラザース」に研究生として入団した「わたし」は、やがて「滑稽な小王国の暴君」（『命』）のような東と同棲、彼の子を身篭り、今、その死を前に劇団員だった女性らとともに付き添っている。信者や信仰という言葉が強すぎるなら、「イデオロギー」（アルチュセール）や「マインドコントロール」（『命』）と言い換えてもよい。アルチュセールが、イデオロギーを「小劇場」や「俳優たち」といった演劇の比喩で語っていることも示唆的だろう。家族や学校から切断され、劇団に入団し、東の「マインドコントロール」のもと、その「イデオロギー」に包摂されていったことが、その後の「わたし＝柳美里」のすべてを決定したといっても過言ではない。

3

劇作家として出発したこの作家にとって、家族や学校の問題は、ことのほか大きかった。

その当時、演劇記者の「あなたにとって芝居とは何ですか」という問いに、「お葬式です」と私は答えている。何かを葬るため、あるいは死ねなかった自分を芝居のなかで殺し、弔おうとしたのかもしれない。とにかく私の中には書かずにいられない〈ドラマ〉があったのだ。その〈ドラマ〉を創り出したのは、私を葬ろうとした（と私が感じた）この世の現実――私の過去、有り体にいえば〈学校〉と〈家族〉なのではないかと思う。そして書くことでしか生きる証を確認できないこと、私の過去が生み出した〈憎悪〉を超えた言葉を創りたいと切望していることによる。[注2]

家族や学校にあった「何かを葬るため」に、そこに「書かずにいられない〈ドラマ〉があった」ために、作家は戯曲を書いた。だが、そもそも「家族」や「学校」に対する「憎悪」が、「憎悪」として言葉でもって捉えられるようになったこと自体が、東との出会い、劇団入団によってはじめて可能となったものだった。東は、この作家が作家になっていくうえで決定的な言葉を放つ。

結果がどうだったかは忘れてしまったが、記憶はひとつの物語でしかなく、ひとは往々にして自分に都合のいいよう創作しているものだという考えは、過去の経験の重みにたえかねていた私にとって刺激的だった。もしかしたら私の陰惨な記憶も案外自己憐憫によるフィクションかもしれ

注2…『処女創作集のふるえ』二〇〇〇年、『魚が見た夢』所収

れない――、反発をおぼえると同時に、自分の過去を書きかえることができる可能性を示唆されたように思えた。そのときから私はいつか自分の過去を書きかえて戯曲にするという予感を持ったように思う。[注3]

注3…『水辺のゆりかご』一九九七年

作家は、このとき、家族や学校にまつわる「陰惨な記憶」から解放された。それらは、自らに重くのしかかり、自らを呪縛する「過去の経験」ではなく、いかようにも「書きかえることができる可能性」を秘めた「フィクション」へとコペルニクス的転回を遂げた。絶対的だった家族や学校の記憶は相対化され、それらはむしろ創作の題材となった。

だが、ある記憶が相対化されるということは、別の記憶が絶対化されるということでもある。作家にとって、劇団入団とは、そのように過去からの解放をもたらすとともに、作家として必要なある「イデオロギー」にとらわれていく経験としてもあったはずだ。

アルチュセールによれば、フランス革命以降、支配的な国家のイデオロギー装置が、「教会―家族という組み合わせ」から「学校―家族という組み合わせ」にとって代わった。[注4]当時すでに弱体化しつつあったとはいえ、今なお国家のイデオロギー装置として機能するこの「学校―家族という組み合わせ」こそ、この作家の「躓きの石」だった。作家にとって劇団入団とは、まずもってこの国家のイデオロギー装置からの脱却を意味していた（日本語しか話せない在日韓国人というこの作家のアイデンティティも、ここから再考されるべきかもしれない）。

歴史も外部も持たないイデオロギーなるものは、したがってさまざまな形で機能する。作家は、この言葉を持ち出さないまでも、「イデオロギー」の機能に殊のほか敏感だった。例えば、「友達」について。

注4…アルチュセール「イデオロギーと国家のイデオロギー装置」一九七〇年、『アルチュセールの〈イデオロギー〉論』一九九三年、柳井隆、山本哲士訳、所収

たとえば、Aという女の子とBという女の子が、とても仲がよかったとします。その子たちは、はたから見ても異常なくらい仲がいいんです。Aが男の子を好きになってBから離れ、それがきっかけで二人の仲が壊れてしまう。裏切られたと思ったBは自殺する。この場合Bは、親友に裏切られても別の友だちを見つけて生きるという物語を拒否して、本当にAを信じていたし、二人の友情は絶対的だという物語を選択したということになります。[注5]

注5…『柳美里の「自殺」』一九九五年

ここで述べられているのは、本当は友情の裏切りのことでも自殺のことでもない。ここにあるのは、友達を「物語＝イデオロギー」として見る視線なのだ。これは決して突飛なものではない。アルチュセールもまた、「友人」をイデオロギーの例として提示している。

きわめて《具体的》な例をあげるならば、われわれが付き合っている友人のすべては、わが家のドアをたたくとき、われわれはドア越しに《どなたですか？》という問を発するが、彼らは《私です！》（というのは、《これは明らか》だから）と答える。じっさい、われわれは《それは彼女である》かあるいは《彼である》かがわかっている。われわれがドアをあけると、《そこに立っていたのは彼女であったというのは本当だ》。（中略）つまり、あなたも私も常に既に主体であり、主体としてイデオロギー的再認の儀式を絶え間なく実行しており、こうした儀式が、われわれはまさしく具体的で個別的な主体であり、他人といっしょくたにされない（当然のことながら）かけがえのない主体であることを保証している[注6]（傍点原文）。

注6…前掲注3

昨日友人関係にあったからといって、今日も友達とは限らない。友人関係は時にあっけなく崩壊する。普通は、そこに裏切りを見出して感情的にとらわれるか、人間関係とはそういうものだと曖昧にやり過ごす。だが、友人関係が「イデオロギー」だとしたらどうか。それは、あらかじめ確固としてあるものではなく、日々繰り返される「イデオロギー的再認の儀式」を通じて構成されたものだということになろう。したがって、ここでは、例えば友達に裏切られて自殺するという、普通はネガティヴでしかない行為も、むしろ友達というイデオロギーに忠実な主体によるポジティヴな行為へと転じるのである。ここで信じられているのは、生身の友達それ自体ではなく、友達というイデオロギーなのだ。

そして、これこそが東由多加が劇団員に求めていたものである。ある日の稽古中、東は研究生に質問する。


「いったいあなたには何人の友だちがいるんですか？」

「十二、三人だと思います」

「なにをもって友だちというかは難しいですね。たとえば困ったときにかならず助けてくれるひとが友だちだとすると、あなたには何人いますか？」

「……五人、だと思います」研究生は窮地に追い込まれたような表情で答えた。

「じゃあ、いま、あなたがたいへん困っているということにして、ここに呼んでみてください」

「いま、ですか？」彼女は目を丸くした。

「いまです」東の顔は真剣だった。（中略）

「わかりません……わからない……でも、ほんとに友だちなんです！　みんなバイトとかいろいろ事情があるんです！」

「そうですか。友だちよりバイトですか」

東の顔に勝ち誇ったような表情はなく、淋しそうなだけだった。

（『命』）


東は劇団員に、「友だちとは…」などと説教したいわけではない。それは、その表情からも明らかだろう。東は、劇団員が、日々の「イデオロギー的再認の儀式」に対していかに自覚的であり、またそれに真剣に取り組んでいるかを問うているのだ。そうした姿勢が備わっていなければ、イデオロギーに忠実な主体として、互いに信じ合う関係など構築し得ないからである。

東が劇団員に浴びせかけたのは、次のようなイデオロギーだった。


東由多加は、仮面をかぶるように演じることを要求しなかった。客が観にくるのは〈ひと〉で、〈演技〉ではないとくりかえしいっていた。だから東の演出は、その役者が日常のなかで意識的にあるいは無意識のうちに行っている演技をやめさせることにほかならなかった。そのために役者に実人生を語らせ、その内容を戯曲に書き込んだ。稽古の過程で語られた人生のなかの嘘を暴き、ときには罵倒したり、殴ったりもした。東は役者が舞台の上で完全に〈素〉にならなければ許さなかったし、自分自身も〈素〉になって弱さや醜さを役者たちの前に投げ出した。

（『声』）


東が行なったのは、いわば「素」になるというイデオロギーの注入である。これは、逆説的だが、それまで個々がとらわれてきた「イデオロギー的儀式＝演技」を「やめさせる」という「イデオロギー」だった。己や他者の痛みを、赤裸々に暴き立てるようなところがあるこの作家の作風は、おそらくここから来ている。その作品が、フィクションであるにもかかわらず「私小説」的な要素を帯びるのもそのためだ。それらは、いわば「フィクション（＝演技）ではない」と主張する「フィクション」なのだ。

こうした観点から『命』四部作を捉え返してみると、東由多加の死後を描いたシリーズ最終作が『声』と題されたのは、必然的だったことがよく分かるだろう。アルチュセールがテーゼとして掲げるように、イデオロギーとは、何よりも主体としての個人に呼びかけられる「声」として存在するものだからだ。『命』四部作とは、「わたし＝柳美里」の主体性を決定した、東由多加からのイデオロギーの呼び声が、彼の死によって少しずつ遠ざかっていく過程にほかならない。

東は亡くなったのだ、といいきかせるように思ってみても、その思い自体がひどく場違いな気がする。でもいちばん場違いなのは、このわたしだ。場違いというか、この場にいない気がする。だれかにわたしの名を呼んでほしい。肩を揺さぶってほしい。このままでは堪えられない。なにが？　生きることが。いや、もう生きていない気がする。（『声』）

東は無くなり、わたしは無くなってはいない。無くなってはいないが、感情を持つ主体である自分が破れ、ひらいてしまった。（『声』）

東の「声」が聞こえなくなるということは、そのまま「わたし」が主体を喪失することを意味するのだ。

4

このように、「東由多加とわたしと丈陽」が乗った「方舟」は、イデオロギーの呼び声に満たされていた。東は、子どもの「丈陽」にも、当たり前のように呼びかけようとする。

「わたし」の妊娠を知った当初は、「こんな病気じゃなかったら協力できるんだけど」とつれなかった東だが、やがて「おれが手伝う。ふたりで育てよう」と気持ちを変化させていく（『命』）。それならば、と、「子どもが三歳になるまで、ううん、小学校に入るまでは協力してほしい」と望む「わたし」に対して、東は「一年すれば、言葉もしゃべるし、立って歩く。なんとしても、ヒガシサンと発音できるようになるまでは生きるつもりだよ」と答えるのだ。

一見、両者は同じ方角を向いているように見えるが、その実このやり取りは微妙にズレている。両者の差異は、単に（いつまで生きられるかということによる）時間の長さの違いにとどまらない。「わたし」が望むのが、一緒に子育てすることであるのに対して、東の念頭にあるのは、子どもが言葉を覚え、「ヒガシサンと発音できるようになること」、すなわち子どもが象徴界への参入を遂げ、イデオロギーの呼び声の主として自らを認識することなのだ。次の東の言葉は、それを明確に示していよう。

丈陽は泣きやんだ。

「麻原のマントラみたいにおれの声をテープに吹き込んで、ベビーベッドの横で流したら？」

わたしは笑ったが、東の声に笑いは含まれていなかった。

（『魂』）

「麻原のマントラ」を冗談として受け取る「わたし」に対して、東は本気でマインドコントロールを考えている。両者のズレは、東の癌が末期にさしかかり「幻覚」が現れるようになると、いよいよ明確になってくる。

——あなたはオウムですね
「違いますよ」
——隠したってわかるんですよ　この病院の医者と看護婦はかなりの割合でオウムなんだよ
東は看護婦に手渡された錠剤を飲んで不敵な笑みを浮かべた。　　（『魂』）

「わたし」は、東が幻覚を見て看護婦を「オウム」呼ばわりしていると思っている。だが、果たしてこれは幻覚だったのか。時々、東は、かなり具体的に「オウム」に言及する。

わたしは東の顔を見た。東は目を閉じ、そしてひらいた。その瞬間、背中に緊張が走り抜け、わたしの内側から静寂がせりあがってきた。

——オウムがさぁ
——オウム？
——ハイジャックしたらすごいよね　その飛行機でニューヨークに行こうよ
——明日？
——明日は無理だよ　北村さんにオウムに接触してもらわないと　でも　どうしてオウムはキッドに接触してこないんだろう？　おかしいと思わない？

――うん　七〇年代頭に鳥取に劇団員やタクシーの運転手や学校の先生やサラリーマンなんかを五十人集めてコミューンをつくろうとしたでしょう　地元住民と対立して挫折したという図式はたしかに似てるね
――オウムとキッドは兄弟みたいなものだよ
――麻原と血がつながってるんだってね
――うん　父方のね　遠い親戚
（『魂』）

実際、東は、一九七二年、鳥取県の旧佐治村（二〇〇四年に鳥取市に編入合併）で、「サクランボ・ユートピア」というコミューンの建設を構想した。土地購入のために三六〇〇人が千円ずつ会費を払い、故郷を持たない都会の若者たちが移住した。結局、このプロジェクトは頓挫したものの、おそらく東は、本気で「オウムとキッドは兄弟みたいなもの」と考えていたのだ。もしそれが、単に「麻原」が「父方」の「遠い親戚」にあたり、両者に血縁関係があるという理由によるものでしかなかったのなら、「幻覚」にすぎなかったかもしれない。だが、東は、ある意味で血縁よりもより近しいものをオウム真理教に感じていたはずだ。それは、「父方」といったときの「父」を、寺山修司と見なしたときに見えてくる視点である。

東由多加は、一九六七年、寺山修司とともに劇団「天井桟敷」を結成するが、その後脱退、六九年に東京キッドブラザースを立ち上げる。『声』に引かれた「スポーツニッポン」の追悼記事には「全共闘、ベ平連、ウッドストック…若者たちがまだ明日を信じて世の中への怒りを素直に爆発させた一九七〇年代初頭。東京キッドブラザースはその若者たちの圧倒的な支持を受けた」とあり、その実践は学生運動、アングラ、といった一九六八年革命の文脈にあった。東が、寺山を、さまざまな意味において「父」のように見なしていたことは、自らの病室の「サイドテーブルに寺山修司の遺影と」「東の母親の写真と位牌が」「並べてあった」ことからも明らかだろう（『声』）。

絓秀実は、寺山修司の実践について、アングラ演劇世代に「先行する世代に属する寺山は、アンダーグラウンド演劇が懐胎していたメディアの問題に対して相対的に自覚的な、外側の地点に立ちえていた」と述べたうえで、さらに次のように言っている。

このような寺山のフォルマリスム的転回のなかに、当時ようやく隆盛の緒についていた小劇場というメディアがいかなるものとして捉えられていたかが、端的にうかがえるだろう。それは、小劇場というメディアが、「民衆的下層」と通定しうるに適当な媒体であるという認識である。その「民衆的下層」は、資本制社会においては疎外され隠蔽されている人間的「自然」という「本質」に通定しているがゆえに見いだされなければならないものであった。（中略）

問題は、人間的「自然」という本質的内在性が、アンダーグラウンド演劇においてはいまだ信じられていたということであり、なおかつ、それへの外部からの参入者であった寺山においては、その信頼がすでに揺らいでいたという事実なのである。[注7]

東が、寺山に影響を受けながらも後に独立していく、その理由の核心もここにあったのではないか。すなわち、寺山においてはすでに懐疑されていた「人間的『自然』という『本質』」が、東においては無邪気に信じられていた。東のミュージカルは、基本的に「愛と連帯」をテーマにしていたが、それも疎外された「人間的『自然』という『本質』」の回復という文脈で捉えられるべきだろう。むろん、劇団員に「素（＝自然）になる」ことを求めたり、鳥取の「田舎＝自然」におもむいて、「サクランボ

注7…絓秀実『革命的な、あまりに革命的な「1968年の革命」史論』二〇〇三年

（＝自然）・ユートピア」建設に駆りたてていったことについても同様である。

カール・ポランニーは、資本主義を増殖する癌にたとえたが、ひょっとしたら東は、自らの癌との闘病にすら、「人間的『自然』」を疎外しにかかる「資本制社会」との戦争を見ていたかもしれない。四部作の二作目にあたる『魂』は、四部作の中でも最も強度に満ちているが、それは戦争文学のようにも読めるからだろう。

次々と抗癌剤の名が列挙され、ミサイルのごとく東の体内の癌めがけて打ち込まれる。延命をはかる持久戦が展開される（よく指摘されることだが、四部作においては、物語の進行にしたがって流れる時間がどんどん遅延していく）。実際、そこでは治療が「戦争」という比喩によって語られるだろう。

「がんセンターではきっとイリノテカンじゃなくて、ネダプラチンとビンデシンをすすめるでしょう。そのすすめに従って二剤を投与してみる。効かない場合はイリノテカン、イリノテカンがだめだったらもう一度ニューヨークに行って、一か八かで臨床試験段階の抗癌剤を試してもらう。勘だけどね、おれは弾を撃ちつづければ、どれかが当たる気がする。それで二、三年稼げば遺伝子治療が劇的に進歩しているんじゃないかな。希望的観測だけどね」

「まだ研究段階でだれでも治療を受けられるというわけではないけど、千葉の放医研には五百億円もする重粒子線の機械があるし、大阪大学病院は湾岸戦争の巡航ミサイルの原理を応用したロボットを使ってるから患者が動いても照準からはずれないんだってよ」

「国立がんセンターがやっているのは正攻法の治療ですが、うちでやっているのはゲリラ戦に近いですね」

さらに、副作用も厭わず強力な抗癌剤「イリノテカン」を、必要とあらば「一発勝負」で大量に「どかんといきますよ」というような医者を、東は自分と似ている「革命家」だと評するのだ。そして、「わたしはこの連載で、東の死を書くつもりはありません。闘病を書きたいのです」と決意する作家の「わたし＝柳美里」は、「革命家」としての東による癌に対抗する「戦争＝闘病」を、あたかも従軍記者のごとく活写していったのである。

5

かつて柄谷行人は、癌について次のように述べた。

基本的に、ガンは遺伝子の複製過程におけるエラーによっている。このエラーは原理的に避けられないものだから、どんな人間でもたえずあちこちでガンが発生している。ガンでない人間など（動物もふくめて）いやしないのだ。ところが、なぜ発病しないかというと、生体は、ふつう自分でないガン細胞を除去してしまうメカニズムをそなえているからだ。[注8]

癌でないまっさらな「人間的『自然』」は常にすでに毀損されており、したがって「本質＝故郷」はあらかじめ喪失されている。まさに、東由多加の「戦争」は、乗越えがたいアポリアに直面していた。そこにおいては、「故郷」の回復が目指されながら、だが同時にそれは「故郷喪失」を前提とした「戦

注8…柄谷行人「物語のエイズ」一九八三年、『批評とポストモダン』所収

争」だったのだ。

先に見たように、東は、「記憶はひとつの物語でしかなく、ひとは往々にして自分に都合のいいように創作している」と言った。この言葉は、劇団員の「嘘＝演技」を暴くのには有効だったかもしれないが、そのまま「正史＝故郷」はすでに喪失されているというポストモダン的な偽史空間に道を開くものでもあった。実際、少なくとも東の言葉の洗礼とともに作家となった柳美里にとって、これは次の寺山の言葉と響き合うものとしてあった。

> 「歴史が創り変えられるように個人史だって自由に変えられる」といったのは寺山修司だったと記憶しているが、母がわが家の歴史をあやしげな三文小説のような物語にかえてしまったのかもしれない。さらに子どもだった私が、空想をまじえてつくりかえたとしてもおかしくない。[注9]

寺山から東へ、そして東から柳へ、「声」は受け継がれた（断ち切れそうな「声」を追って、柳美里は、四部作の後、『8月の果て』（二〇〇四年）で個人史と日韓の歴史の問題へと向かい、その中で主体を問い直すことになる）。これらの言葉は、いかようにも歴史を書き換えられるという意味では、作家に過去からの解放をもたらしたが、それと同時に、書き換えられるということ自体、それは結局「偽史」でしかないというダブルバインドへと作家を追い込んだのではなかったか。

したがって、例えば柳美里を、「言語論的転回」以降の「「ポストモダン」」な作家だと言うこともできる」が、この作家は「「在日」という足場に立っているから」「そのような袋小路に陥っていない」と述べる永岡杜人の言葉に肯くことはできない。[注10] 永岡は、「「在日」する「私」の現在は、「歴史」という「大きな物語」抜きには思考することも語ることもできない」という。

注9…前掲注3

注10…永岡杜人『柳美里〈柳美里〉という物語』二〇〇九年

誤解を恐れずにいえば、だが、「在日」の「歴史」自体が、「言語論的転回」の産物ではなかったか。「マイノリティー」の歴史がせり上がり並列化するポストモダンの空間において、それははじめて可能となったのだ。そして、柳美里ほど過剰なまでにそれを体現している作家もいないだろう。だとしたら、それは、東が柳美里にもたらしたものと同じもの、すなわち「マイノリティー」がそれぞれの正統性を主張できるという解放と、だが同時に、誰もが自らの正統性を証明できないというダブルバインドの状況とをともにもたらしたはずである。それは、やはり「袋小路」の「戦争」だったのだ。『命』四部作とは、東由多加の、そしてそれに随伴する「わたし＝柳美里」の、出口のない「戦争」の記録にほかならなかった。

このように見てくれば、『命』四部作の主人公は、実は東由多加であったといえるだろう。おそらく、いまだスタンスを決めかねていたのだろう、『命』の冒頭においては、「彼」という代名詞が、いったい東由多加を指すのか、不倫相手の「男」を指すのかすら揺れていた（誤読した読者もいたはずだ）。「わたし」の中で、まだ両者は拮抗していたのだ。だが、作品が進むにつれ、後者に割かれる言葉はどんどん減少し、前者がみるみる前景化されてきては、やがて作品を支配していった。

それゆえであろう、『命』四部作の後、改めて東の死について記された五番目の作品『黒』（二〇〇七年）は、東由多加自身の視点から書かれることになる。

英姫《ヨンヒ》のために——『8月の果て』という事件

川村　湊

1

『8月の果て』は、現在までのところ柳美里の代表作といってよいテーマとボリュームをそなえた長篇小説である。もちろん、小説の長さや、本の厚さが、その作品の価値を決めるわけではない。柳美里にとって、それが自分の朝鮮人としての家系とその歴史に関わるものということで、それまでは在日朝鮮人という出自にとらわれることを拒否してきた（と見られていた）彼女が、そうした自らの民族的、血族的アイデンティティーの問いかけを解禁した作品として、彼女の作品史において、画期的と称すべきものだったのである。

もう一つ、『8月の果て』の持つ特質は、これが新聞小説として、全国紙に連載されたものであるということだ。もちろん、日本の力のある小説家が、新聞連載の小説を試みなかったということ自体が、むしろ珍しいくらいのことで、夏目漱石の朝日新聞入社（新聞小説を書くことが彼の仕事だった）以来、新聞小説は、日本の近現代文学者にとって、重要な〝営業品目〟の一つとなっていたのである（読売新聞に連載された尾崎紅葉の『金色夜叉』が、新聞小説が評判となった嚆矢《こうし》である）。ただし、後述するように、新聞の連載ということでは、『8月の果て』は、というより、作家としての柳美里は、新聞小説家としては〝失格〟だった。『8月の果て』事件といってよい、作者としての柳美里と、その小説を掲載していた朝日新聞の側のトラブル、あるいは葛藤は、単なる文壇ゴシップではおさまらない本質的な問題を孕んでいたように思われる。もちろん、それは文学論というより、柳美里という作家論に関わるものであり、もう一つは、文学作品と社会との関わりについての問題である。そうした数々の波乱の予兆を孕みながら、柳美里の新しい長篇小説『8月の果て』は、朝日新聞に連載され始めた。二〇〇二年四月十七日の夕刊紙面からだった（なお、韓国語版が東亜日報にも同時的に掲載され、韓国語版の単行本も刊行されている）[注1]。

だが、この連載はのっけから読者の反撥を浴びた。第一回目の掲載から、「すっすっはっは　すっすっはっは」という走る人の息遣いの擬音語が頻出し、一回分の原稿量の半分近くが「すっすっはっは」の繰り返しで占められていたり、「巫女」の1、2、3や男巫の朝鮮語混じりの戯曲形式のセリフや、童謡や民謡や歌謡曲の歌詞がそのまま引用されていたりしたからだ。それは、およそこれまでの新聞小説の約束事を頭から打ち崩すものであったのだ。

成功した新聞小説、たとえば夏目漱石の『こころ』『それから』『道草』といった作品（朝日新聞）や、一世を風靡した中里介山の『大菩薩峠』（都新聞・毎日新聞・読売新聞など）にしろ、新聞の読者に対する顧慮や配慮といったものをまったく欠いた（と思われた）といったものはない。毎日毎日、四百字詰め原稿用紙で三枚に満たないような分量をとぎれとぎれに読むという前提の下に、新聞小説は場面の転換や物語の展開を、その読者の〝読む〟という行為に合わせるという工夫が必要だろう。普通の小説や戯曲のように、作者の生理感覚に合わせて、一つの文章の長さや、場面の展開、筋立ての持続が制

注1…キム・ナンジュ訳『8月の果て』（上・下）東亜日報社、二〇〇四年。

御されるのとは、むしろ逆のことがそこでは行われなければならないのであり、読者の〝息継ぎ〟をむしろ乱してしまうような『8月の果て』の「すっすっはっはっ」というランニングのスピードの息遣いは、読者の〝読む〟ことの呼吸のテンポとうまく合うことがなかったのである。

もちろん、それは柳美里の〝狙った〟ところのものだったに違いない。彼女の文章の息遣いは、むしろ読者の息継ぎ、呼吸のテンポを狂わせてしまうためにある。つまり、呼吸法そのものを、作品世界に入り込むためには、読者の側がそれを変えなければならないという従属を強いるのだ。こうした読書行為に馴れていない一般の新聞の読者が、この破天荒な小説に異議を申し立て、抗議の声が多く上がったというのは当然ともいえることだった。柳美里は、新聞を開いて、ニュースやその解説記事を読み、広告を見て、そして紙面の下段にある小説欄を、日常の暮らしの延長上で〝気楽に読む〟という新聞読者の習慣を無理矢理に捻じ曲げようとしたのである。読者が生理的な反撥を感じたというのは、そうした彼女の意図通りのものであったといってよい。

2

『8月の果て』には、いくつかの仕掛けがある。そしてそれは、ことごとく日本語の読者に生理的な反撥を引き起こすようなものだった。それは小説的な文体と、戯曲的な文体との混合、日本語と朝鮮語のチャンポン（具体的には、朝鮮語をカタカナで表記し、それに日本語のルビ、あるいは（　）として日本語の訳を添える。また、日本語に朝鮮語のカタカナのルビを付す）といった、一般の読者には見慣れない文章や表記が頻出するということである。さらに、前章でも述べた通り、朝鮮の童謡や民謡、朝鮮で流行った日本の歌謡曲、詩歌といった韻文が散文の中に混じり、さらに新聞記事や歴史的な記述がゴシック体で強調的に引用されるなど、まさにその作品の文体、文章が〝読み物〟としての新聞小説においては、一般的に忌避されるようなハイブリッドなものであり、お茶を飲みながら、昨日の連載小説の続きを何分かの間に読もうとする読者を面食らわせるには十分だったのである。

もちろん、文体や文章だけが、読者の反撥を買ったのではない。作者の柳美里と、朝日新聞社との間に生じた角逐とは（朝日新聞の編集者、発行者を最初の〝読者〟と規定すれば）、『8月の果て』という作品の中で、「朝鮮人従軍慰安婦」の問題については触れないという、両者の間での執筆以前の合意を、作者の側で破ったということが、大きなトラブルの原因だったと『噂の真相』という雑誌の匿名の筆者は証言している。[注2] 表現の自由に関わる事前検閲の問題は、この際置いておくとしても（そうした要求を持ち出した朝日新聞側の姿勢も問われるべきだが、作者側がいったんは了承してその連載を開始したという事情もあるだろう）、朝日新聞側がそうした検閲まがいの要求を出したのは、「朝鮮人従軍慰安婦」の問題をめぐる日韓の、あるいは日本国内の右翼的言論との摩擦を恐れたという保身的な理由と、〝社会の公器〟とされる新聞紙上にそうしたホットな問題性を孕んだ文章が載ることによる、新聞読者からの過敏な反応を恐れたということがあるだろう。その大部分が日本人と思われる朝日新聞の読者にとって、「朝鮮人従軍慰安婦」の問題は、少なくとも小説の中において一方的に主張されるような問題ではないと感じられるはずだし、作者としての柳美里の表現、主張に対して反撥するにしろ、共感・同調するにせよ、大方の読者はそうした問題の提起を新聞小説において期待していなかったと思わざるをえないのである。

事実、「朝鮮人慰安婦のことを書いた章で、読者から抗議・苦情が殺到し、広報部（朝日新聞社―引用者註）の〈週報〉に、〈『8月の果て』いつ終わる〉というタイトルで紹介されました」（『柳美里不幸全記録』）と著者自身が書いているように、少なくとも朝日新聞は、読者反応、反響に対してきわめて作者

注2…「特集5　朝日新聞連載小説でトラブルが続く柳美里『8月の果て』打切り説の真相」『噂の真相』二〇〇三年十二月号。

に冷淡な姿勢を見せていたと考えられる。

ここに新聞小説という形式が持つ、双方向性への志向という特徴がある。普通の小説が、月刊誌や季刊誌に連載され、単行本化されるか、書き下ろしとしていっきょに単行本化されるのに対して、新聞小説は細切れの形で、新聞紙上に一年とか二年とか、長期に連載される場合が多い（『大菩薩峠』のように十数年も、延々と連載されるケースもある）。書き下ろしの場合はもちろんだが、雑誌連載の場合も、読者がその連載中に作者に対して（あるいは編集者、発行者に対して）、その途中において反応を示すことはほとんどないと思われるが、新聞小説については、むしろ投書や投稿の形によって読者の反応をあえて募るということがある。あるいは、不評判の場合ならともかく、評判になっているという形で、パブリシティーの意味もあって、連載途中の作品を話題性として記事にすることさえあるほどだ。つまり、新聞小説においては、〝運転途中の運転手には声をかけない（連載中の作品については、完結まで論評を差し控えるべきだという江藤淳の語った言葉）〟という、連載途中の作者に対する気遣いといったものは、厳密には守られていないのであり、それが新聞小説というものの特徴であるといってよいのだ。

尾崎紅葉の『金色夜叉』が、読者の要請によって延々と続編、続々編が書き継がれたように、あるいは徳富蘆花の『不如帰』（『国民新聞』）に対して、ヒロインの浪子を死なせるなという読者からの投書が集まったというエピソードのように、新聞小説は、作者側と読者側との双方向性に特質があり、作者側が読者側の要請により、その物語の展開や、登場人物の性格や位置づけが変わってしまうということもしばしばありえたのである。逆にいうと、そうした双方向性の性格を理解していないと、新聞小説は結果的に〝成功〟しないのであり、厳密な構成を執筆以前に立てて、そうした小説の設計図から離れることを潔しとしない完全主義の小説家には、新聞小説というジャンルは不向きということだ（三島由紀夫の場合などを思い浮かべればよい。彼はエンターテイメント作品として割り切ったものしか、新聞小説は書いていない）。

柳美里の『8月の果て』の場合、確信犯的に朝日新聞との合意（第三者としての読者の側からいえば〝密約！〟）を反故にしたとは思えない。そうした合意などなかったという言説もあり、それは当事者にしか、あるいは当事者にとってもよくわからない裏と表の事情があったのかもしれない。いずれにしろ、柳美里にとってみれば、新聞小説のそうした双方向性の性格を理解していなかった、あるいはそれを軽視していたと見られるのであり、朝日新聞の側にしてみれば、柳美里の小説が、書き手自身が制御できないような作品自身の増殖性や展開性を持っていて、いわば自己生成的な発展性を示すことや、ポリフォニックな方法論に、彼女が興味を持ち、傾倒していたということを事前的に理解できていなかったと考えるよりほかない。つまり、柳美里という作家と新聞小説というジャンルはミスマッチであり、完結の予告を裏切って延長されながら、二〇〇四年三月十六日付けで連載が中断されたことは、そうした双方の誤解と齟齬の結果だといえるのである。

3

『8月の果て』は、朝日新聞での連載中断の後、あまり日を置かずして、雑誌『新潮』の二〇〇四年四月号と七月号に続稿が掲載され完結し、二〇〇四年八月十五日（！）に新潮社から八三二ページの大冊として刊行された。「単行本化にあたり加筆・修正を施した」と註記のうえでのことである。

柳美里の主要な小説作品が新潮社から刊行されていることを考えれば、この作品が最初から『新潮』のような文芸雑誌に連載されるか、書き下ろし作品として刊行されていれば、いわゆる『8月の果て』問題というものは生じなかったと思われるのだが、ただ、それがそうであればよかったという意味でいっているのではない。柳美里と朝日新聞の側との角逐（トラブル）によって浮かび上がってきたのは、広義的にいえば、いわゆる「朝鮮人従軍慰安婦」の問題であり、それが現在の日本社会において、いかにセンシティブな社会問題になっているかということを示していると思われるのだ。蒸し返していえば、〝社会の公器〟としての朝日新聞は、少なくとも小説の中で、一方的な見解や主張として「朝鮮人従軍慰安婦」の問題を提起してほしくない、という考えがあったことは確かだろう。これは好意的にいえば、論説や論争といった場面においてそうした問題を取り上げることは拒否も拒絶もしないが、虚構としての小説の内部で描かれる「朝鮮人従軍慰安婦」については、それは明証も反証も不可能だという意味をおいて、取り上げてもらいたくなかった主題であるということができるだろう。つまり、論争の場所でないところで、論争の具となりそうな話題を避けてほしいというのが、朝日新聞の側の保身的、かつ〝社会的公平〟と思われる立場だったと考えられるのである。

それを論争、論議の紙面において展開することは吝《やぶさ》かではないが（これは筆者・川村の憶測であるが）、フィクションの中でそれを取り上げられると、少なくとも「朝鮮人従軍慰安婦」問題で、それを糾弾する一方の側に加担していると見られることを恐れたといえなくもない。朝日新聞の内部の主流的な論調が、この場合にむしろ「朝鮮人従軍慰安婦」問題についての日本政府側、とりわけ執権政党としての自民党（当時）の極右的政治家や[注3]、「新しい歴史教科書を作る会」[注4]などに対して批判的な勢力と見なされていることが、こうした朝日新聞側の老婆心、あるいは過剰防衛としての対応を引き出したと見ることもできる。[注5]

もちろん、『8月の果て』が、「朝鮮人従軍慰安婦」の問題を、中心的な主題として据えた小説ではないことは、この際注意しておかなければならないことだろう。作品中に出てくる、いわゆる「朝鮮人従軍慰安婦」とされる登場人物は、金本英子という日本名の朝鮮人女性であり、彼女は、作中に出

注3…安倍晋三や中川昭一などが、NHKの「女性国際戦犯法廷」に関する二〇〇一年一月の番組、「ETV2001　問われる戦時性暴力」に圧力をかけたとされる

注4…一九九六年十二月に、藤岡信勝、西尾幹二などを中心として作られた、いわゆる自虐史観を正すとして右翼的歴史観による歴史教科書を作ることを目的とした組織。ただし、意見の相違によって内部分裂し、四分五裂のありさまとなった

注5…元朝日新聞記者の松井やよりが「女性国際戦犯法廷」の主催者側の共同代表として深く関わっていたこと、また、現役の本田雅和記者が、前出の自民党政治家が「NHK番組改変問題」に関与したという批判的な報道をしたことなどが、朝日新聞の立場を代表するものと思われていた

てくる柳美里の祖父で、一編の主人公である李雨哲《イウヨル》の弟の雨根《ウグン》の走る姿をその故郷の密陽《ミリャン》で見かけ、密かに憧れていた少女だったという設定である。日本の敗戦後に中国から韓国の釜山《プサン》へと渡る船の中で、彼女と彼女とは同船し、彼女の身世打令《シンセタリョン》（＝身の上話）を彼は聞くことになる。彼女は福岡の軍服工場で働くという話に乗せられ、故郷を離れるが、福岡ではなく大連行きの船で中国大陸に行かされ、日本軍の連隊基地にある「楽園」という慰安所で「ナミコ」という源氏名で、日本兵相手に慰安婦として働かされることになったのである。

彼女は、金英姫《キムヨンヒ》という本当の名前を、かつて憧れの人だった雨根の兄の雨哲にも打ち明けない。「アボジ！　アボジがつけてくれた名前だけはだれにも犯されていません。オモニ！　オモニが呼んでくれた名前には指一本触れさせていません。金英姫！　十三歳の処女の名です。ナミコは金英姫という名前を抱きしめた」。この後、ナミコは、その本名を抱えたまま、船上から海に飛び込んだのである。

哀切な「朝鮮人従軍慰安婦」の悲話といえるのだが、これが『8月の果て』という長篇小説において、一挿話、一つのエピソードにしかすぎないことは明らかだろう。第十九章「アメアメフレフレ」と第二十章「楽園へ」、第二十四章「抉られた季節」に金本英子は登場するのだが、全三十章の作品世界の中では、やはり傍役《わきやく》であり、挿話としての登場人物という立場であることからは免れえないのだ。だから、『8月の果て』という長篇小説を論じる際に、ことさらに「朝鮮人従軍慰安婦」の問題に焦点を当てるということは、作品論の立場からすれば、失当といえなくもない。幻のオリンピックのマラソンランナーだった李雨哲の物語と、近代朝鮮との歴史を折り重ねるようにして物語った『8月の果て』の主題を、金本英子の身世打令の物語で代表させることはできない。それは〝木を見て森を見ない〟という批判に晒されかねない、全体から一部を切り取った批評にほかならないと見なされるのである。

4

もう一度、金本英子（ナミコ）、すなわち金英姫の身世打令の内容を見ておこう。故郷の密陽でゴム跳びをしていた十三歳の英子は、母親が再婚した義父の家で、居心地悪く暮らしていたが、開襟シャツと鳥打帽の日本人らしい男に福岡の軍服工場で働かないかと勧誘される。大連経由で奉天（現・瀋陽）までの切符を買う男に不審感を持ったのだが、軍靴工場に行き先が変わったという男の言葉を信じる。だが、英子が船や汽車、兵隊の運転する軍用トラックなどに乗り換えて着いたのは、日本軍の連隊基地であり、そこで彼女は軍医に身体検査をされ、強姦され、「オヤジ」と呼ばれる男から、「タケオとナミコ」（『不如帰』のヒーローとヒロイン）の話から、ナミコという名前をつけられる。それから毎日のように日本兵を客として取らされる〝朝鮮ピー〟[注6]の生活が始まったのである。

金本英子を工場の女工という名目で騙して中国大陸まで連れてきたのは、おかしな朝鮮語を使っていたところからして日本人であると推測ができる。また、慰安所「楽園」のオヤジと呼ばれる経営者（管理人）は、名古屋弁を使うことから、これも名古屋出身の日本人と推定される。しかし、作品中では日本人とも朝鮮人とも断定されていないので、名古屋出身の在日朝鮮人であるという憶測も必ずしも否定できない。これまでの従軍慰安婦だった女性たちの証言によれば、日本人が直接、朝鮮半島に詐欺的に従軍婦を狩り集めたということは少なかったと思われる。女衒《ぜげん》、人買いなどの斡旋人は、現地の事情や言語の問題から朝鮮人が主に担っていたと思われる。また、軍属ならともかくとして、民間の慰安所ということであるならば、「朝鮮人慰安婦」を管理するには、朝鮮人がオヤジであっても不思議ではない。また、従軍慰安婦を集めるには、売春経験者、水商売の経験者などのいわゆる玄人の女

注6…〝ピー〟とは中国語で女性器のこと。朝鮮ピー、中国ピー、日本ピーなど民族ごとの売春婦をこう呼んだ。〝ピー宿（売春宿）〟といった使い方もあった。

性を対象とすることが多く、十三歳、当時の朝鮮では数え年が普通であるから、満十二歳の初潮さえ迎えていない少女を、「(ナミコと十七歳のコハナの)ふたりとも合格ッ」と身体検査をする日本軍の軍医に簡単に宣言されることには疑問が残る。

「朝鮮人従軍慰安婦」の問題で大きな争点となっているのは、日本軍が直接慰安所の設置や運営、慰安婦の募集に関与していたかどうか、慰安婦の募集についても、日本軍の直接の関与と、暴力的、詐欺的な強制性があったかどうかということだった。それを否定する側は、公的な証拠類が発見されなければ、いわゆる従軍慰安婦(日本軍の性的奴隷)の存在を否定しようとするし、肯定派は、元従軍慰安婦の女性たちのカミングアウトと証言によってそれを証明できるとする。柳美里の『8月の果て』に書かれた金英姫の場合、元従軍慰安婦だった女性たちの証言によってその物語が組み立てられている部分が多いと思われるが、その悲惨さを強調するために、満年齢で十二歳の処女だった慰安婦という、虚構性の強い登場人物を仮構した点が、問題の焦点となると思われる。

もちろん、小説がフィクションである以上、現実の事実や史実に縛られる必要はない。現実に基づいたエピソードや物語であっても、それを典型化、象徴化する過程において、現実から超脱することは当然のことであって、そこで事実性を争うことは、文学作品の世界においては、きわめて例外的なものといえよう。しかし、ここで新聞小説というジャンルの制約性がある。新聞小説としての『8月の果て』の中に、十二歳の「朝鮮人従軍慰安婦」を登場させることは、政治的、社会的状況下において、〝物議を醸す〟可能性があり、それは掲載母体である朝日新聞の〝思想〟や〝政治〟的立場に対する批判として直接的に跳ね返ってくる問題であると、編集者、発行者側は考えたのではないか。つまり、作品世界の中ではあくまでも傍役にしかすぎない金英姫が、渦中の中心人物として、増幅された存在として浮かび上がってこざるをえなかったのである。

これはまた、柳美里という作家の方法論と密接に関係している。『8月の果て』が、その最初の場面から、さまざまな登場人物たちの、思い思いの一人称的な〝語り〟によって構成され、成立していることは明らかだろう。李雨哲、雨根の兄弟はもとより、雨哲の妻の池仁恵《チインヘ》、二番目の妻の安静姫《アンジョンヒ》、その息子や娘たちの李信明《イシンミョン》、信好《シンホ》、玉美《オクミ》、信姫《シンヒ》（柳美里の母）、信花《シンファ》などが、それぞれに作中で〝語り〟続けるのである。こうしたポリフォニックな構造が『8月の果て』という作品世界において特徴的なものであることはすでに指摘したが、これが朝鮮人の女性の身の上話を語りものの芸能のように語り続ける身世打令のスタイルを踏襲したものであることは、これまたすでに指摘したことだ。

ただし、こうした一人称の〝語り〟でありながら、ポリフォニックな構成になっているところに、柳美里が意識的にムーダン・クッの形式を取り入れていることは、あまり指摘されていないことだろう。ムーダンとは漢字で巫堂（巫党とも）と表記し、朝鮮半島での伝統的なシャーマニズムのシャーマンを意味する。主に女性（巫女）であり、降神巫、世襲巫に大別され、仏教、道教、儒教と類縁性、習合性を持ちながら、それとは別個の民俗信仰とされるものだ。クッとは、そのムーダンの行う祭儀のことであり、そこでは文字通りの歌舞賽神が行われるのである。クッにもいろいろな種類や形式があるが、たとえばチノギ・クッのような、一種の死霊降ろしの祭祀があり、死者の霊を降ろしたムーダンは、その死者の言葉を口寄せとして語るのである。

『8月の果て』の第一章「失われた顔と無数の足音」で、三人の巫女と男巫、そして柳美里が戯曲形式で対話するというのは、まさにこうしたムーダン・クッの形式に乗っ取ったものであり、巫女（いわゆる巫覡《ふげき》の巫）と男巫（巫覡の覡）たちは、柳美里の先祖としての死者たちを呼び降ろす役割を果たしているのであり、それぞれの死者たちの言葉を伝えるのが、これらのムーダン（シャーマン）たちの役目なのである。つまり、この作品世界には、文字通り多声的（ポリフォニック）な声が重層化しているのであり、それを作者として統御しようとしているのが柳美里なのだが、彼女も作品世界の中では一人の登場人物として存在しているのであり、さほどの特権性を持たない〝語り〟の、語り手の中の一人にしかすぎないのである。

ムーダン・クッ（巫祭、巫儀）はまた、その歌舞賽神の現場において、マダン（庭、場所）の観客や聴衆である人々とともに一種の演劇空間・祭祀空間として構成されることを見逃してはならない。ムーダンが歌い、語り、踊るパフォーマンスに対して、長鼓《チャンゴ》や鉦《チン》などの鳴り物を担当する〝花郎《ファラン》〟との掛け合いはもちろんのこと、観客の掛け声に対しての応答や、双方向的なやりとりがそのクッの中で行われることは常態的なことであり、そうした〝場（マダン）〟の共有性、共同性こそがムーダン・クッの著しい特徴であるともいえるのだ。つまり、ムーダンの〝語り〟は二重、三重の意味においてポリフォニックで複合的なものなのである。

5

これは、もっとも日本的な小説の形式として知られる私小説とはまったく背馳するものだ。作者＝主人公＝語り手の一人称的な〝語り〟のみを特権化する日本の私小説は、一方向の〝語り〟のみを重要視し、別の人称の〝語り〟を無視、あるいは排除することによって成り立っている。しかし、こうした〝語り〟の一元化は、よくいわれるように、日本文学の伝統に根差しているとは本当はいえないのである。朝鮮のムーダン・クッの演劇性、ポリフォニックな複数の死者の〝語り〟という構造は、日本の謡曲の複式夢幻能の形式と共通性があると考えられる。謡曲は、シテの一人称の〝語り〟に終始するものではなく、前シテと後シテが別の人格として登場することは、後シテとしての死霊を前シテとしての巫女自身が演じていると考えることができる。ツレやワキなどの人物もそれぞれの〝語り〟を演じるのであり、そこに多声的な〝語り〟の空間が現出するといっても必ずしも言い過ぎではないだろう（能楽の形式こそ、古代のシャーマンによる歌舞賽神に由来していると私は考えている）。

謡曲の文体が、古典的詩歌や物語の文章の綴れ織りであることはいまさらいうまでもないことだろうが、『8月の果て』のさまざまな歌謡の歌詞の綴れ織り模様は、こうした謡曲の文体的特徴を思い起こさせるものだ。いわば、『8月の果て』において作者の柳美里自身が、一人の巫女（ムーダン）として登場しているのであって、彼女は自分の先祖や血族たちを次々と降神させ、憑依し、死者の口寄せとして語らせているのである。もちろん、日本の植民地支配によって朝鮮半島を追われ、やむ無く日本列島へ〝走り込んで〟こなければならなかった柳美里の母方の祖父である李雨哲の生涯を〝語る〟ことは、日本植民地時代の一朝鮮人の運命を語ると同時に、朝鮮民族の歴史をも語っている。それらの一族の悲劇は、朝鮮民族の悲劇と悲哀を物語っているといってよい。

朝鮮人の孫基禎《ソンキジョン》が、日の丸のゼッケンをつけてマラソンを走り、金メダルを獲得したのは、日本植民地支配下の一九三六年のオリンピック・ベルリン大会でのことだった。朝鮮の民族系の新聞、東亜日報が胸のゼッケンの日章旗を抹消した写真を掲載したのは有名な事件であり、『8月の果て』の中で、孫基禎とマラソンランナーとしてライバルだった李雨哲の孫である柳美里にとっても他人事ではない歴史的事件だったに違いない。[注7]もちろん、こうした自らの血族や一族に関係したことだけでなく、朝鮮民族自体に押しつけられた民族的抑圧（日本の支配権力によって）も、彼女にとって無関係とはいえないものであることは明らかだった。つまり、李雨哲の四番目の娘としての李信姫が存在しなければ、その娘である柳美里はこの世に存在していなかったのであり、その母方の祖父が日本へ渡ってこなければ、彼女が在日朝鮮人として日本に居住しているということもありえなかったからである。むろん、

注7…『東亜日報』は日本植民地支配下の朝鮮においても民族系の朝鮮語新聞として発行されていた。孫基禎の日章旗抹消事件によって発行中止となった（解放後に復刊された。）

それは誰にでもありうる偶然の出来事が折り重なった結果ともいえるのだが、柳美里は、『8月の果て』という作品において、曽祖父母―祖父―母、大叔父、大叔母、そして、伯父や叔父、伯母や叔母などの血縁関係をたどって、朝鮮半島から日本列島へと渡ってきた自らのルーツを探ろうとしたのである。

それは血族や一族だけにとどまらない広がりを持った。李雨根の恋人や女友達とさえいえない金英姫という登場人物の創造は、李雨哲の一族の物語という『8月の果て』という作品の外枠からはみ出すものであり、一族の物語から民族の物語への転換を示すメルクマールとなるものだったのである。しかし、だからといって、柳美里が朝鮮人であることに目覚め、そのナショナリズム的なアイデンティティーへの自覚をその作品の中に書き込んだということではない。それは、被抑圧民族としての悲哀や悲劇を自分のものとして体感し、憑依することであって、まさにそれはムーダン（巫女＝シャーマン）的な資質と感性によるものだったのである。

十二歳の金英姫の体に刻印された痛みは、そのまま柳美里の痛みであり、その恥辱感や絶望感は、そのまま個人的な体験として彼女の身に跳ね返ってくるのである。この時に柳美里にとって、それが現代にもそのまま引き継がれている政治的、社会的問題であったことはほとんど忘却されていたといってよいだろう。それが現実の社会において、どんな社会的言説として作用するかということは、思考の外側にしかなかったのだろう。なぜなら、作者の柳美里は、金英姫という薄幸の朝鮮人少女の霊に憑依されていたのであり、その恨《ハン》を晴らす（ハンプリという）ことだけを目的として、この小説を書き続けていたのだから。

『8月の果て』が新聞小説として発表されたことは、この作品にとって決して相応しいことではなかったし、最初に語ったように、文芸雑誌に連載され、それが単行本化される形での発表がよかったのではないかと、私は今でも思っている。しかし、災いを転じて福となすということではないが、この作品が新聞小説として発表され、いろいろと物議を醸したことは、必ずしもすべてがマイナスのことではなかった。それは、どんな文学作品であろうと、その時代や社会との相互干渉を免れがたいし、そうした雑音や不協和音の介在によって、時にはその作品はいっそう〝大きくなる〟ことができるからである。小説の処女作『石に泳ぐ魚』から、柳美里の小説世界は、つねに現実世界からの浸食、浸透を受けてきたのであり、彼女はそれに応えることによって小説家としての自分を育ててきたといえるのだ。それはある意味では必然であったのかもしれない。

柳美里は、自分で自分を小説の登場人物として、演出したのであり、あるいは創作してきたのである。そうした作家が、現実の側と葛藤し、角逐し、闘争しなければならないのは、運命的な必然だった。

柳美里がフィクションとしての小説作品（『石に泳ぐ魚』や『8月の果て』など）と同時に、まさに同時進行のノンフィクションとしての『命』や『生』や『魂』といった作品をたて続けに刊行していることを読者は忘れない。小説の中に大胆に作者の分身、あるいは実名作家としての登場人物を書き込む柳美里は、日記や記録やノンフィクションとしての作品の中に、現実と等身大の「柳美里」を登場させる。そこにはあたかもフィクションとノンフィクションとは融合した不分離のものであり、その双方に書きつけられる「私」は、「私小説」の「私」と大差のないもののように見える。

だが、その「私」は、柳美里にとってあくまでも構成され、演出された「私」であって、またそれは「私は他者だ」とランボー風に言い切る「私」にほかならない。そこにはもう一つ、「私は世界だ」と大見得を切りたい、とてつもなく傲慢で、限りなく魅惑的な〝文学の果て〟への翹望《ぎょうぼう》がある。

死の一線からの言葉──『山手線内回り』

富岡幸一郎

「雨が降っている……」

月光に照らし出される闇のなかの無数の向日葵。金守珍演出の鮮烈な色彩の舞台の上に、この言葉のリフレインが驟雨のように落ちてくる。

二〇〇八年十二月、十七年ぶりに再演された柳美里の『向日葵の柩』を観たときの衝撃は、今も刺すような痛みを伴ってよみがえってくる。その演出の美しさは完璧であるだけに、登場人物たちの抑圧され歪められた情念と愛憎は、いっそう重い暗鬱な沈黙を放射せずにはおかない。

言葉は通常の芝居のセリフとして発せられるのではなく、失語ぎりぎりの淵から叫びのように切り取られた断片として立ち昇ってくるのだ。

それは観るというより、舞台を彩る暗く輝やく向日葵さえも、声なき叫びとして聴くほかはないような独特の緊張感に貫かれたものであった。

声なき叫びを、その闇のなかの存在を聴く。『8月の果て』以降の柳美里の作品が顕著に示しているのは、この「聴く」ことによって「書く」ことだろう。

「2004年03月17日」の作家のオフィシャルサイトにはこうある。[注1]

注1……ちなみに朝日新聞夕刊に二〇〇二年四月より連載された。マラソンランナーだった柳美里の祖父と家族の物語『8月の果て』は〇四年三月十六日付で未完のまま連載打ち切りとなった。

≪ひとつだけいえることは、『8月の果て』はわたしにとって非常に大切な作品だということです。もちろん、作家にとって、自分の作品はどれも我が子のように大切なのだけれど、この作品は、言葉を発することもできず（拷問され、陵辱され、生き埋めにされて）殺された、その存在さえも認められていない死者たちの声に耳を澄まし、その声を（聴こえるままに）書き留めた作品なので、死者たちの名に賭けて、このまま流産させるわけにはいかないのです≫

（『名づけえぬものに触れて』二〇〇七年刊）

『8月の果て』は、その後雑誌『新潮』に残りの部分が掲載され単行本化されたが、この本から三年を経て刊行された『山手線内回り』は、まさに「死者たちの声に耳を澄ま」すこと、その沈黙の言葉が作品の背後から深々とした森のように現れてくるのだ。

単行本『山手線内回り』には、「山手線内回り」（『新潮』二〇〇三年九月号）、「JR高田馬場駅戸山口」（『新潮』二〇〇六年三月号、四月号、七月号、八月号、九月号、十月号）、「JR五反田駅東口」（『文藝』二〇〇七年春号、夏号）の三編が収められているが、冒頭は山手線で自殺しようとしている女の彷徨のシーンである。駅の便所で身をかがめている女。ホームの黄色い線を踏み越えようとしながら、洪水のように耳に飛び込んでくる騒音、雑音、駅のアナウンス、それらが自分の身体を濁流のなかに置き去りにしていく。それは日常の当り前のような空間を切り拓き、われわれがその異常さに感覚的に鈍磨している恐るべき現実を露わにさせる。

≪「ご乗車のお客さまにお知らせします、本日、東京駅で起きました人身事故のため、ただい

ま京浜東北線大宮方面行きに電車の遅れが出ております。運転再開まで、いましばらくかかる見込みです、お客さまにはたいへんご迷惑をおかけしております」

すごい雨の音……バラバラバラッ、バラッラッバババァー……連れがいる乗客も雨の音に封じ込められたみたいに口をつぐんで……バァー、ババァー、ザーザァ……東京駅で飛び込み自殺しただれかさんの涙雨かもしれない……どうせなら線路を水浸しにして内回りも外回りもストップさせるくらい泣いたほうがいいですよ……あんたの血や脳味噌やなんかが飛び散って、まだ乾き切らないうちにその線路の上を何百人何千人何万人ものひとが通り過ぎるなんて正気の沙汰じゃありませんよ、すべての電車があなたの死を悼《いた》んで弔旗《ちょうき》をかかげるべきですよね、駅に到着して発メロが鳴るたびに乗客も乗務員も全員黙禱《もくとう》して、アナウンスもこんなんじゃなくて、あなたのひととなりを紹介するんです、結婚式のはじめにあるじゃないですか、新郎は昭和○○年○月に○○県にお生まれになり、中学・高校と○○において教育を受けられ、その後平成○年○月、○○大学○○学部を優秀な成績で御卒業されました、御卒業と同時に○○社に入社され、今日に至っております、○○家はまことに堅実な御家庭であり、新郎も明朗にして闊達、御両親、御兄弟みなさま、心身ともに健康なかたぞろいでございまして、実に理想的な家系でいらっしゃいます……あぁ、そうだ、発メロの代わりに、その日はどの駅もお経を流すっていうのはどうですか？

ＪＲもすべての自殺者の命日を記録して、せめて初七日、四十九日、一周忌、三回忌、七回忌ぐらいまではフォローしてほしいですよね、でもあれだ、宗教とかが難しいから生前いちばん好きだった曲のほうがいいかな……あなたがいちばん好きだった曲はなんですか？　わたしにこっそり教えてくださ い……

「つぎは、日暮里、日暮里です、常磐線、京成線ご利用のお客さまはお乗り換えください」≫

速射砲のように次々にコトバが繰り出されていき、山手線の各駅のアナウンスや駅の広告や看板などが一見脈絡もなく拾いあげられていく。そこでは小説のストーリーや登場人物の心理描写などは、完全に無視されているかのようである。まさに混沌、カオスが音として飛び交い、女は死を意図しつつ、圧倒的な生の現実のエネルギーの渦に翻弄される。毎年三万人とも四万人ともいわれる自殺者がいるという現実。毎日のように「人身事故」と呼ばれる「死」が、平然とアナウンスされる現実。そこをくぐり抜ける通勤者たちのラッシュ（突進・混雑・狂奔）。

この自明の残酷さに満ちた世界。柳美里は作品の冒頭から、現実世界の全てを（公衆トイレの床や便器から電光掲示板、広告、ラブホテルの看板、新聞紙、線路の雑草、雨の音、ケイタイ音、発メロ、駅にごったがえす人々の姿態や表情………）コトバによって拾い、描き、響かせていく。価値の序列はそこにはない。遠近法は形成されない。近代小説において、その価値の中心となっていた描写によりかかることは、すでにないのだ。描写はその本質において風景を秩序のなかに置き、その布置によって認識されてきた。しかし、そのような安定した「世界」は決して、ほんとうの世界ではない。もちろん、何か新しい「真実の世界」があるというのではない。

しかし、一切の予感や主観を取り除いて、まずこの世界に全面的に直面し、そこから混沌の塊としてこちらに到来するものを聴き取り感受すること。『山手線内回り』が実現している書くこと《エクリチュール》の営為とは、近代小説の言葉が分節し整理し秩序立ててきた描写的布置を全てはずしてしまうことだ。そこでは視覚的な遠近法ではなく、あらゆる存在が無限的にそして無方向に発するノイズ（雑音）を聴覚的に捉えて、それを「書く」ことが求められる。誤解のないようにいえば、柳美里は作家として小説の文体の描写の流れを意図的に破壊しようとしているわけではない。シュルレアリスムのようなスタイリッシュな方法論にのっとっているのでもない。秩序破壊のためのアナーキズムが信奉されているのでもない。

作家はむしろ、きわめて素朴実在的にこの世界の現実に身をひらこうとしているのである。そのとき、われわれの平凡で当り前のような日常的現実が、繰り返される日々の反復的行為の内にひそむものが、恐るべき戦慄的な様相を呈して眼前に展開されるのである。

奇矯な比較かもしれないが、『山手線内回り』の圧倒的なエクリチュールに揺さぶられるとき、短い寓話のなかに世界の森羅万象をミクロコスモスとして閉じ込めてみせた作家ホルヘ・ルイス・ボルヘスを想起させる。

哲学者のミシェル・フーコーは『言葉と物』（一九六六年）の序文で、ボルヘスを引用して、ここ二世紀の人間の知の形態と認識の地平（それはまさしく「近代」と呼んでもいいだろう）の変容と崩壊の象徴を物語っているが、そこで次のようにいう。

「ボルヘスを読むとき笑いをかきたてる困惑は、おそらく、言語《ランガージュ》の崩壊してしまった人々のいだく、あのふかい当惑と無縁ではあるまい。場所と名にかかわる「共通なもの」が失われたということなのだ。失郷症《アトピー》と失語症《アファジー》。」（渡辺一民・佐々木明訳）

『山手線内回り』を読むとき、しかしわれわれは「笑い」や「困惑」よりも、やはりある深い「戦慄」を覚えるのではないだろうか。

≪**「4番線、ドアーが閉まります、ご注意ください」**

ゴト、プシュー、トン、ルゥ――――ゥ――――……臍《へそ》の緒《お》はひきずり出して噛み切ったに違いない……刃物なんて持ち歩いてないでしょうからね……ゴト、ゴト、ゴトッゴトッ……ゴトゴトッ、ゴトゴト、コトコトコト、……女は拳に握っていたパンツをケーキに突っ込んでトイレから出た……ルルゥーン、カタッカタッ、カタ、タタタタァァァァ……金網越しにモップが一、二、三、

四、五本、衛兵みたいに整列して……きっと出産のときの血も、生理や血やうんこみたいにこのモップが拭き取ったんでしょうね……**わたしの生《う》まれた日は消《き》えうせよ　男《おとこ》の子《こ》を身《み》ごもったことを告げた夜《よる》もその日《ひ》は闇《やみ》となれ**……こう見えても学校ではずっと宗教委員で、日曜ごとに教会に通って、聖書はどのページも蛍光マーカーで真っピンクだったし、油性マジックでてのひらや腕に書き写したこともございました、宗教委員会の先生にも神父さんにも受洗をすすめられたんですけど……女は手についた生クリームを舐めながら黄色い線の凸凹道を歩いていった……**暗黒《あんこく》と死《し》の闇《やみ》がその日《ひ》を贖《あがな》って取《と》り戻《もど》すがよい　密雲《みつうん》がその上《うえ》に立《た》ち込《こ》め　昼《ひる》の暗《くら》い影《かげ》に脅《おびや》かされよ　闇《やみ》がその夜《よる》をとらえ　その夜《よる》は年《とし》の日々《ひび》に加《くわ》えられず　月《つき》の一日《にち》に数《かぞ》えられることのないように　その夜《よる》ははらむことなく　喜《よろこ》びの声《こえ》もあがるな**……ハーピーバースデーツーユー、ハーピーバースデーツーユー、ハーピーバースデーディア……だれかさぁん……ハーピーバースデーツーユー……ピポポポ、ポ〜ン……

「まもなく、2番線に池袋・新宿方面行きが参ります、危ないですから黄色い線の内側までお下がりください」≫

旧約聖書の「ヨブ記」の引用——神を畏れ悪を避けて生きていたヨブが、その神から理不尽ともいえる試練と苦難を受け、自らの存在を呪う言葉が挿入されている。ヨブ記は、人はこの世でなぜ苦しみ悩まなければならないのか、何の理由もなく悲惨なことがなぜ起こるのかという問いを突きつける。この世界にはたして秩序があるのか、正義なる神などいないのではないか究極の問いがそこにある。

作家がここで聖書を引用していること、しかもヨブ記という神義論（神の義を人間の側から問う）を持ち出しているのはやはり見逃すことはできないだろう。

ヨブはしかし神に向かってあくまでも問い続ける。ヨブの嘆きは烈しく深いが、彼はあくまでも神を信じ、それゆえに「全能者（神）と言い争う者」として神との対話をなすことができるのだ。そこには信仰による対話の共通基盤がある。神と人とのあいだには絶対的な差異があるにもかかわらず、いや差異があるからこそ、両者のあいだにはダイアローグが成り立つ。創造主たる神は、被造物の眼差しのなかでは隠されているが、隠されているがゆえに、神は主なる神として君臨する。

しかし、『山手線内回り』の彷徨する女には対話すべき存在は現れてこない。彼女の耳に入ってくるのは、「**まもなく、2番線に池袋・新宿方面行きが参ります、危ないですから黄色い線の内側までお下がりください**」という騒がしいアナウンスであり、その空ろな視線の先にあるのは「中肉中背白髪頭銀縁眼鏡濃紺スーツの🚹」が「ケイタイを握りしめて」いる姿である。他者はいない。対話《ダイアローグ》もない。独白《モノローグ》だけが散乱し拡散する騒音と混沌のなかに流れ出す。

敗戦後に満州で一兵士として囚われ、八年のあいだシベリア抑留体験を経て詩人となった石原吉郎は、ラーゲリ（強制収容所）での「言葉の体験」について、「見たとおり」の現実を前にしたとき、それを形容し語る言葉は脱落していく他はないといった。苛酷な眼前の現実を形容する言葉はなくなり、人が人として存在している固有性と自由を完全に奪われたとき、代名詞が会話から姿を消し、一人称と二人称は不要となる。

しかし、この失語の強制状況、その絶望的状態よりもさらに戦慄的な絶望は、むしろ一見〈平和〉で〈日常〉の繰り返しのような現代社会の内側にある。一九五三年に帰国した石原は、詩人として、この現代のあらたな「失語症」の世界の現実に直面する。

「『神がかくされている』ということは、われわれのばあいには、『神がかくされているという事実がさらにかくされている』という事実であらわれる。かくれた神へむかって、深い淵から呼び求める、あの詩篇の詩人の声は、ここではもはや聞くことはできない。神が二重にかくれていることによって、ここでは虚無が、そのものとして、神をまっすぐに指し示すという、背理的なすじみちを失ってしまっている。ここでは、虚無は虚無自身を指し示すだけであるか、またはなにものも指し示さない。朝夕の街路で、雑踏で、電車の中で、もしくは片隅の孤独のなかで、われわれは不断に虚無と向きあい、向きあっているという事実を忘れ去っている。そこでは、われわれが虚無と向きあっているというよりも、虚無がわれわれと向きあっているという方が正しい。そして、この絶望的な状態は、単にそれが絶望的であるという状態のままで終り、また始まって行くのである。／虚無がはげしい問いとならないとき、虚無がそのままゆるやかな弧をえがいて、ひとつの円周をとじるとき、世界は見すてられたままであり、僕らは完全な絶望のなかに見すてられる。虚無がただ虚無として語られるとき、それは絶望以外のなにものでもない」（「一九五九年から一九六二年までのノート」）

石原吉郎は一九三八（昭和十三）年、二十三歳のときにシェストフ、ドストエフスキー、そしてカール・バルトなどの著作を読み、キリスト教に関心を持ち、同年姫松教会で受洗し、翌年上京し神学校入学を決意する（その後召集を受ける）ほど聖書に深く沈潜した詩人であるが、その「失語」と「虚無」の意識は、柳美里の作品世界と交差するところがあるように思われる。

『山手線内回り』でいうならば、この作品が表出しているのは、まさに「神」なきヨブ的世界の虚無であり、その事実を「問う」ことすらできない（言葉を喪った）、絶望状態なのである。石原が戦後の日本社会のうちに見出していた「虚無がそのままゆるやかな弧をえがいて、ひとつの円周をとじる」ような世界。その「絶望以外のなにものでもない」世界は、その後半世紀を経て、日々繰り返される駅でのアナウンス、あの「人身事故」という奇態なコトバとなってばらまかれている。山手線の「円周」はその「不断の虚無」をぐるぐると回って走る。

単行本『山手線内回り』所収の「JR高田馬場駅戸山口」は、収中で最も長い作品であり、ここには作家のいう「死者たちの声に耳を澄まし、その声を（聴こえるままに）書き留めた」驚くべき潜在力《ポテンシャル》をひめた言語空間がある。今、あえて言語空間などというい方をしたのは、小説というものがプロットと描写によって展開されているのを基準とするならば、これはあきらかに「小説」の枠組をこえているからだが、より広く小説を捉える（埴谷雄高がいう「思考の容器」、つまり不可能性の果てまでも展開しようとする「思考」の言語表現の場としての「小説」）のであれば、もちろん「小説」と呼んでいい。

高田馬場駅から程近い戸山ハイツという団地に越してきた母親と息子の生活が、自治会や近所との軋轢や、息子がかよう神道系の幼稚園でのトラブルなどを通して描かれているが、話はしだいに近くの国立予防衛生研究所の建設現場から、一九八九年七月に発見された夥しい人骨の歴史に移っていく。その「戸山人骨」は、かつてその場所にあった陸軍軍医学校とその防疫研究室で行われていた「生体人体実験を通して細菌戦の研究・開発をしていた731部隊」などとの関連が判明する。鑑定の結果その人骨（前頭骨だけで62体）は「アジア系の外国人のものが多数混在」しており、「銃創、刺創」などがあることがわかる。戦時中に連行されてきた朝鮮人ないしは中国人の遺骨ではないかというのだ。その人骨は区民の提訴によって焼却差し止めになり、現状保存となった。日常生活に追われていた母親（女）は、その生活している地面の下に隠蔽されていた無残な死者たちの骨に引き寄せられる。

≪女は両足をついて振り返った……巨きな黒い石が見える……あれが、きっと慰霊碑だ……鳥?……カラス?……ううんもっと大きい……はばたくというよりは、慰霊碑から脱け出そうとしているように見えるけど……目の錯覚かもしれない……／どうして、なにも、知らなかったんだろう？／どうして、なにも知らずに、暮らしてたんだろう？／ここに越してきたのは十年前、一九九三年だから、人骨が発見されたり、学生が逮捕されたりした八〇年代後半の出来事を知らないのは仕方ないとして、人骨焼却差し止め訴訟の判決が二〇〇〇年十二月、実験差し止め訴訟の判決が二〇〇一年三月――、ついこの前のことだ。（中略）……お天気のいい日にバギーを押してお買物に出る以外は、部屋のなかに赤ちゃんとふたりで閉じこもってた……目と鼻の先で百体もの人骨が発見され、予防法も治療法もわからない病原体の感染実験が行われているかもしれないのに……なんにも知らないで、かぼちゃの黄色いところを茹でて擦り潰し白がゆに混ぜて、ひと匙《さじ》ひと匙、あーん、もぐもぐしてぇ、かみかみ、かみかみ、そぉいい子だねぇ、じゃあ、ごっくんしてみよっかぁ、いくよぉ、ごっくん……≫

日常のなかで生きることに必死な母と子の世界が、歴史の闇に葬り去られて一切の声を奪われた骨の出現によってぐらりと揺すぶられる。母親は仙台に単身赴任して別の女のもとに走った夫のことや、育児ノイローゼから自分を追いつめ次第に死（自殺）に牽引されていくが、同時に「戸山人骨」の深々とした歴史の闇の奥へと歩み入っていく。その骨は何も語りはしないのか。いや、**「人骨《ほね》は告発する」**。

≪骨に受けた仕打ちは骨によって語られるけれど、血や肉や皮や内臓や目や鼻や舌や歯茎や指や爪や髪や脳や肛門や性器に受けた仕打ちは、なにによって語られるんだろうか？　命が肉体からひきずり出される瞬間、なにか叫んだんだろうか？　その声は、その命を奪ったものの耳にしか響かなかったんだろうか？　その耳からその響きはすぐに拭い去られたんだろうか？　まだ響きつづけているんだろうか？　その響きを、語ることによって外に逃がしてやることはできないんだろうか？　いま、スクルージを過去に導いた幽霊が出てきてくれるのなら、わたしは、人骨ひとつひとつの、この世に生を受けてその生を奪われるまでの、人骨標本となって遺棄されるまでの、すべての時間に立ち会い、すべてを目撃したい……でも、どうして？……どうして、わたしなんだろう？……≫

「どうして、わたしなんだろう？」。平凡な一人の母親であり、日常の瑣末事に悩まされている女。その「わたし」が沈黙の死者の叫びを聴く。

「身元不明……亡魂……彷徨う」

そんな言葉が「わたし」の肌にぴったりとくっついてしまったように離れない。「わたし」が自殺すれば、自分もまたそのような骨となり、死の闇を彷徨うのか。彼女は「ひまわりの花束」を抱えて、国立感染症研究所のなかに入って行く。受付へ進むと、立っていた警備員が近づいてきた。


「お墓参りさせていただきたいんですが」

「お墓……まぁ、あのぉ……お骨を保管している施設ですね。じゃあ、ちょっとこちらの太枠のなかですね、日付とお名前と、あと所属されている団体名をですね、」

「個人なんですけど」

「個人の……かた？」

「はい」

「なにか、あの、歴史の研究家とか、そういう？」

「いえ。手を合わせたいと思いまして」

慰霊碑ではなく、そこは「保管施設」と呼ばれている。葬り去られた骨たちを慰霊し、追悼する者は誰もこない。それはそこで行なわれた現実が、何もあきらかにされていないからであり、地面の下からたまたま発見された人骨は、したがって「保管」されているだけである。

「出てきた骨は、どういったかたの骨なんでしょうか?」

それについても「はっきりわからない」。

「まぁいろんな憶測もあるでしょうけれど、まぁ、当然、医学校なんで、あのぉ普通にあのぉ、普通のいまの医学校でも、あのぉ解剖とか普通にやってますよね?」
「えぇ」
「そういったものなんで、ちょっと身元なんかはわからないんですよ。もともとバラバラなんですから」
「もともとバラバラ?」
「ええ、しばらくあのぉ、新宿区のほうで保管してたんですけども、まぁこちらで引き取って、まぁ、まぁ、ここから出てきたんで、ここに置いとくってだけの話なんですよ。こちらです」

この地には、昭和20年まで
旧陸軍軍医学校があり、平成元年
7月に、戸山研究庁舎の工事に

際し、同校の標本などに由来すると推測される多数の人骨が出土した。ここに、これらの死没者の方々に心から弔意を表する。

平成14年3月　厚生労働省

「わたし」は保管室のなかを見たいというが、一般公開はしていないという理由でそれも拒否される。

≪女はぶ厚い鉄の扉を通して、こちらを見ている骨たちの眼差しを意識した。窓のない真っ暗な石室に閉じ込められ、汗をかくこともなく、涙を流すこともなく、声を洩らすこともなく、ただ、眼窩《がんか》の窪《くぼ》みに闇だけを溜めて……待っている……待っているのだ……≫

「あなたは、さきほど、医学校で解剖を行うのは普通のことで、もともとバラバラだったとおっしゃいましたね?」

「……ええ……まぁ……」

「もともとバラバラの人骨なんてありますか?」

「それはちょっと……まぁ……ない、ですね……」

「どの骨も、ひとつひとつ、名前がある、ひとの、骨なんですよ」

「わたし」は「憤りと悲しみで波打つ胸を拳で押さえつけた」。ある日、命を奪われ、名前を奪われた骨。その骨は悲しむことも苦しむこともできない。叫ぶこともできない。骨たちは帰郷を永遠に失ない、語るべき言葉も失ないつくしたまま、ここに「保管」されている。「JR高田馬場駅戸山口」という作品は、平凡な日常生活の母子のなかに、この声を奪われ、叫ぶこともできない「死者たちの声」が突入してくることで、歴史の闇の奥に向かっての不可能な応答性を表出しはじめる。実証できない歴史、確定することのできない死者。憶測でしか語ることのできないジェノサイド（大量殺人）。忘却されていくほかはない生命。その沈黙の巨大さに向かって、一体何を語りかけることができるのか。名前を奪われた者たちに、どのようにしてその名を呼ぶことができるのか。

この「不可能」な現実にたいして、しかし作家は「不可能な可能性」を追い求める他はない。

≪女は、口を開け、喉のいちばん深いところで息を吸った……終戦直後に自殺……死への緊急避難……あの骨たちの身元を知っているひとたちは、もう、ほとんど、死んでいる……死者が口を割らない限り、明らかになることはないだろう……名前……生……死……骨は死ではない……骨は、骨だ……触れられるのは骨だけで、死には触れられない……死に触れるためには……死ぬしかない……でも、ほんとうに、終わらない？……亡魂となって彷徨いつづける？……永遠に？……命が終わっても、魂に終わりがないとしたら……≫

死とは何か。魂とは存在するものなのか。この問いは決して哲学的な難解な「問い」ではない。小さな日常、ささやかな生活、繰り返される退屈な時間、そうしたなかで実は不断に問い直しているのだ。柳美里は作家として、この問いのなかに立つが、現代におけるこのような作家の感性に、宗教的な次元でいえば、最も近いものは旧約聖書の預言者たちといっていいだろう。

預言者とは、未来を予測する意味で「予言」を語るのではなく、神の言葉を聴いて預かり、それを自分たちの仲間に伝えるメッセンジャーのことである。そして預言者とは、何か偉大な哲学とか思想を語ってみせるのではなく、むしろ日常茶飯事に起きている出来事や事件を、自分のなかで激しく受け止めて反応する人である。

二〇世紀のユダヤ教神学者であるA・J・ヘッシェルは、ナチスに追われアメリカに亡命し、ユダヤ教の立場から聖書の霊的な知恵を現代社会に向かって語り直した人物であるが、彼は預言者をこう定義している。


≪不正に対する預言者の息づまるような苛立ちは、われわれにはヒステリーのような印象を与える。日常われわれは絶えず、不正行為、偽善、欺瞞、暴力、貧窮といった現象を目撃しているが、それについてはめったに怒ったり、ひどく興奮したりはしない。預言者にとっては一つの些細な不正が宇宙的スケールを帯びるのである[注2]≫

注2…A・J・ヘッシェル『イスラエル預言者』森泉弘次訳

旧約の世界、古代イスラエルの時代も同じであったのだろう。神の民であり、神に選ばれたイスラエルにおいても、多くの場合、石原吉郎がいうように「神がかくされているという事実がさらにかくされている」という事実のなかにあったのだ。人々は「神がかくされている」ということすら考えず、そこで向き合っている「虚無」に対峙し、応答することもしない。虚無はそのとき「問い」になることもない。

しかし、この「絶望的な状態」のなかにあって、預言者は語る。まさにヒステリーのように叫び続けるのだ。彼はそのときひたすら「神」の言葉を聴くことによって語ろうとするのであり、実際にそのようにして語るのである。

旧約の預言者たちのなかでも、イザヤ、エレミヤ、エゼキエルといった人々、バビロン捕囚期に現われたこれらの預言者の言葉は烈しい情熱を帯び、苛烈であり深い。

そのひとつのエゼキエル書。第三章には、戦場であったと思われる谷底に散乱した、時間がたってバラバラになった骨についての強烈な預言のコトバが語られる。

≪見ると、谷の上には非常に多くの骨があり、また見ると、それらは甚だしく枯れていた。そのとき、主はわたしに言われた。「人の子よ、これらの骨は生き返ることができるか」わたしは答えた。「主なる神よ、あなたのみがご存じです」。そこで、主はわたしに言われた。「これらの骨に向かって預言し、彼らに言いなさい。枯れた骨よ、主の言葉を聞け。これらの骨に向かって、主なる神はこう言われる。見よ、わたしはお前たちの中に霊を吹き込む、すると、お前たちは生き返る。わたしは、お前たちの上に筋《すじ》をおき、肉を付け、皮膚で覆い、霊で吹き込む。すると、お前たちは生き返る。そして、お前たちはわたしが主であることを知るようになる」≫

エゼキエルは命じられたように預言する。すると骨はカタカタと音を立てて近づき、骨の上に筋と肉と皮膚が覆う。死者は復活を果たすのである。

≪主はわたしに言われた。「霊に預言せよ。人の子よ、預言して霊に言いなさい。主なる神はこう言われる。霊よ、四方から吹き来れ。霊よ、これらの殺されたものの上に吹きつけよ。そうすれば彼らは生き返る」わたしは命じられたように預言した。すると霊が彼らの中に入り、彼らは生き返って自分の足で立った。彼らは非常に大きな集団となった[注3]》

死は、究極の最後ではない。死からの復活、いうまでもなくこれは新旧約聖書を貫く信仰であり、イエス・キリストの復活はそのクライマックスになっている。死という絶対性、その壁を突破するところにキリスト教信仰の基盤がある。近代の哲学者でこれを最もアクチュアルに語ったのは、『死に至る病』のキルケゴールであった。肉体と魂という二元論の分離を本来的には持たないユダヤ・キリスト教において、エゼキエルのこの骨の復活ほど生々しく強烈な預言の場面は他にないだろう。

問題はしかしこのような「復活」の信仰の是非ではないのだ。それが現実的ではないとの批判を加えても仕方がない。現実的なのか非現実的なのかは主観的判断でしかない。

ドストエフスキーは『カラマーゾフの兄弟』に登場する三男アリョーシャ・カラマーゾフが、この小説の主人公であるという。現代人にいちばん理解しやすい理智的な無神論のイワン・カラマーゾフよりも、素朴に見える若い信仰者アリョーシャ・カラマーゾフが「一番正しい意味で現実家である」という。作家はこう記す。

《現実家は決して奇蹟によって惑乱させられるものではない。彼においては信仰が奇蹟から生まれるのではなく、信仰から奇蹟が生ずる。故にそれをごく自然な、しかしただ今まで知られないでいた事実として許容するのである。またもし彼が不信者であるならば常に自分は奇蹟を信じない力を持っていると思うが、いったん奇蹟が否定すべからざる事実となって現れたら、彼は奇蹟を許容しないよりも、むしろ自分の感覚を信じまいとする》

注3…「エゼキエル書」三七章一～一〇節新共同訳

ドストエフスキーが突きつけているのは、「自分の感覚」ばかりを信じ、「自分の主観」から世界観や思想を生み出そうとする現代人（近代人）への根本的な批判であるのはいうまでもない。ドストエフスキーが、アリョーシャという「主人公」によって描こうとしたのは、ロシアの大地と神を、近代人の不信と懐疑をこえて信ずる「信仰」と「奇蹟」の物語であった。そのとき、近代・現代世界の一見現実的に見える「思想」は徹底的に相対化されるだろう。しかし、『カラマーゾフの兄弟』は（作家の死ということがあるが）未完に終わっている事実を忘れるわけにはいかない。

≪……虚無がそのままゆるやかな弧をえがいて、ひとつの円周をとじるとき、世界は見すてられたままであり、僕らは完全な絶望のなかに見すてられる≫

詩人のこの言葉をもう一度、ここで引用しなければならない。柳美里という作家も、ここから出発している。しかし、柳美里は『山手線内回り』という作家自身にとって（そして現代小説の地平においても）エポックメーキングな作品を著わすことで、この現代の虚無の円周にひとつの風穴を開けた。『文藝』（二〇〇七年夏号）のインタビューに答えて、柳美里は『水の中の友へ』という戯曲を十八歳で書いたが、それから二十年を経て「もう一度、自殺者としてホームに立ち、黄色い線を踏み越えてみようと思ったんです」と語っている。この一線、死のぎりぎりの線に立ちつつ、作家は歴史の闇へ、死者たちの沈黙の叫びに、そして「名づけえぬもの」の声を「聴く」。神なき時代の預言者。この矛盾した形容のなかに、柳美里という小説家も立っている。語る言葉を喪失した「もの」、その「もの」の声を聴きはじめたことを、たしかに『山手線内回り』という圧倒的な作品は示している。

不可視的存在と〈恨《ハン》〉の精神——『雨と夢のあとに』

原　仁司

朝鮮に「恨《ハン》」という言葉がある。調べたが、これに当たる言葉が我々にはない。心の状態だ。魂の、というべきか、哀しみだよ。涙も出ないほどの深い哀しみ。だが、それでいて希望もある。
（『ザ・ホワイトハウス　シーズンV』二〇〇三年）

本作「雨と夢のあとに」（二〇〇五年）は、柳美里の書いた「初の怪談小説《ホラー》」とその宣伝広告に付されているが、文芸評論家の榎本正樹もいうように、じつは柳の作品世界には、初期の頃から夙《つと》に「ホラーの要素が通底して」[注1]いた。またその傾向は、榎本が指摘する「フルハウス」（一九九五年）や「タイル」（一九九七年）といった小説作品においてのみならず、文壇への本格的デビューを果たした「魚の祭」（一九九二年、岸田國士戯曲賞）「静物画」（一九九〇年）等の初期戯曲においてもすでに顕著であったといえよう。柳自身も、そうした傾向を証明するかのように、彼女が小学生の頃からの怪談好きで、エ

注1…「切なくも美しい結末が」榎本正樹「北海道新聞」二〇〇五年五月二九日。

ドガ・アラン・ポーの「黒猫」や「アッシャー家の崩壊」、上田秋成の「雨月物語」などの愛読者であったことを、複数のインタビュー取材の中で語っている。

だが、たしかに幽霊が、堂々たる主役として登場したのは初めてのことである。小説の内容は、主人公の雨《あめ》（12歳）と父朝晴《ともはる》（28歳）との父娘の物語を軸に、そこに隣室に住む妙齢の女性暁子《あきこ》が加わり、この三人の魂の交感が繰り広げられる。柳の作品群の中では、人物関係の図式が明瞭で、焦点も定まっている印象だ。三人のメインキャスト中、幽霊は朝晴と暁子の二人で、暁子が命を落とした理由については、読者は作品後半部で知らされることになる。冒頭の時点では、まだ朝晴も暁子も、雨の眼には生者として捉えられているわけだが、やがて間もなく彼らが幽霊（亡者）であることは明かされてゆく。少なくとも読者にとっては、朝晴がすでに幽霊であることは最初から明らかで、じつは雨もそのことに薄々気付きながら物語は進行する。それがまた、この作品が「現代の怪談」たるゆえんでもあり、つまり本作において霊的な存在は、ある一定の相対化の視線にさらされながら描出されており、その分現実的なリアリティを確保していることにもなるのだが、しかし後述するようにこの小説は、もう少し複雑な内実と要素を抱えている。

さて、粗筋をもう一度たどりなおせば、蝶の撮影のために台湾に出掛けた父朝晴が、ジャングルの奥地で消息を絶ってから二週間。その朝晴が帰宅して、娘の雨は永遠の恋人がもどってきたかのようによろこぶ。が、じつは朝晴は、このときすでにジャングルの深い縦穴に転落して死んでいたのである。愛する娘を思うあまりに、父は霊となって帰宅したのだが、雨はそのことに気付かないし、また気付こうとしない。こうした設定は、柳自身が述べるようにたしかに「雨月物語」やあるいは「怪談牡丹燈籠」などの怪異譚からの影響を受けており、人間の一途な想いが死線を超えて生者にはたらきかけ、そして生者もまた生前の絆ゆえにそれに応えるという、古典的な、魂や情念の「あくがれ出づる」物語として解することが可能かと思う。

柳は、この作品に着手した動機を次のように述べている。

目に見えるものは在る、目に見えないものは無い、という考え方に異を唱えたかったんです。聖書にも、「わたしたちは見えるものではなく、見えないものに目を注ぎます。見えるものは過ぎ去りますが、見えないものは永遠に存続するからです」（新共同訳〈コリントの信徒への手紙二／4章18節〉）とありますが、怪談というのは、目に見えないものを中心に置いた物語だと思うんです。恐怖、不安、嫉妬、憎悪など負の感情を主軸にする怪談が多いですが、私は、愛を中心にした怪談を書きたかった。注2

「雨と夢のあとに」が「目に見えないものを中心に置いた物語」だという柳の説明は、虚心に読めば確かにその通りであろう。だが、彼女はこの小説で、果たして霊の存在を描きたかったのだろうか。彼女の言う「目に見えないもの」とは、結句、怪異的な霊（亡者）と人間（生者）との間に営まれる心的交流のことだったのか？

右の問いに対し、いまここで性急に応えることは止すが、少なくともこの小説が、「命」四部作（一九九九年〜二〇〇二年）の執筆以後、柳にとってきわめて重要なテーマの一つとなった東由多加との関係――その心的紐帯を、作品の基底に据えていたことは疑うべくもない。永遠の伴侶ともいうべき東の存在について、彼女は今日に至るまでしばしば言及して来ているわけだが、単行本「雨と夢のあとに」の後書きを参照すれば、日ごろ後書きを嫌悪する彼女にしては、その東との関係について、私生活の

注2…「楽天ブックス」インタビュー、二〇〇五年五月。

方面にまで踏み込みながらかなり思い切った解説をほどこしている。たとえば東の死後、「霊能者と呼ばれるひとたちのもと」へと足繁く通い、彼らから「東さんは、あなたと息子さんと共にいる。息子さんは生まれつき霊能力が備わっているので、東さんの存在を感じとっているはずだ」と聞かされ、その後、日常生活においてたびたび霊的な現象を体験した話など、彼女がいまも信じているかどうかは別として、本作の連載中、彼女が東の霊的存在を強く意識していたであろうことは、ほぼ間違いのないところである（※ちなみに文庫化されたとき、この後書きは削除変更された）。

「雨と夢のあとに」は、刊行と同時にテレビドラマ化[注3]されている。脚本を書いたのは演劇集団キャラメルボックスの主催者成井豊と団員の真柴あずきで、同じ二人の共同脚本で翌年の二〇〇六年には舞台上演[注4]も果たされている。演劇人が手がけたせいか、テレビドラマのほうにも舞台的な手法が多用されており、とくに冒頭の場面で幽霊となって帰宅した父朝晴の姿（存在）が、娘の雨や心の繋がりをもつ友人たちにはそれが見え、一方、心の繋がりがない者にはまったく見えないというスラップスティック風の掛け合い演技は、原作にはないドラマと舞台との双方に共通する脚色であったといえるだろう。視聴者（観客）は、目に見えないはずの存在＝幽霊が、現にそこに見えてしまっている眼前の出来事（事態）について、これをテクスト内の約束事として受け入れるとともに、幽霊という本来ならば非現実の存在を、合理性の枠組みにおいて把捉するリアリティをも同時に確保できる。つまり、不可視の存在を可視化するというよりも、観客にとって最初から目に見えてしまっている俳優の存在を、不可視の存在として記号化するという戦略がそこには企まれているわけだが、その結果、三人の主要登場人物のうち二人までもが幽霊であるという本作のやや不自然な人物設定が、視聴者（観客）にとってさほど違和感なく受け入れられることになる。（※よく考えれば、暁子は冒頭では目に見える存在＝生者として

注3…テレビ朝日系ドラマ「雨と夢のあとに」脚本は成井豊／真柴あずき、主演は黒川智花。黒川の巫女的な存在（演技）が、役柄と不思議な一致感を醸し出していた。二〇〇五年四月〜六月放送。

注4…成井豊が主宰する「演劇集団キャラメルボックス」により二〇〇六年夏（七〜八月）舞台化。主演は福田麻由子。

扱われ、心の繋がりが無い人たちにも姿が見えていたのだから、もともとこの脚本の物語設定は不自然なものであったと言わざるをえない)。

原作(小説)では、幽霊の朝晴、暁子は基本的に雨以外の生者とは同じ場面に居合わせないし、居合わせても会話をすることがない。したがって、原作に描かれている二人の幽霊の存在は、すべて父親の死の事実を認めたくない雨の妄想だった、という風に解釈することも一応可能なのである。あるいは雨は、死者の妄執に引き寄せられて、朝晴や暁子の側の世界(彼岸)に片足を踏み入れていた、という風にいえるのかもしれない。先にも述べたが、原作における雨は、父親の帰りを待つ冒頭の場面からその死をすでに予覚している。

少女は目をしばたたかせた。ミッキーとドナルドのストラップをいじりながら、ふうっと大きな溜め息をついて、父親が吐いた煙草の煙のように顔のまわりを漂っている眠気を吸い込んだ。あぁ、雨の音って鳥のはばたきにも似てるな、と思った瞬間、頭が風船みたいに軽くなり、からだじゅうの力が抜けるのを感じた…ボン、ボン、ボン…コントラバス? お父さんが帰ってきたんだ…フォーレの〈夢のあとに〉だ…落ちる…落ちていく…穴のなかに…白い鳥の羽になってクルクル…クルクルクル…だれかのてのひらに受け止められ…てのひらから身を乗り出して下を覗くと…骨…なんの骨? 踝まで水に浸かったトレッキングシューズ…お父さんのと似てる…うん、お父さんのだ…水溜りには鎮静の月が揺らめいて…。

異郷の地で客死する父親の無残な姿を、眠りのなかで幻視する少女。朝、夢から目覚めれば、いったんは平凡な日常へと立ちもどるが、しかし学校からの帰り道、ふたたび少女は幻視する。歩き疲れて黄昏どきの橋の欄干に、「両腕を沿わせて頭を載せ」る少女の現実と空想、過去と未来、主観と客観とが入り乱れ時空をゆがませる描写は、十二歳の少女の不安で切ない語り口と溶け合い不思議な情感を醸しだしている。「夕暮れどきはすべてがじっと待ち伏せしているような気がするの…すべてって？なにもかもだよ…わたしの外のものも、わたしの内のものも…」「少女は自分が自分自身から抜け出していくのを感じた。ずんずん小さくなって…穴のなかに…クルクルクル…思い出せない…お父さんのジッポーのライターで、絶交したマユちゃんとの交換日記に火をつけたとき、火のなかで文字の書いてある紙が炎と煙になるみたいに、記憶のなかで捩れて…あとずさって…。」少女の目が捉える光景は、まるでこの世にあるすべての存在が、アニミスティックな霊的存在であることを告げんとしているかのようだ。通りすがりの樹木に語りかけ、そのうちの一つに名前をつけてあげると約束する少女は、あるいは巫女のように自然の霊と交感できるのかもしれない。自宅に帰り着くころには、「空は充血し、ピンク色に膨れあがった雲はなにかを生み落とそうとして苦しんでいるみたい」だった。少女は、帰宅してドアをあける寸前、父親の弾くコントラバスの音色を聴き分け、その帰還を確信するが、このときなぜか彼女はおびえてもいる。

少女はふるえる手で鍵をまわしてドアを開けた。

「ただいま」声が涙で詰まった。

少女は玄関マットに腰を下ろし、ピンクのコンバースの紐をほどきながら父親の靴を見た。泥で汚れたトレッキングシューズ…水が染み出てる…雨？　雨なんて降ってないのに…台湾でスコールが降ってたのかも…でも乾かない？　台湾からここまで何時間かかるんだろう？

「雨」が少女の名前であることは、もちろん偶然ではない。この作品においては「雨」と「水」との重層的なイマージュが、離れ離れの父娘二人を絆のように繋いでおり、そして、そこに「月」の描写が現われる（生き別れた母親の名前が「月江」である）。たとえば作品冒頭の、穴に落ちた朝晴が、真夜中にスコールを浴びて死を覚悟する場面。やがてその「雨」も上がり、満月が頭上に輝く。この同じ「月」を、十数日後に娘の雨が欠けた三日月として見上げることになる。そのとき彼女が、「あのひと（朝晴）とは父と娘っていう関係を超えて、なんかつながってる気がする」と思うのは、それが「雨」をとおして目に見えない「月」を見る――心のなかに想い抱く――という「雨月物語」のネーミング・センスとも通じているからである。（ちなみに「朝晴」の名前には「月」の字が二つも隠れている。また、ついでに言えば東由多加が台湾生まれであるということも、「朝晴」の人物設定に何らかの影響を与えているのであろう）。

満月がちょうど穴の真上にきて、泥水に浸かっている男と頭蓋骨を同じ光で照らし出し、絶望感と死の恐怖が男の頭を占めていった。踝まで水に浸かっている脚がふるえ出したことにも気づかず、男は一心に娘の名を唱えていた。

雨…雨…雨…雨…雨…。

雨と朝晴は、じつは血の繋がりをもたない（雨は、その事実を作品の中盤、はじめて母親の月江と会った時点で知ることになる）。雨が生まれたとき、朝晴は十六歳で月江は二十六歳。二人が出会ったときにはすでに月江は雨を身ごもっていた。だが血縁関係のない父が、男手ひとつで育てた娘に寄せる情愛は、きわめて痛切で深い。そして雨もまた朝晴に、連理のごとき情愛を寄せている。この父と娘との間に結ばれる心の絆は、いうまでもなく東由多加と柳美里、そして東の死（二〇〇〇年）の直前に生まれた柳の息子との三人の間柄を想起させるものだ。

東が逝去する以前に書かれた柳の作品――「フルハウス」や「家族シネマ」あるいは「ゴールドラッシュ」など――は、そのほとんどが「血の繫がり」というモチーフを、いびつに抱え込んでいたといって差し支えないだろう。それが東の死を経たことで、それまでの精神的な頸木《くびき》からいちどきに解放されたように見える。柳自身も、東に出会うまでの自分が「血」という言葉に呪縛されており、それを解いてくれたのが東だったと述懐しているが、しかし、そのようにして語る彼女が真に解き放されるのは、東が彼岸へと旅立ち、彼女の呪縛を形代としての彼が連れ去って以後のことだったように私には見える。それゆえ、連載時期の重なる「8月の果て」（二〇〇二〜二〇〇四年）と「雨と夢のあとに」（二〇〇三〜二〇〇五年）は、ある意味、写真のネガ／ポジのような関係で、作者の解放後の変化を象徴する作品であったといえようか。


息子が生まれた時、東は「俺はいつ死んでもいい生き方をしてきたが、あなたが未練を連れてきてしまった」といったんです。そして亡くなる数日前、息子の顔をジッと見て、「血じゃないよね」と――。「雨と夢のあとに」はこの言葉から始まりました。（『ダ・ヴィンチ』二〇〇五年六月六日）

「生みの親より育ての親」という諺《ことわざ》は、親と子が共に生きてきた時間の重み、尊さを述べつつも、多分にその言葉の裏に血縁の桎梏《しっこく》をひそませている。後者は目に見えやすいもの（殊にDNA鑑定を得た現代においては）のようにみえて覚束なく、前者もまた、その実体が明らかなようでいてじつはきわめて心許ない（これもまた現代においては）。

柳は東と自分との関係を、先の「後書き」の中で次のように書いている。

東由多加とのことは、『命』『魂』『生』『声』や『新潮45』に連載中の「交換日記」に書いていますが、わたしが16歳、東が39歳のときに、役者と演出家として出逢い、以来、恋人、友人、師弟…「わたしの〇〇です」とひとことでは紹介できないような関係を斬り結び、10年間生活を共にして別れても、また逢い、だれよりも互いのことを知っている唯一無二の存在として、つきあいつづけました。

名付け得る言葉がなければ、それはそもそも存在しないかのように人は言うし、振るまう。恋人、愛人、友人、親子、家族、同志、仲間…。だが、我々の「生」は、そのようにして名付けられた言葉たちの圏域でのみ営まれているのだろうか。柳がいう「「わたしの〇〇です」とひとことでは紹介できないような関係」とは、結句、世間があの「運命的な関係」と呼びならわすある何ものかを指しているようだ。唯一無二の、個別にして固有の関係。だが、そうした「関係」も、ひとたびそれを唯一無二のものとして言語表出すれば、その「関係」は、いずれ遅かれ早かれ普遍化の憂き目にあってしまうことになる。逆に言語表現においては、そうした唯一無二性こそがステレオタイプに欲望の対象として消費され尽くしてしまうのであり、それがこの現代という忌まわしき時代のアポリアなのである。

また、だからこそ柳が、東と自分との運命的な紐帯を、あくまでも「目に見えない」ものとして、名付け得ぬ「何か」として描きとろうとしていたことに、私などはひそかに胸打たれるのである。原作小説を翻案化したテレビドラマや舞台が、可視的な俳優を用いて「幽霊」を記号的に物象化して見せたのに対し、柳の原作は、物象化し得ない不可視のある何ものかを表現しようと志向して、もがいていたかのように見えるのである。それは、別言すれば不在や欠落、あるいは余白としてしか表現し得ぬある何ものかであったと言えるのかもしれない。シモーヌ・ヴェイユが、唯一無二の、愛する人を失ったときの欠落感を次のように説明している。

だれかを失うとする。その死んだ人、いなくなった人が、架空の実体のない存在になってしまったことがつらく悲しい。だが、その人を慕わしく思う気持は、架空のものではない。自分自身の内部へくだって行くこと。そこには、架空のものではない慕わしさの思いが宿っている。飢えるとき、人はさまざまな食物を想像に思いえがくが、飢えそのものは、現実に存在する。こういう飢えを把握すること。死んだ人が現前するというのは、想像上のことにすぎないが、死んだ人の不在はまさに現実である。その人は、死んでからは、不在というかたちであらわれるのである。

（シモーヌ・ヴェイユ『重力と恩寵』）

ほとんど同様のことを柳も言っている。「人が生まれたことは消せないし、人が亡くなったことも消せない。ひとりの人間が生まれて死ぬ、というのは、大きいことなんです。死によって消滅するのは肉体だけで、不在として、空席として、存在しつづける、と思います」[注5]（二〇〇五年）と。こうした認識に至るまでには、無論、彼女は様々な体験の階梯を経ねばならなかった。東が逝去する二〇〇〇年より以前の彼女の作品は、自らの情念のほとばしるままに、主にそれを「疎外」の感覚に基づいて表出しようとする、やや強引な描写表現が試行されていたことは否定できない。この時期の彼女が、同時代の潮流であるポストモダニズムの影響とその制約を受けていたことは、おそらく間違いないであろう。というよりも、同時代の作家のなかで、じつは彼女ほどポストモダニズムの影響を、多大にしかも深切に被った作家は少なかったのではないか。「（彼女の本を）読んでいる間中、嵐の中に翻弄されるような感じ」との読者評[注6]があるように、〈生〉の混沌に溺れながらその溺れる自己を覗き込んでくるも

注5…「作家柳美里インタビュー」「TOKYO HEADLINE」二〇〇五年四月一八日、ヘッドライン。

注6…注2に同じ。

う一人の自己の顔に戦慄し苦悩する内面を、彼女は未分化なまま直線的に描出しており、それがまた現代の読者の感性を刺戟する。彼女は、自分が存在するこの世界への違和――「疎外」を、いわば実存的な「畏れとおののき」の、過剰な喩《メタファー》として現出させていたのだ。

柳の作品には、「在日」という一語には決して回収され得ない「在日」性が描かれている。見かけは日本人と変わらないものの、〈生〉のここかしこに「在日」の徴が刻印されている韓国・朝鮮人の、日本社会の抑圧のもとで自己解体を強いられた痛苦。それは本来、「在日」という一語に集約されてしまうものであってはならなかったはずなのだ。おそらく柳が、自分の作品について「在日文学」と呼ばれることを嫌忌し、『〈在日〉文学全集』（勉誠出版、二〇〇六年）への再録をかたくなに拒んだ背景には、そうした名付け得ぬ「痛苦」に対する彼女の強いこだわりが潜んでいたからなのであろう。当り前のようにして名付けられ、そして普遍化されてしまうことへの不信と嫌悪。しかし一般に、人は名付けられることなくして人間社会という共同体に生きることはほとんど不可能である。現実として、あるいは事実として彼女を抑圧してくる「在日」性との連関をすべて裁ち切ろうとしても、それを彼女が裁ち切れないでいるのはあまりにも予測された結果である。

柳美里の文学に、朝鮮半島の「恨《ハン》」の精神が見て取れることを指摘したのは、拓殖大学の呉善花であるが、たしかに初期のころから柳の作品には、「恨」の精神がほとばしるように、しかも「在日」という既成のイメージとは一見したところ無縁であるかのごときスタイルで描き出されていた。呉によれば、「恨」とは朝鮮半島に特有の精神性であり、それは「静的・固定的にとらえられる「うらみ」」ではなく、「最終的には消失することへ向かおうとするプロセスの内にある動的な「うらみ」」である。これにさらに歴史的な考察を加えれば、永年他民族の支配を受けてきた朝鮮半島の「艱難辛苦の歴史」

に「めげることなく力を尽くして未来を切り開いてきた」ことへの民族的な誇りが宿った言葉である。

これが個人的なレベルでは、「うまくいかない」自分の運命や境遇に対して恨をもつのだが、その恨があるからこそ強く生きられる、恨をバネに生きることができるというように、未来への希望のためにもとうとするのが恨である。そうして生きていくなかで恨を消していくことを、韓国人は一般に「恨をほぐす」と表現する。

（呉善花「〈恨〉を乗り越える日のために」二〇〇三年三月『en-taxi』）

柳自身は、「恨」について次のように述べている。「私にとっての恨とは、現実は常に人間を脅威に曝すが、その脅威と対峙しなければ生きる意味を知ることはできない、そのために生まれながらに背負わされた重荷（宿命）のようなものだと思っている」と。おそらく彼女にとって「恨」は、「在日」という名ざしの下において問われるよりも、まず先に「人間」または「社会」というカテゴリーにおいて問われるべきものであったのだろう。あるいはそのように偽装されていた、というべきか。また、彼女が「恨」を、生まれながらに背負わされた宿命的な「重荷」として捉えていたことに注意を払えば、彼女が東との絆を、それが困難や辛苦、歓びや愛であった時期を経て、いまでは彼という存在を失ったことの「重荷」に堪えながら、それでも彼と彼女と息子との「目に見えない」つながりを、彼女が希望をこめて受けとめるまでに至ったことに、我々は「恨」の精神の片鱗を窺うことはできないであろうか。初期作品に頻出した「家族」や「血」のモチーフは、彼女の「在日」性を普遍化の罠に陥らせないがために、より現実的にして恒常的なモチーフを導入した彼女の無意識裡の戦術であったに違いない。

原作「雨と夢のあとに」には、テレビドラマ（舞台上演）化されたときに割愛された要素が幾つかある。一つは、雨が携帯電話のメールを幼なじみの北斗（初恋の対象でもある）と交わしあう場面が、原作では作品の随所に鏤められていたのだが、この携帯メールのやりとりがまず省かれている。おそらく芝居では、メールを声高に読んだり携帯画面を映し出したりという仕掛けは、一歩間違えれば子供騙しの茶番になりかねないからであろうが、しかしそれ以上に、メールを使った私信のやりとりが、作者が期待したほどの効果をそこにあげていなかったからなのだろう。

この小説を書いていた時期の柳は、ウェブ日記『名づけえぬものに触れて』（二〇〇七年）に窺えるように、ブログやウェブ等のネット空間に尋常ならざる関心を寄せており、また、「あとがき」のなかで朝晴の人物造型に何らかの影響を与えた存在として、東由多加とともに挙げられていた「らばるす」や「時雨」（各ハンドルネーム）のような人物たちが、ネットのなかで出会った仮構の存在＝「目に見えない」人物であったという彼女のその折の実体験もふくめて、ネット上の通信（表象・表現）に彼女がいちじるしい関心をいだいていたこと、そして、そのことが小説に少なからぬ影響を及ぼしていたことはすでに指摘されている。

オフィシャルサイトの制作・運営の仕事を通して実感させられるのは、柳のネットやウェブテクノロジーに対する直感的とでもいえる把握の鋭さだ。「名づけえぬものに触れて」の連載開始時に、コメント、トラックバック、ＲＳＳ配信など、ブログ固有の機能について説明を行ったが、その時点で柳がそれらの意味を理解していたかどうかは疑わしい。しかしエントリーを重ねるうちに、柳なりにブログの特性を把握し、ブログに最適化された文章出力が行われるようになる。それが先に述べたような、超ジャンル的で可変的なデジタルライティングを生みだしていくことになるのである。

（『名づけえぬものに触れて』解説、榎本正樹）

たしかにウェブ日記『名づけえぬものに触れて』には、二〇〇四年一月〜〇五年七月にかけての柳のブログ記事が収載されており、「雨と夢のあとに」執筆当時（二〇〇三年二月〜二〇〇五年四月）の作者の心的状態がリアルタイムにそこに表記されてはいた。また、榎本正樹のいうように「自身をメディア化する」柳の表現手法が、そうしたリアルタイムのネット空間と「ベストマッチした」という指摘も分からなくはない。が、榎本の指摘をおおむね認めつつも、そして、ネット空間に寄せる柳の過剰な好奇心を理解しつつも、しかし小説とネット空間との間の直截の相互性（影響関係）については、やはりそれは寡少なものであったといわざるを得ないのである。実際、主人公の雨自身も、最終的には携帯メールでは「深い話」ができないと言い切っているし、北斗に寄せた最後の私信も結局「手紙」を用いており、コミュニケーション・ツールとして携帯メールが特別な意義を果たしていたとは思えない。加えて北斗の人物設定についていえば、彼はあくまでも（此岸の）現実世界に生きる者であり、朝晴、暁子の彼岸の世界には、決して踏み込めないよう作者によってあらかじめ設定されていた感がある。詰まるところ雨と北斗との間で交わされた携帯メールの通信は、「雨と夢のあとに」の幻想的な物語（怪談）に現実味を添える迷彩かあるいは額縁的な役割を果たすことはできたかもしれないが、この小説のモチーフである「目に見えないもの」（不可視的存在）を言語表象化する試みには、ほとんど与ることはできなかったといえるだろう。両親の離婚で関西に移住する北斗と雨の心の絆は、朝晴と雨のそれに較べればあまりにも脆弱で稀薄なものである。（だからこそ、その裏返しで此岸の現実世界には「目に見えないもの」は存在し得ない、彼岸でしか接し得ないといえるのかも知れないが、私には、榎本が指摘するほどには、柳がネット上の表現に対して深い意義を認めていなかったように見えるのだ）。

さて、原作の小説には、見逃せないもう一つの重要なファクターというべきか側面がある。それは、同じマンションの隣人小柳暁子の情念的な愛と、その破滅的な結末である。暁子は、朝晴が霊となって帰宅した冒頭の場面において、すでにこの世の人ではなく、睡眠薬を飲んで自殺を遂げていた。自殺に至った原因は、暁子の婚約者神田篤の一年半前に犯した一度かぎりの浮気によるもので、その浮気がなぜ彼女を自殺にまで追いやったかについては、小説後半部に挿入されていた小津安二郎の映画『風の中の牝鶏』に寄せる暁子の解説と感想が、その理由を代理表象している。逆にいえば、作中に『風の中の牝鶏』を挿話として導き入れなければ、暁子の自殺の理由を十全には説明できない作者がそこにいたと推察することもできるのだが、この点については後で述べる。

実際、テレビドラマも舞台も、暁子の情念的な愛憎の軌跡を、大衆好みの怪奇的な霊の「復讐譚」へと変容させてしまっており、原作の深みはまったくといっていいほど伝えられていない。たとえばドラマの後半、婚約者の不実（ドラマ、舞台においては「浮気」は無く、カメラマンの婚約者が仕事のせいでアメリカから帰国できなかった設定になっている）を許せない暁子が、霊力を発揮してその命を奪おうとする特撮じみた場面展開《シークエンス》は、ドラマ全体の筋立て・構成においても異質で、陳腐ですらある。

そもそも小説（原作）において、暁子は人間に危害を加える霊力などを発揮しないし、普通の人間と同じように振る舞っている。料理を作り、蒲団を並べて雨たちと一緒に眠る。ただし普通の人間のように見えるその皮一枚をめくった向こう側には、業火のごとき地獄の焔《ほむら》がのぞけるのだ。一年半前の浮気を許せないどころか、彼女の身を案ずる婚約者に復讐するために自死を遂げる暁子の人物像は、日本の古典的な怪談ばなし（「四谷怪談」や「怪談牡丹燈籠」）に登場する無償の愛をつらぬく女性たち――「四谷怪談」のお岩や「怪談牡丹燈籠」のお露ら――の生き様ともよく似ており、暁子の婚約者への偏愛とまたそれゆえにこそ導かれた破滅的な結末は、古典的な怪談ばなしの系譜に列なるものだといえるだろう。

凄まじいのは、婚約者の神田が暁子の腐乱死体を発見するグロテスクな場面で、だが、その場面が描かれているからこそ、雨の朝晴への一途な愛情が、裏返しとしてのリアリティを帯びてくるのである。別言すれば、雨の無償の愛が暁子の異形ともいうべき怨念憎悪と対比して描かれているからこそ、読者は深まりをもってそれを受けとめられるのである。大量のウジとゴキブリとネズミとに食い荒らされて、もはや原形をとどめない暁子の凄惨な遺体。それを嘔吐しながら見つめ、ついには発狂の叫びをあげる婚約者の神田。


男（神田）は視線のようなものを感じて、ぽっかり空いた眼窩と目を合わせた。

無数のウジが青白いからだをのたくらせている。

頭は枕の上だった。頭蓋骨に残った頭皮からウエーヴがかった豊かな黒髪がひろがっている。

情事のあとのようにその髪を撫でると、髪は意志あるもののように波打った。

〈略〉

男は頭蓋骨から髪を毟り取ると、素潜りをして水面に浮かびあがったひとのように口を大きくひらいた。（丸括弧内は引用者）

凄惨な遺体の描写の合間には、暁子の手紙の中の文面（後ほど引用するゴシック文字の箇所）が多声的に、まるでそれが霊となった暁子の声ででもあるかのように差し挟まれ、神田はそれを心の中で反芻する。一方、隣室にいた雨は、神田の叫び声を遠くに聴きながら、その瞬間、同時に暁子の訪問を受ける。

少女は女の顔を見あげた。

怒ってもないいし、哀しんでるわけでもないみたいだ…。

微笑った…。

少女は息を詰めて視線を転じつづけた。

わたしはなにを見てるの？

わたしはなにを聞いてるの？

見てるものと、聞いてるものが重ならない。頭のなかのあちこちで火事が起きてるみたいだ。


見えているものが真実なのか、聴こえているものが真実なのか、雨にはわからない。目の前にいる幽霊の暁子は本来不可視の存在であり、隣室から聴こえてくる神田の叫び声はリアルな現実である。じつはそれは雨にも薄々分かっていることなのだ。だが、真実はリアルな現実世界の中にあるものとは限らない。そう感じている語り手が、もう一人の怜悧な語り手を揺さぶるような「語り」の乖離（分裂）と二重性が、この作品の特長であり、と同時に欠点でもある。

ところで、『風の中の牝鶏』は、「小津らしくない陰惨な映画」として一般に知られている。たった一度の、しかも子供の入院費用のために身を売らねばならなかった妻の過失を、この映画は、旧約聖書を思わせるような時代錯誤の倫理の斧で、完膚無きまでに叩きのめしている。現代に生きる我々の目から判ずれば、戦後四年経っても復員しない夫を待ちつづけ、貧乏のどん底で五歳になる息子を育てている妻の、たった一度の過ちくらい何だといいたくなってくる（不倫が常態化しつつある現代においては尚更だ）。だが、その過ちから皮肉にも数週間後に復員した夫は、妻の過失をどうしても許せない。許せないどころか、酷薄の限りを尽くしついには勢いあまって階段の二階から妻を突き落としてしまう。はげしく頭から転落した妻は、しばらく階段の下でびくりともしない。それを上から見て、しかし助けようとも謝ろうともしない夫。妻は足を引きずりながら、やがて階段を一歩一歩幽鬼のように昇ってくる。その妻に向かって、夫は唐突に次の科白をいう。

おい、忘れよう。忘れてしまうんだ。ほんの過ちだ。こんなこと拘っていることが、なおおれたちを不幸にするんだ。忘れちゃうんだ。おれは忘れる。おまえも忘れろ。もう二度というな。二度と考えるな。おたがいもっと大きな気持ちになるんだ。もっと深い愛情を持つんだ。いいな。

この映画には、観る者をやりきれなくさせるほど、妻の不貞に対する徹底した憎悪と弾劾が描き出されている。だが克明に考えれば、倫理意識の稀薄な現代でこそこの夫の行為は身勝手で異常なものとして目に映るかもしれないが、もしこれが戦前あるいはもっと昔の時代であったなら、果たしてこの夫は非難されただろうか。夫の行為を正当化する気持ちなど私（原）には全く無いが、また、暁子の婚約者の浮気と映画の中の妻の過失とでは内容的に較ぶべくも無いのだが、しかし、もともと個人の心に宿る愛憎の真実とは、そのようなやりきれないものでしかないようにも思えてくるのである。婚約者に対する暁子の情愛が深ければ深いほど、そして婚約者の裏切りが軽率なものであればあるほど、なおさら暁子にとって婚約者の不貞は許しがたいものだったと見做すことも可能なのである。尤も、だからといって暁子が、あてつけのために婚約者の知人と享楽的な肉体関係におよび、さらに自殺にまで至るという行為は理解しがたいものだし、また、そのような心的プロセスを無造作に呈示するこの作者の技量も決して高いものではない。『颪の中の牝鶏』についての暁子の解説と感想が、暁子の自殺に至った理由を代理表象していると先に私が述べたのは、「雨と夢のあとに」の作者がそうした不条理な内面心理を描くにあたって、あまりにも主情的な比喩表現でしかそれを描けていないことがあったからなのだ。たとえば暁子が婚約者に寄せた、次のような手紙の一節を見てみよう。


その夜、私は夢を見ました。

私の目は彼女の目となってあなたの裸を見て、私の耳は彼女の耳となってあなたの呻き声を聞いて、私の口は彼女の口となってあなたの舌を吸って、私の指は彼女の指となってあなたのペニスを握って、私のあそこは彼女のあそことなって濡れて、ひと突きであなたが入ってきて、突かれて、掻き回されて、突かれて突かれて、彼女とあなたといっしょに絶頂に達するんです。

もう堪えられません。

もう、一回でも、同じ夢をみたら、発狂すると思います。

もう発狂しているのかもしれません。

いいえ、発狂しているに違いありません。

狂っていなければ、こんな狂った手紙を書かないでしょう。

私は狂っている。

私は私の内部に巣くっているあの夜を殺す。

あの夜を殺す為に死ななければならない。

私はあの夜と無理心中します。


とはいえ「雨と夢のあとに」は、暁子の過剰な内面描写が破綻寸前のところにまで行き着いていることが、かえって破調とともにこの作品全体にある一定の緊張感を与えているように見える。作品の最終章で、「光と現実に背を向けて」朝晴との「道行」を決行しようとする雨は、もはや目に見える日常の現実原則から離脱して、朝晴・暁子の側の非日常の世界へと旅立とうとしているかのようだ。ちなみに最終章では、雨の内面描写は霊である父の朝晴が彼女のなかに入り込んで一体化し、そして会話部分の鉤括弧も取り払われ、二人の内面は文体の上で完全に同調《シンクロ》する。それは、「目に見えないもの」の不条理な世界に彼女が同調《シンクロ》した瞬間でもあるのだが、同時に、彼岸の世界の住人である朝晴が、完全に彼女の現在《いま》から失われていく瞬間でもある。対象が他者としてもはや存立しえず、彼女の自己と全く同一化するならば、それはその存在が彼女にとって他者ではなくなり、つまりは感覚として、記憶として、あるいは「不在」として彼女の自己の内に残曳したということでしかなく、それが失われたということ、「死」という事実がもたらした果実にほかならない。作者は、雨と朝晴の心理を「語り」の流れにおいて融合させ、二人の声を交錯させることで自他の垣根を取り払うのだが、同時にそこから朝晴の存在をフェイドアウトさせる。四十九日の間、現世に留まっていた朝晴の霊は彼岸へと旅立ち、そして雨は此岸の現実世界に居残るのだ。

　繰り返しになるが、暁子の情念的な愛と破滅的な結末の描写が、常軌を逸した不条理なものであったことが、かえって雨の内面描写のリアリティを確保することに繋がっていたようである。というのも、暁子と婚約者もまた、死という事実に対面する直前に、互いの内面を同調《シンクロ》させようとする瞬間があったからだ。ただし婚約者は、暁子の凄惨な遺体と対面した瞬間に、彼の内面の踵を返す。婚約者の天をも轟かす狂声は、彼が現世の日常にとどまり、暁子の彼岸の世界には決して踏み込まないこと、彼がその境界を跨ぎ超えられないことを意味する。暁子と婚約者の二人は、最終的には内面の一体化を果たしえないのである。対して雨は、「道行」の果てに朝晴の現実存在を完全に見失うことになるが、心は平静に充たされている。ラストのゴンドラのシーンは、この作者にはめずらしく未来への幸福と希望とがたくましく予感され、それが十二歳の少女の、現在の不安な心の動きと溶け合うように美しく描写されている。

父親は微笑んで少女の魂を覗き込んだ。少女は微笑んでいる父親をいつまでも見詰めていたかったが、下降するゴンドラよりもゆっくりと父親の眼差しは少女の魂に入り込んでいった。少女には時間を引き留めることも、時間を引き延ばすこともできなかった。ゴンドラが地上に到着すると、少女の前にはだれも座っていなかった。

〈中略〉


ゴンドラから降りた少女は、どちらの足を先に出したらいいのかもわからなかった。

8月の風が少女のスカートを膨らませ、なにかが顔の前を横切った。コウトウキシタアゲハ……少女は蝶を目で追いながら階段を降りた。蝶は少女の顔のまわりを浮き沈みすると、陽の光を振り棄てるようにはばたき、真珠色の幻光を放って青空に消えた。

少女は青空を見あげた。

目に映るすべてのものが懐かしさを湛えて輝き、一秒一秒が脈打ちはじめた。

少女は立っていた。

ここに在るものと、ここに無いもののただなかに、
知ることと、知らないことのただなかに、
少女はたったひとりで立っていた。

柳美里文献目録

大國眞希

新聞

●別役実「テニスコート幻想　柳美里著　Green Bench」（「図書新聞」１９９４・５・28）
●菅野昭正「文芸時評」（「東京新聞」１９９４・８・24（夕））
●川村湊「文芸時評」（「毎日新聞」１９９４・８・29（夕））
●蓮實重彥「文芸時評」（「朝日新聞」１９９４・８・29（夕））
●清水良典「文芸時評」（「共同通信」１９９４・９・１）
●青海健「石に泳ぐ魚」（「週刊読書人」１９９４・９・９）
●「東京新聞」（１９９４・12・20（朝））
●奈浦なほ「未完成の家族の断片　柳美里著　家族の標本」（「週刊読書人」１９９５・６・９）
●竹田青嗣「（書評）フルハウス　柳美里著」（「朝日新聞」１９９６・７・21）
●乳井昌史「「フルハウス」柳美里著　非凡な才筆で崩壊家族描く」（「読売新聞」１９９６・７・21）
●ばくきょんみ「ひととひとのあいだの計り方　柳美里著　フルハウス」（「図書新聞」１９９６・８・31）
●山﨑哲「墓標としての自伝　柳美里著『水辺のゆりかご』を読む」（「週刊読書人」１９９７・２・14）
●「〈読書〉水辺のゆりかご　柳美里著」（「日本経済新聞」１９９７・２・16）
●大杉重男「仮死と再生　柳美里著　家族シネマ」（「図書新聞」１９９７・３・15）

●「朝日新聞」（1997・3・22（朝））

●寺田操「世界の欠如のなかで迷走する家族神話から切り離された個人　柳美里著　タイル」（「週刊読書人」1998・1・16）

●小森陽一「〈文芸時評〉映し出す「父殺し」の神話を精密に」（「朝日新聞」1998・10・27）

●柳美里・明石健五「柳美里氏インタビュー　少年Aが持つ心の闇」（「週刊読書人」1998・12・4）

●芹沢俊介「〈読書〉ゴールドラッシュ　柳美里著」（「日本経済新聞」1999・1・10）

●「西日本新聞」（1999・5・10）

●「文壇も真っ二つ　大江さんらを巻き込み　柳作品の出版禁止裁判　プライバシーと表現の自由「傷は計り知れず」原告女性」（「朝日新聞」1999・6・23）

●「「描かれる側の痛み」認定――「作家の自覚」を求める」（「朝日新聞」1999・6・23）

●「「事実」と「虚構」作家に難題　強まるプライバシー配慮」（「東京新聞」1999・6・23）

●「柳美里さんの小説　出版禁止判決要旨　原告がモデルと確認　虚構を誤解の可能性」（「東京新聞」1999・6・23）

●「柳美里さんの小説　出版差し止め　プライバシーの侵害を認める」（「朝日新聞」1999・6・23）

●「小説出版禁止を命令「プライバシー侵害」初の判決　柳美里さん「石に泳ぐ魚」モデル女性勝訴」（「東京新聞」1999・6・23）

●「「私小説すべて訴えられる」敗訴の柳さん『思い入れの作品』原告『無責任な脚色は重荷』」（「東京新聞」1999・6・23）

●「「文壇から賛否多数　大江さん「幾度でも書きなおして傷つく人間つくらず」高井さん「野心とは別もの、文学にとって不幸」」（「東京新聞」1999・6・23）

●「出版差し止め命じる　柳美里さんデビュー作　プライバシー侵害　東京地裁初の判決　モデルの訴え認める」（「毎日新聞」1999・6・23）

●「柳美里氏　出版差し止め判決「私小説」枠組みに激震　文壇を二分　・作家の「甘え」に警鐘　・伝統文化だめになる」（「読売新聞」1999・6・23（夕））

●「社説　表現の自由　差し止め可能な場合とは」（「毎日新聞」1999・6・24（朝））

●「社説　出版差し止め　判決が問いかけたもの」（「朝日新聞」1999・6・24（朝））
●「社説　小説とモデル　柳美里さんの今後に期待」（「産経新聞」1999・6・24（朝））
●「社説　表現の自由に節度が求められた」（「読売新聞」1999・6・24）
●「社説　表現の自由・差し止め可能な場合とは」（「毎日新聞」1999・6・24）
●「「石に泳ぐ魚」プライバシー訴訟――高井有一さんに聞く　表現は作家の欲求に深く根ざしたもの…　簡単に妥協できぬ」（「東京新聞」1999・6・25（夕））
●大江健三郎「感想」（「東京新聞」1999・6・25（夕））
●「社説　モデル小説　判決には〝気がかり〟もある」（「東京新聞」1999・6・25）
●「私生活　大波小波　小説を裁く」（「東京新聞」1999・6・26（夕））
●村上孝止「プライバシーと表現の自由　柳美里氏の小説出版差し止め判決をめぐって　上　強い「禁止」の文言　独り歩き懸念　守られるべき権利、明確に」（「朝日新聞」1999・6・29（夕））
●川村湊「文学は苦痛を包みこめるか　「石に泳ぐ魚」不幸な裁判」（「毎日新聞」1999・6・30（夕））
●竹田青嗣「プライバシーと表現の自由　柳美里氏の小説出版差し止め判決をめぐって　下　「負性」描けば侮辱的か　「苦しみ」の内実触れぬ判決」（「朝日新聞」1999・7・1（夕））
●清水良典「ウイクリー文化　知の楽しみ　〈20世紀末の読み方〉文学性を無視した判決　屈折と過剰さ伴う柳作品」（「毎日新聞」1999・7・5（朝））
●「小説とモデル」（「毎日新聞」1999・7・5（夕））
●「出版差し止め判決　プライバシーの侵害か表現の自由か」（「図書新聞」1999・7・10）
●富岡幸一郎「〈読書〉女学生の友　柳美里著」（「日本経済新聞」1999・11・14）
●浦田憲治「「在日文学」民族の壁超える――枠組み崩す新世代」（「日経新聞」2000・2・12）
●「柳美里　東京最高裁判決後の記者会見」（「朝日新聞」2000・2・15）
●石村博子「生と死と性の濃密な絡み合い　柳美里「命」」（「週刊読書人」2000・8・18）
●「毎日新聞（夕）」（2001・2・15）
●加藤典洋「障害を書かれたことの打撃ではなく、自分がなお完全に苦しみを克服していないことを克明、酷薄に明るみに

出されたこと」（「毎日新聞」2001・2・15（夕））
●「私小説に制約」（「朝日新聞」2001・2・16（朝））
●「「石に泳ぐ魚」出版差し止め判決に文学者見解大きく分かれる」（「朝日新聞」2001・2・18）
●小谷野敦「判決に照らせば文学史変わる　文芸と人権　常に背馳の危険」（「朝日新聞」2001・2・21（夕））
●田島泰彦「疑問残る出版差し止め　「表現の自由」に配慮欠く」（「毎日新聞」2001・2・22（夕））
●内藤麻里子「「文学」と「法」戸惑う文芸関係者　差別問題にタブー作る　技術論では解決しない　配慮しないのはおごり　私小説のあり方に矛盾」（「毎日新聞」2001・2・22（夕））
●坂本義和（「朝日新聞」2002・9・26）
●黒澤隆雄（「毎日新聞」2002・10・13）
●「表現の自由に人を傷つけたり、差別したりする自由は含まれるか」（「朝日新聞」2002・11・28）
●「新連載小説〈8月の果て〉―柳美里さんに聞く」（「朝日新聞」2004・4・15（夕））
●山内則史「書評　文芸2004　6月　生と死見つめ走る人々」（「読売新聞」2004・6・28（夕））
●川村湊「注目の一冊」（「毎日新聞」2005・4・26（夕））
●榎本正樹「切なくも美しい結末が」（「北海道新聞」2005・5・29（朝））
●「大波小波　柳美里の長いトンネル」（「東京新聞」2010・5・26）
●井上荒野「自らの虐待と向き合う」（「読売新聞」2010・6・6）
●「テーマ別週末の読書の友ベスト3　家族『再生』子供なんていなければよかった」（「日刊ゲンダイ」2010・6・12）
●川村湊「『ファミリー・シークレット』柳美里著　再生を求め心の闇を見つめる」（「東京新聞」2010・7・4）

雑誌論文など

●小松幹生「face -to-face　柳美里」（「テアトロ」1992・2）
●柳美里「「風の丘を越えて」～西便制――「〝恨〟を越える」ということ（飛耳張目）」（「文学界」1994・9）
●三枝和子・金井美恵子・高橋源一郎「創作合評　第226回「まち」林京子、「石に泳ぐ魚」柳美里、「桜の茶屋」高井有一」

（「群像」１９９４・10）
●島弘之・富岡幸一郎・福田和也・大杉重男「新鋭作家9人の可能性」（「新潮」１９９５・２）
●宮下展夫「加藤道夫から柳美里、鐘下辰男までの時間（青春――その甘き香りと影〈特集〉――（心に残る青春のドラマ）」（「テアトロ」１９９５・２）
●林浩治「民族を背負うことなく――柳美里『石に泳ぐ魚』の新しさ」（「新日本文学」１９９５・３→『戦後非日文学論』新幹社、１９９７・11）
●柳美里「最後の煙草（追悼・谷川雁）」（「文芸」１９９５・５）
●日野啓三・山本道子・千石英世「創作合評　第234回「プラスティックな青春」有為エンジェル、「フルハウス」柳美里、「イソヤの場合」丹沢秦」（「群像」１９９５・６）
●布施英利「脳の中のブンガク3――柳美里と「魚」」（「すばる」１９９５・10）
●柳美里「表現のエチカ――「石に泳ぐ魚」をめぐって」（「新潮」１９９５・12）
●田久保英夫・江藤淳・富岡幸一郎「創作合評　第241「もやし」柳美里、「真昼の花」角田光代、「冬虫」佐藤洋二郎」（「群像」１９９６・１）
●柳美里「不自由な言葉（特集　ふたつの言葉とひとつの時代――日韓文学シンポジウム）」（「すばる」１９９６・４）
●秋山駿「〈週刊図書館〉「フルハウス」柳美里」（「週刊朝日」１９９６・７・26）
●細貝さやか「柳美里」（「すばる」１９９６・７）
●川村湊「現代作家のキーワード「恨」柳美里」（「国文学」１９９６・８）
●倉本四郎「POST BookReview　フルハウス　柳美里著」（「週刊ポスト」１９９６・８・16）
●川村二郎「〈書林閑歩45〉柳美里「フルハウス」現代風俗を題材に、にじみ出る恐怖」（「東京人」１９９６・９）
●高井有一「〈書評〉哀しい父が建てた家　柳美里「フルハウス」」（「群像」１９９６・９）
●柳美里「血とコトバ（特集　あらためて問われる〝家〟または〝家族像〟）」（「海燕」１９９６・９）
●切通理作「現代作家論シリーズ・第3回柳美里論――「本当の話」をしたいのです」（「文学界」１９９６・９）
●柳美里「産まない選択が母への復讐（特集　母と娘ゆえの愛と憎しみ）」（「婦人公論」１９９６・９）
●辻章「〈本〉家という謎『フルハウス』柳美里」（「新潮」１９９６・10）

●田久保英夫・秋山駿・畑山博「創作合評 第253回「地獄は一定すみかぞかし――小説暁烏敏」石和鷹「家族シネマ」柳美里」(「群像」１９９７・１)

●中田浩作「BOOK STREET 受賞作を読む 第24回泉鏡花賞 第18回野間文芸新人賞「フルハウス」」(「Voice」１９９７・１)

●秋山駿・柄谷行人・黒井千次・高橋英夫・富岡多恵子・三浦雅士「第18回野間文芸新人賞発表 柳美里「フルハウス」選評」(「群像」１９９７・１)

●「柳美里(新芥川賞作家)阿川佐和子のこの人に会いたい 母に包丁で刺されそうになったことがあります」(「週刊文春」１９９７・２・６)

●長薗安浩「〈週刊図書館〉『水辺のゆりかご』柳美里 十歳の柳美里は彼女の激しい家庭をすでに相対化していた」(「週刊朝日」１９９７・２・28)

●「林真理子対談 マリコの言わせてゴメン!―78―柳美里「女の子にプレゼントするの、生きがいなんです」」(「週刊朝日」１９９７・３・28)

●小川特明「柳美里さんサイン会脅迫事件に思う」(「アプロ21」１９９７・３)

●池澤夏樹・石原慎太郎・黒井千次・河野多恵子・田久保英夫・日野啓三・古井由吉・丸谷才一・三浦哲郎・宮本輝「第116回 平成８年度下半期芥川賞決定発表 家族シネマ 柳美里」(「文藝春秋」１９９７・３)

●「第116回平成８年度下半期芥川賞決定発表――「家族シネマ」柳美里、「海峡の光」辻仁成」(「文芸春秋」１９９７・３)

●柳美里・辻仁成「芥川賞受賞対談 書くしかない――ドストエフスキー、フォークナーを目指して」(「文学界」１９９７・３)

●小林よしのり「新・ゴーマニズム宣言(第40章)柳美里に問う――サイン会って言論か?」(「サピオ」１９９７・４・23)

●柳美里「緊急寄稿 柳美里さんが、よしりん『新・ゴー宣』に激烈反論!」(「サピオ」１９９７・４・23)

●辻仁成・柳美里「家族こそ小説の泉」(「婦人公論」１９９７・４)

●李恢成・柳美里「対談 家族・民族・文学」(「群像」１９９７・４)

●切通理作「〈中公図書室〉柳美里『家族シネマ』」(「中央公論」１９９７・４)

●竹田青嗣「〈書評〉異物としての生 柳美里『家族シネマ』」(「群像」１９９７・４)

●高橋敏夫「すばるBook Garden 憎悪の源泉としての「家族」―柳美里「家族シネマ」」(「すばる」１９９７・４)

●柳美里・斉藤由貴・渡辺真理「実録「家族シネマ」――私たちの場合」(「文芸春秋」1997・5)
●藤田昌司「続・作家のスタンス(65)柳美里――〝恨〟を乗り越える」(「新刊展望」1997・5)
●八木秀次「柳美里を守り、桜井よしこを無視する「朝日」の言論感覚」(「諸君」1997・5)
●大月隆寛「柳美里、このけったいな勘違い」(「正論」1997・8)
●柳美里「言論と向き合うために(柳美里さんサイン会脅迫事件を考える)」(「創」1997・8)
●「柳美里さんのサイン会脅迫事件を考える」(「創」1997・8)
●鈴木邦男・松沢呉一「「言論の自由」と「抗議の自由」(柳美里さんサイン会脅迫事件を考える)」(「創」1997・8)
●編集部「柳美里さんサイン会脅迫事件をめぐる論争」(「創」1997・8)
●「柳美里さんが投げかけた、「少年Aの両親は会見すべきだ」――14才・酒鬼薔薇議論噴出」(「週刊ポスト」1997・8・15)
●磯貝治良「座談会『火山島』と在日朝鮮人文学の今」(「新日本文学」1997・9)
●高井有一・三浦雅士・高橋勇夫「創作合評　第262回「タイル」柳美里「仮宿」佐藤洋二郎」(「群像」1997・10)
●今村忠純「どっちにしたってお芝居――『家族シネマ』(柳美里)(特集　小説を読む、家族を考える――明治から平成まで)――(家族/反家族の肖像)」(「国文学」42・12、1997・10)
●星野光徳「柳美里という新人」(「群系」10、1997・10)
●鈴木邦男「鈴木邦男主義「柳美里さん脅迫事件」始末記」(「創」1997・10)
●柳美里「世界のひびわれと魂の空白を」(「本の話」1997・11)
●西尾幹二「柳美里さん、まあ聴いて下さい」(「新潮45」1997・11)
●柳美里「歴史の目的は人間精神の探究にあり　西尾幹二氏の反論に再反論す(仮面の国)」(「新潮45」1997・12)
●唐十郎・柳美里「対談　欲望の温度、言葉の温度」(「すばる」1997・12)
●見沢知廉「見沢アウトロー総研(第2回)柳美里ストレスで入院、純文学に未来はあるのか!?」(「創」1998・1)
●野崎歓「すばるBookGarden　死亡遊戯としての小説　柳美里「タイル」」(「すばる」1998・1)
●藤沢周「〈書評〉妄想の一片　柳美里「タイル」」(「群像」1998・1)
●諏訪敦彦「〈文学界図書館〉飼い慣らされたリアリティを超えて　柳美里「タイル」」(「文学界」1998・1)

●千葉宣一「世紀末の日本女流文学：美と思想と方法を中心に〈〈特集〉共同研究報告：近代日本における文化・文明のイメージ〉」（「北海学園大学人文論集」1998・3）

●柳美里「だから新井将敬氏は死を選んだ」（「婦人公論」1998・4・7）

●柳美里「「仮面の国」に贈る最後の「異論」」（「新潮45」1998・4）

●柳田邦男・柳美里・吉岡忍［他］「少年A検事調書の衝撃（含　読者投稿　私たちの意見）」（「文芸春秋」1998・4）

●柳美里・岸田秀「特別対談　子供たちよ！」（「週刊文春」1998・5・7）

●濤川栄太「柳美里さんの「仮面の国」を読んで」（「正論」1998・5）

●茂田真理子「柳美里論〈私〉は空洞であるが故に「敵」を仮想する」（「新潮」1998・8）

●川村湊「たそがれの子供たち」（「すばる」1998・10→『平凡社選書195　生まれたらそこがふるさと―在日朝鮮人文学論』平凡社、1999・9）

●柳美里「インタビュー　柳美里　救済――神ではなく人の言葉で」（「波」1998・11）

●柳美里「特別インタビュー　父・母・弟そして小説　家族という虚構の中で心の闇を見つめて」（「婦人公論」1998・12・7）

●川村二郎・三枝和子・清水良典「創作合評　第276回「ゴールドラッシュ」柳美里「幻灯」岩橋邦枝」（「群像」1998・12）

●長薗安浩「〈文春図書館〉柳美里　ゴールドラッシュ」（「週刊文春」1998・12・10）

●川本三郎「〈現代ライブラリー〉ゴールドラッシュ　柳美里著」（「週刊現代」1998・12・12）

●秋山駿「〈週刊図書館〉「ゴールドラッシュ」柳美里著」（「週刊朝日」1998・12・25）

●川本三郎「〈新・都市の感受性〉父を殺した少年のおびえ―柳美里『ゴールドラッシュ』」（「新・調査情報」1999・1）

●ビートたけし・柳美里「対談　14歳少年A」（「新潮45」1999・1）

●筒井康隆・柳美里「対談　魂を襲った大地震――『ゴールドラッシュ』をめぐって」（「新潮」1999・2）

●山本直樹・柳美里「対談　家族このかけがえのないもの」（「潮」1999・2）

●吉岡忍「〈文学界図書館〉少年の自由な妄想は破れる　柳美里「ゴールドラッシュ」」（「文学界」1999・2）

●三浦雅士「〈書評〉家族という悲哀　柳美里「ゴールドラッシュ」」（「群像」1999・2）

●柳美里「POST BOOK JAM! 著者に訊け！――柳美里氏『ゴールドラッシュ』」（「週刊ポスト」１９９９・２・５）

●巽孝之「ヨコハマ・ゴールドラッシュ」（「新潮」１９９９・３）

●柳美里・中田浩作「21世紀へのコンセプト　「心の闇」に言葉を届けたい」（「Voice」１９９９・３）

●柳美里・瀬戸内寂聴「対談　柳美里×瀬戸内寂聴〝いよよ華やぐ〟女たち」（「波」１９９９・３）

●姜誠「柳美里――あえて「居心地の悪い」人生を選ぶ在日作家の闘い（異色人物論特集　ネオ・パワフルリーダー８人の魅力、魔力、想像力　動乱の21世紀を切り拓く新実力者の素顔）」（「現代」１９９９・３）

●清水良典「すばるBookGarden　十四歳の精神の暗闇を照らす　柳美里「ゴールドラッシュ」」（「すばる」１９９９・３）

●秋山駿「「家族シネマ」――崩壊家族とは?・」（「武蔵野日本文学」８、１９９９・３）

●福田和也「見張り塔から、ずっと」（「新潮」１９９９・３→『響くものと流れるもの―小説と批評の対話』ＰＨＰ研究所、２００２・３）

●柳美里「見張り塔から、見張られて」（「新潮」１９９９・４）

●「VIEWPOINT　配慮の判断」（「アサヒグラフ」１９９９・７・９）

●「親友との裁判に敗訴した芥川賞作家　柳美里の不徳」（「サンデー毎日」１９９９・７・11）

●石見隆夫「サンデー時評「人権後進国」ではないか」（「サンデー毎日」１９９９・７・11）

●「司法記者の眼　東京地裁、柳美里さんに出版差止め命じる」（「ジュリスト」１９９９・７・15）

●梓澤和幸「柳美里「石に泳ぐ魚」裁判にみる　プライバシーと表現の自由」（「週刊金曜日」１９９９・７・23）

●高橋千劔破「柳美里「石に泳ぐ魚」裁判にみる　ペンが凶器に変わるとき」（「週刊金曜日」１９９９・７・23）

●安達功「柳美里さんの小説第一作に初の出版禁止命令」（「世界週報」１９９９・７・27）

●「ジャーナリズムの現場から(200)　検証・小説「石に泳ぐ魚」モデル・プライバシー裁判――出版差し止め判決を不服とし控訴する著者・柳美里氏インタビュー」（「週刊現代」１９９９・８・７）

●新潮ＦＯＲＵＭ「「石に泳ぐ魚」を掲載した当編集部の立場」（「新潮」１９９９・８）

●柳美里「「朝日新聞」社説と「大江健三郎氏」に問う　プライバシー裁判血風録」（「新潮45」１９９９・８）

●仁科薫「蛙鳴蝉噪　そこのけそこのけ〝人権様〟が通る」（「新潮45」１９９９・８）

●小板橋二郎「マスコミ裏話　小説差し止めの柳美里――「害虫の営み」に期待」（「ベルダ」１９９９・８）

●「「プライバシー侵害」論争の茶番——柳美里は「私は他人の人権など無視する天才作家」と言うべし」（「ベルダ」1999・8）

●柳美里「「朝日新聞」社説と「大江健三郎氏」に問う——プライバシー裁判血風録」（「新潮45」1999・8）

●「表現と人権をめぐる論争」（「創」1999・9）

●小泉純一郎・柳美里「特別対談　映画イズビューティフル」（「新潮45」1999・9）

●「私人のプライバシー侵害が裁かれた柳美里の私小説作家としての危機」（「噂の真相」1999・9）

●「侃侃諤諤」（「群像」1999・9）

●辻井喬「「石に泳ぐ魚」問題の憂鬱」（「新潮」1999・9）

●クライン孝子「ドイツから観る　第一七回　柳美里氏の鈍感」（「正論」1999・9）

●木村晋介・梓澤和幸「柳美里プライバシー裁判の真実」（「世界」1999・9）

●大江健三郎「陳述書と二つの付記」（「世界」1999・9）

●柳美里「「石に泳ぐ魚」裁判をめぐる経緯について答える」（「創」1999・9）

●飯田正剛「「石に泳ぐ魚」裁判をめぐる論争「言論の名による人権侵害」は認められない」（「創」1999・9）

●久保田正文「私小説のこと」（「季刊遠近」1999・9・20）

●岡田幸四郎「〈文春図書館〉柳美里　女学生の友」（「週刊文春」1999・9・30）

●飯田正剛「「石に泳ぐ魚」裁判をめぐる論争（続）柳美里さんを訴えた原告女性が吐露した〝痛み〟」（「創」1999・10）

●村上孝止「モデル作品と名誉・プライバシーの問題——「石に泳ぐ魚」事件判決をめぐって—」（「久留米大学法学」1999・10）

●鈴木秀美「「石に泳ぐ魚」判決をめぐって——論争呼んだモデル小説とプライバシー侵害」（「新聞研究」1999・10）

●清水良典「〈書評〉ゲリラとしてのガキと老人　柳美里『女学生の友』」（「群像」1999・11）

●小山鉄郎「スタジオ世界を壊すもの——柳美里『女学生の友』の意味」（「本の話」1999・11）

●棟居快行「出版・表現の自由とプライバシー」（「ジュリスト」1999・11）

●田島泰彦「〈表現の自由〉「石に泳ぐ魚」東京地裁判決を考える」（「法学セミナー」1999・12）

●柳美里・川村湊「民族が放つ光——『太白山脈』をめぐって」（「すばる」1999・12）

●布施英利「すばるBookGarden　演劇的思考が生み出した小説世界　柳美里「女学生の友」」（「すばる」1999・12）
●切通理作「〈味読・愛読　文学界図書室〉「女学生の友」柳美里　平成版「眠れる美女」の逆説的ユートピア」（「文学界」1999・12）
●香山リカ「〈本〉「時代」への距離感覚「女学生の友」柳美里」（「新潮」1999・12）
●トレイシー・ガノン「「在日」を書く柳美里・「在日」として書かれる柳美里――初期作品を通して」（「コレアン・マイノリティ研究」3、1999・12）
●柳美里「私の血脈（私たちが生きた20世紀――全編書き下ろし362人の物語）―（わが家の百年）」（「文芸春秋」2000・2）
●阿部和之「〈随想〉柳美里の文章について」（「日本文學誌要」2000・3）
●柳美里・榎本正樹「柳美里「男」」（「ダヴィンチ」2000・5）
●辻章「〈書評〉エロスとタナトス　柳美里「男」」（「群像」2000・5）
●柳美里「命　特別追悼版――慟哭の弔辞」（「週刊ポスト」2000・5・19）
●大塚英志「サブ・カルチャー文学論　第12回　蜂蜜パイのように甘い「お話」をけれども今は肯定するべきだということについて―村上春樹と車谷長吉」（「文学界」54・6、2000・6）
●柳美里「『命』を書かないと生きていられなかった……」（「週刊ポスト」2000・7・7）
●瀬戸内寂聴・柳美里「激白・未婚の母という生き方　私は成すべきことをした」（「婦人公論」2000・7）
●林真理子・柳美里「特別対談　女流作家は恐くない?」（「新潮45」2000・7）
●山本朋史「〈ひと本〉柳美里「命」」（「週刊朝日」2000・7・28）
●村尾国士「現代の肖像　柳美里（作家）」（「アエラ」2000・8・14/21）
●清水良典「BookReview　見る者に「ショック」を与える聖なるドラマ「命」柳美里」（「論座」2000・9）
●切通理作「〈柳美里〉を演じられなくなったら、死ぬしかない――柳美里ロング・インタヴュー」（「文学界」2000・9）
●五木寛之・柳美里「特別対談　生きること、そして死ぬこと――『うらやましい死にかた』をめぐって」（「文芸春秋」2000・9）
●櫻井秀勲「現代女流作家への招待（最終回）江國香織・荻野アンナ・柳美里とその作品」（「図書館の学校」2000・10）

●扇田昭彦「燃えるような筆致のドキュメント――「命」を読む」(「本の窓」2000・10)
●林祁「世紀末中国文学とジェンダー」(「アジア遊学」21、2000・11)
●俵万智「言葉への命のかけかた――柳美里『魚が見た夢』」(「波」2000・11)
●中山達也・柳美里「シリーズ貌　柳美里」(「現代」2001・2)
●川本三郎「血を流す言葉から生まれる本――柳美里『言葉は静かに踊る』」(「波」2001・3)
●「post book wonder land　著者に訊け!柳美里氏」(「週刊ポスト」2001・3・16)
●小松弘愛「上林暁の私小説に学ぶ」(「上林暁研究」9、2001・3・31)
●柳美里(「ダヴィンチ」2001・3)
●「柳美里モデル裁判を考える」(「新潮45」2001・4)
●石堂淑朗「裁判所よ驕るなかれ(「柳美里モデル小説裁判」を考える)」(「新潮45」2001・4)
●竹田青嗣「文学は〝刻印〟をもった人間を描く(「柳美里モデル小説裁判」を考える)」(「新潮45」2001・4)
●柳美里「BOOK・LESSON特別版「魂」――癒しは闘いの中に在る　作家　柳美里」(「正論」2001・4)
●リービ英雄・梅澤亜由美・姜宇源庸・斎藤秀昭・杉田俊介・松下奈津美「インタビュー　連続的なアイデンティティの冒険」(「私小説研究」2、2001・4・30)
●福田和也・柳美里「「出版差し止め」と「私小説」――いかにして小説は裁かれたのか。文学者の立ち位置を模索する危機意識に満ちた対話　(特集「石に泳ぐ魚」裁判をめぐって)」(「文学界」2001・5)
●砂川労〈マスコミ裁判1〉モデル小説とプライバシー――柳美里氏の『石に泳ぐ魚』事件」(「マスコミ市民」2001・5)
●「グラビア　私たち柳美里さんの担当です――担当者から柳さんへ」(「Web & publishing 編集会議」2001・5)
●「特集「石に泳ぐ魚」裁判をめぐって」(「文学界」2001・5)
●柳美里・福田和也「「出版差止め」と「私小説」―「石に泳ぐ魚」裁判をめぐって」(「文学界」2001・5)
●高山文彦「「石に泳ぐ魚」裁判　私はこう考える」(「文学界」2001・5)
●佐藤洋二郎「「石に泳ぐ魚」裁判　私はこう考える」(「文学界」2001・5)
●石原千秋「「石に泳ぐ魚」裁判　私はこう考える」(「文学界」2001・5)
●高橋治「「石に泳ぐ魚」裁判　私はこう考える」(「文学界」2001・5)

●赤坂真理「「壮絶」と「壮絶人生」ばかりがなぜ読まれるのか」(「中央公論」2001・6)
●西田りか「〈注吊り〉のアイデンティティ――柳美里試論――」(「社会文学」15、2001・6)
●久保文乃・渋谷佳克・若山滋「柳美里の作品にみる現代の家族関係と住空間(建築論・解釈、建築歴史・意匠)」(「学術講演梗概集F―2、建築歴史・意匠 2001」2001・7)
●加藤正人「掲載シナリオ 監督・篠原哲雄 原作・柳美里「女学生の友」」(「シナリオ」2001・8)
●松岡周作「女子高生と老人の孤独な魂の触れあい」(「シナリオ」2001・8)
●「新潮」編集部「「石に泳ぐ魚」裁判経過報告」(「新潮」2001・8)
●筒井康隆「文学と表現の自由2001 表現の自由に関する断章」(「新潮」2001・8)
●野坂昭如「文学と表現の自由2001 テロが起きても知らないぞ」(「新潮」2001・8)
●加賀乙彦「文学と表現の自由2001 自由と差別」(「新潮」2001・8)
●車谷長吉「文学と表現の自由2001 神さまに向って」(「新潮」2001・8)
●佐川光晴「文学と表現の自由2001 屠殺は、屠殺である」(「新潮」2001・8)
●加藤典洋「「石に泳ぐ魚」の語るもの――柳美里裁判の問題点」(「群像」2001・8)
●吉岡忍「文学と表現の自由2001 個人情報保護法案の「表現観」「あらゆる文章はビジネス文書である」⁉」(「新潮」2001・8)
●宮原昭夫「「あちら側」と「こちら側」―柳美里作『石に泳ぐ魚』について」(「文芸誌そして」12、2001・9)
●小嵐九八郎・上条晴史「インタビュー 小嵐九八郎にきく 私小説とモデル小説の間」(「文芸誌そして」12、2001・9)
●山家篤夫「公共図書館の『石に泳ぐ魚』掲載雑誌の利用制限をめぐって」(「マスコミ市民」2001・9)
●小林美鈴「「私小説」の生まれるところ――読者論の立場から」(「芸術至上主義文芸」27 2001)
●鈴木秀美「判決クローズアップ 小説「石に泳ぐ魚」事件東京最高裁判決」(「法学教室」2001・9)
●山岡頼弘「背景の想像力――加藤典洋「柳美里裁判の問題点」への懐疑」(「群像」2001・9)
●上村貞美「〈判例批判〉モデル小説によるプライバシー侵害と名誉棄損―柳美里「石に泳ぐ魚」控訴審判決をめぐって」(「ジュリスト」2001・9)
●川本三郎「〈新・都市の感受性〉十代の女の子と初老の男―篠原哲雄監督「女学生の友」」(「新・調査情報」2001・9)

●上條晴史「〈評論〉柳美里「石に泳ぐ魚」高裁判決に寄せて」（「新日本文学」２００１・10）

●絓秀実「歴史修正主義の基本構造」（「批評空間」Ⅲ・1、２００１・10）

●千葉一幹「知り得ぬことについて語ること——死者と歴史」（「群像」56・11、２００１・10）

●最相葉月「もうひとつの物語——柳美里『世界のひびわれと魂の空白を』」（「波」２００１・10）

●柳美里・柳原和子「死を描いて「生」にたどりつく　対談　がんを語る」（「サンデー毎日」２００１・10・7）

●柳美里・渡辺真理「対談・私たちの友情の形　会わない時間の長さを感じさせない人」（「婦人公論」２００１・10・22）

●名和哲夫「現代文学における私小説の布置」（「浜松短期大学研究論集」57、２００１・11）

●「新鎌倉文士　柳美里、高橋源一郎、藤沢周……続々移住の理由——40年ぶりにペンクラブも復活」（「週刊朝日」２００２・1・25）

●七字英輔「特集　演劇・ダンス・映画—時代を疾走するＭＯＤＥは変わる—松本修の演劇」（「国文学」47・2、２００２・2）

●渡部直己・大塚英志・富岡幸一郎「座談会　言葉の現在—誤作動と立て直し」（「群像」57・3、２００２・3）

●柳美里「ＰＯＳＴブック・ワンダーランド——著者に訊け！　柳美里氏『声』」（「週刊ポスト」２００２・6・14）

●西原理恵子・柳美里「「大道芸人」vs.「ストリッパー」　禁断の初対決　西原理恵子×柳美里」（「新潮45」２００２・6）

●塚本晴二朗「名誉棄損・プライバシー侵害と小説—『名もなき道を』事件と「石に泳ぐ魚」事件を中心として」（「桜文論叢」55、２００２・8）

●大森寿美男「掲載シナリオ　監督・篠原哲雄　原作・柳美里「命」」（「シナリオ」２００２・10）

●梓澤和幸（「週刊金曜日」２００２・10・11）

●石井政之「柳美里氏「石に泳ぐ魚」最高裁判決　出版差し止め判決で何が守られたのか」（「週刊金曜日」２００２・10・11）

●「ロー・フォーラム　裁判と争点　柳美里氏「石に泳ぐ魚」訴訟最高裁判決——人格権に基づき出版差止め」（「法学セミナー」２００２・12）

●川本三郎「崩れゆく世界のなかに踏みとどまる——柳美里『石に泳ぐ魚』」（「波」２００３・1）

●切通理作「「石に泳ぐ魚」柳美里　戦う小説家の「立ち位置」」（「文学界」57・1、２００３・1）

●斉藤環「文学の徴候　第一回　境界例のドライブ」（「文学界」57・2、２００３→『文学の徴候』文芸春秋、２００４・

11）

●辻章「誕生から、誕生へ―柳美里「石に泳ぐ魚」の呼ぶもの」（「新潮」２００３・１）
●「座談会を読むために［資料］（柳美里訴訟の概要、一審・二審判旨、最高裁判決、引用判例）（特集2　柳美里『石に泳ぐ魚』最高裁判決の検討（平成14・9・24））」（「法学セミナー」２００３・１）
●山家篤夫「石に泳ぐ魚――公共図書館での掲載雑誌の利用制限をめぐって（特集2　柳美里『石に泳ぐ魚』最高裁判決の検討（平成14・9・24））」（「法学セミナー」２００３・１）
●木村晋介・三田誠広・田島泰彦「柳美里「石に泳ぐ魚」最高裁判決をめぐって――判決が投げかけているもの」（「法学セミナー」２００３・１）
●山家篤夫「公共図書館の『石に泳ぐ魚』掲載雑誌の利用制限をめぐって」（「マスコミ市民」２００３・１）
●「柳美里「石に泳ぐ魚」最高裁判決の検討」（「法学セミナー」２００３・１）
●「『メディア・フォーラム』柳美里の裁判に見る『表現の自由と人権』」（「マスコミ市民」２００３・３）
●柳美里・坪内祐三「Tタクシーの後部座席にて。」（「en-taxi」１、２００３・３）
●福田和也・柳美里「神楽坂　路地裏にて」（「en-taxi」１、２００３・３）
●柳美里「石に泳ぐ魚」出版差し止め裁判」（「en-taxi」１、２００３・３）
●柳美里・リリー・フランキー「渋谷大型書店Bの店内にて。」（「en-taxi」１、２００３・３）
●「いま、改めて問い直す　柳美里「石に泳ぐ魚」出版差し止め裁判」（「en-taxi」１、２００３・３）
●佐藤卓己「特集柳美里「石に泳ぐ魚」出版差し止め裁判　「図書館の自由を脅かすもの―「石に泳ぐ魚」マスキング事件から」」（「en-taxi」１、２００３・３）
●清水良典「特集柳美里「石に泳ぐ魚」出版差し止め裁判〈欠落〉に棲むもの――「オリジナル」「改訂版」を読み比べて」（「en-taxi」１、２００３・３）
●呉善花「特集柳美里「石に泳ぐ魚」出版差し止め裁判〈恨〉を乗り越える日のために」（「en-taxi」１、２００３・３）
●田島泰彦「〈メディア判例研究27〉小説表現の自由とモデルの人権」（「法律時報」２００３・３）
●木村晋介・田島泰彦・渡邊澄子「［大東文化大学法学研究所］第12回公開法律シンポジウム「現代の法律問題を考える」モデル小説とプライバシー――柳美里「石に泳ぐ魚」事件を素材として」（「大東文化大学法学研究所報」２００３・３）

●三田誠広・飯田正剛・田島泰彦「メディア・フォーラム　作家の権利とモデルの権利をめぐって　柳美里裁判にみる『表現の自由と人権』」(「マスコミ市民」2003・3)
●野村光司「日朝平壌宣言に復帰し、東アジア共同の家へ——柳美里「八月の果て」と姜尚中「日朝関係の克服」(特集右傾化する小泉政権への対抗運動の結集に向けて)」(「労働運動研究」2003・12)
●西原理恵子・柳美里・西田考治「離婚記念対談　西原理恵子×柳美里　男は昆虫に似ている」(「新潮45」2003・12)
●「特集5　朝日新聞掲載小説でトラブルが続く柳美里『8月の果て』打切り説の真相」(「噂の真相」2003・12)
●Rosen Dan「事実と創作——柳美里「石に泳ぐ魚」を素材として」(「同志社メディア・コミュニケーション研究」2004・3)
●清水良典「『センセイの鞄』と『石に泳ぐ魚』のセクシャリティ——性的アジールとしての〈老い〉」(「日本近代文学」70、2004・5)
●榎本正樹「BOOK OF THE WEEK　今年度最大の文学的収穫　8月の果て　柳美里」(「週刊新潮」2004・8・26)
●柳美里「『8月の果て』闘争記」(「en-taxi」7、2004・9)
●「「8月の果て」年表」(「en-taxi」7、2004・9)
●榎本正樹・柳美里「〈インタビュー〉死者=歴史の声に耳を澄ます——「8月の果て」を走り抜けて」(「新潮」2004・9)
●「POSTブック・ワンダーランド　著者に訊け!　柳美里氏『8月の果て』」(「週刊ポスト」2004・9・24)
●柳美里「表紙の私　柳美里——何故」(「婦人公論」2004・9・22)
●柳美里・榎本正樹「ロングインタビュー　死者=歴史の声に耳を澄ます——『8月の果て』を走り抜けて」(「新潮」2004・9)
●「ヒットの予感:埋もれた歴史をえぐり出す柳美里渾身の大作」(「ダヴィンチ」2004・10)
●川村湊「〝口寄せ〟される使者たちの言葉」(「群像」2004・10)
●俵万智・柳美里「特別対談　吾子(あこ)と漂流するごとき日々(特集　俵万智)」(「文芸」2004・冬)
●原一男・柳美里「異色対談　表現者として敢えて「一歩踏み込む」」(「創」2004・11)
●切通理作「「8月の果て」柳美里　名前のないものに届く旅」(「文学界」58巻12号、2004・12)

●斜里勝「現在に隆起する歴史―柳美里『八月の果て』書評」(「新世紀」214、2005・1)
●秋枝(青木)美保「宮沢賢治と現代文学　その1(少女文学の系譜)――柳美里の文学に引用された宮沢賢治文学」(「福山大学人間文化学部紀要」5、2005・3)
●河合修「「私」の在処――柳美里試論」(「日本文学論叢」34、2005・3)
●「作家柳美里インタビュー」(「Tokyo Head Line」2005・4・18)
●河合修「私小説時評2004「在日」文学と私小説」(「私小説研究」6、2005・3)
●古矢篤史「遡行する共同体―現代文学試論」(「早稲田文学」30巻3号、2005・5)
●柳美里・藤原理加「インタビュー　甘美で残酷な父娘の物語」(「本の旅人」2005・5)
●柳美里「対話への追伸(特集　映画との対話)」(「新潮」2005・5)
●テオ・アンゲロプロス・柳美里「対談『エレニの旅』をめぐって(特集　映画との対話)」(「新潮」2005・5)
●古矢篤矢「小特集　新しい書き手たち遡行する共同体――現代文学試論」(「早稲田文学」2005・5)
●川本三郎「言葉のなかに風景が立ち上がる(第18回)町が壊れてゆく――柳美里『ゴールドラッシュ』」(「芸術新潮」2005・7)
●原仁司「「表現の自由」と『想像力』の詐術」(「日本文学」54、2005・8)
●「ダ・ヴィンチ」(2005・6・6)
●河合修「痕跡から物語へ―柳美里『8月の果て』論」(「日本文学論叢」35、2006・3)
●柳美里「物語が「いじめない心」をつくる　普通の子どもになんて、ならなくてもいい(特集　子育ての正解は「自分流」)」(「婦人公論」2007・4・22)
●千野帽子「承認されたい気持ち――柳美里『ルージュ』を勝手に読む(特集　柳美里)」(「文芸」46・2、2007・夏)
●清水良典「闇の「声」に憑依する(特集　柳美里)」(「文芸」46・2、2007・5夏)
●柳美里・桐野夏生「対談　×桐野夏生――残酷な想像力の果て(特集　柳美里)」(「文芸」46・2、2007・5夏)
●柳美里・田中和生「インタヴュー「柳美里」という名前を変えてでも新人でいたい――「山手線内回り」をめぐって(特集　柳美里)」(「文芸」46・2、2007・5夏)
●角田光代「ゴーカートとセーター(特集　柳美里)」(「文芸」46・2、2007・5夏)

●柳美里・リリー・フランキー「対談　×リリー・フランキー――「死」の物語ではなく「生」の物語を（特集　柳美里）」（「文芸」46・2、2007・5夏）
●柳美里・篠山紀信「フォト&トーク・セッション　篠山紀信――「山手線内回り」を撮る／〝現在〟にいることの証明写真（特集　柳美里）」（「文芸」46・2、2007・5夏）
●矢野優「暗闇を走る人」（特集　柳美里）（「文芸」46・2、2007・5夏）
●俵万智「柳さんの微笑」（「文芸」46・2、2007・5夏）
●町田康「初めて会った頃」（「文芸」46・2、2007・5夏）
●山本直樹「柳さんのこと」（「文芸」46・2、2007・5夏）
●井口時男「小説は他人を巻き添えにしてよいか――『石に泳ぐ魚』裁判をめぐって――」（「社会文学」2007・6）
●岩田＝ワイケナント・クリスティーナ「アイデンティティの脱構築としての〈自分探し〉――柳美里『8月の果て』論（特集「在日」文学――過去・現在・未来）」（「社会文学」2007・6）
●柳美里・佐藤優「異色作家対談　死者に向けて書くということ」（「創」2007・7）
●養老孟司・柳美里「養老孟司の森羅万虫（第19回）虫捕りは子育てに効く」（「日経ビジネスassocie」2007・10・16）
●佐伯一麦・柳美里「対談　私・小説・世界の輪郭」（「新潮」2007・10）
●岡田利規・前田司郎・三浦大輔・柳美里「鼎談　新世代の超リアル演劇論」（「文学界」61・10、2007・10・1）
●穐山守夫「特集・昭和のあゆみ　表現の自由とプライバシー権――柳美里「石に泳ぐ魚」を中心にして」（「群系」20、2007・11）
●西原理恵子・柳美里「特別対談　おんなの不幸自慢　西原理恵子×柳美里」（「新潮45」2007・12）
●篠山紀信「柳美里×撮影　篠山紀信　不幸な裸体」（「新潮45」2007・12）
●松本新「文芸時評『柳美里不幸全記録』のことなど」（「民主文学」2008・2）
●「「お前を虐待すんぞ！」柳美里が女性誌に報復宣言（総力ワイド　三・寒・四・温）」（「週刊朝日」2008・3・7）
●柳美里「息子、そして15歳年下のパートナーとともに　2人の関係性に〝型〟はいらない（特集　それでも男は必要ですか？）」（「婦人公論」2008・3・22）
●中村美帆「小説「石に泳ぐ魚」出版差し止め判決――日本における自由権的文化権保障の現状」（「文化資源学」2008・

3）

●中原昌也・柳美里「映画の頭脳破壊（第17回）躓きつつも、観続ける――『ブレス』」（「文學界」２００８・５）

●柳美里・立川談春・福田和也「人間の業と落語の宿命　橋の上の共鳴を問う」（「en-taxi」22、２００８・９）

●柳美里「芥川賞作家電撃訪朝！「金正日健康不安説」のなか柳美里わたしが見た幻の祖国北朝鮮（前篇）」（「週刊現代」２００８・11・29）

●柳美里「わたしが見た幻の祖国北朝鮮（中篇）」（「週刊現代」２００８・12・６）

●柳美里「わたしが見た幻の祖国北朝鮮（後篇）」（「週刊現代」２００８・12・13）

●柳美里「わたしが見た幻の祖国北朝鮮（完結篇）」（「週刊現代」２００８・12・20）

●日比嘉高「「モデル小説」の黄昏　柳美里「石に泳ぐ魚」裁判とそれ以後」（「金沢大学国語国文」34、２００９・３）

●柳美里「児童虐待―なぜ私は愛するわが子を叩くのか」（「G２」１、２００９）

●柳美里・高橋基仁「嫌われ力」（「サイゾー」２００９・５）

●今野勉・柳美里「特別対談　テレビ界の閉塞感と女性キャスターたちの逞しさ」（「創」２０１０・１）

●柳美里・仲俣暁生「BOOK STREET　この著者に会いたい『オンエア（上・下）』柳美里（小説家）」（「ボイス」２０１０・２）

●石飛伽能「BOOK〈読まずにはいられない〉なぜわが子を虐待するのか　家族の深い闇に分け入る」（「AERA」２０１０・５・24）

●柳美里・寺島しのぶ「書くという仕事と演じるという仕事」（「創」２０１０・７）

単行本

●「第三十七回岸田國士戯曲賞選考座談会」（『岸田戯曲賞ライブラリー　ヒネミ／魚の祭』白水社、１９９３・２）

●川村湊「在日する者の文学」（『戦後文学を問う』岩波新書、１９９５）

●柳美里「表現のエチカ」（『窓のある書店から』ハルキ文庫、１９９６・12）

●安宇植「在日朝鮮人文学」（『岩波講座――日本文学史　第14回』岩波書店、１９９７）

●『NOW and THEN　柳美里――柳美里自身による全作品解説＋51の質問』（角川書店、１９９７・７）

●久世光彦「〈巻末エッセイ〉焼け跡のマリア」(『家族の標本』朝日文芸文庫、1997・8)
●斉藤由貴「解説～孤独という名の葉舟にのって～」(『魚の祭』角川文庫、1997・12)
●渡辺真理「解説」(『家族の標本』角川文庫、1998・4)
●筒井康隆「再び『あなたの名はあなた』」(『グリーンベンチ』角川文庫、1998・12)
●小田切秀雄「柳美里私小説裁判」(『現代用語の基礎知識2000』)
●山本直樹「解説」(『フルハウス』文春文庫、1999・5)
●川本三郎「解説」(『窓のある書店から』ハルキ文庫、1999・5)
●林真理子「解説」(『水辺のゆりかご』角川文庫、1999・6)
●東浩紀『郵便的不安たち』(朝日新聞社、1999・7)
●鈴木光司「解説」(『家族シネマ』講談社文庫、1999・9)
●テリー伊藤「解説」(『私語辞典』角川文庫、1999・10)
●原一男「解説　息子のこと」(『自殺』文春文庫、1999・12)
●高野純子「柳美里」(『新研究資料　現代日本文学　第二巻　小説Ⅱ』明治書院、2000・1)
●櫻井よしこ「解説」(『仮面の国』新潮文庫、2000・5)
●三國連太郎「〈解説〉柳美里さんの神秘性について」(『タイル』文春文庫、2000・10)
●福田和也『作家の値うち』(飛鳥新社、2000・12)
●後藤繁雄「その世界に入っていって見えるものを書く(インタビュー)」(『彼女たちは小説を書く』メタローグ、2001・3)
●川村二郎「解説」(『ゴールドラッシュ』新潮文庫、2001・5)
●俵万智「解説」(『言葉のレッスン』角川文庫、2001・6)
●馬場重行「柳美里」(川村湊・原善『現代女性作家研究事典』鼎書房、2001・9)
●福田和也・柳美里『響くものと流れるもの』(『響くものと流れるもの―小説と批評の対話』PHP研究所、2002・3)
●中森明夫「解説」(『男』新潮文庫、2002・7)
●秋元康「解説　血を流しながら」(『女学生の友』文春文庫、2002・9)

●後藤繁雄「痛いということ、憎いということ」（『魚が見た夢』新潮文庫、2003・4）
●幸田国広「〈顔〉をめぐる闘争《トラブル》――柳美里「石に泳ぐ魚」試論」（千年紀文学叢書4『過去への責任と文学―記憶から未来へ』皓星社、2003・8）
●槇村さとる「解説」（『ルージュ』角川文庫、2003・11）
●リリー・フランキー「疑いのない深い絆」（『命』新潮文庫、2004・1）
●福田和也「「今、ここ」という宿命の倫理」（『魂』新潮文庫、2004・1）
●坪内祐三「本を必要とする人の読書の記録」（『言葉は静かに踊る』新潮文庫、2004・1）
●町田康「強い時間を持つ物語」（『生』新潮文庫、2004・2）
●山折哲雄「喪われた「声」を求めて」（『声』新潮文庫、2004・2）
●金壎我『在日朝鮮人女性文学論』（作品社、2004・8）
●柳美里「インタビュー」（「楽天ブックス」2005・5）
●原仁司「文学的表現と応答性――柳美里「石に泳ぐ魚」裁判と「表現の自由」」（叢書　倫理学のフロンティアⅫ『表現の〈リミット〉』ナカニシヤ出版、2005・6）
●福田和也「解説」（『石に泳ぐ魚』新潮文庫、2005・10）
●フェイ・ユエン・クリーマン・末岡麻衣子「戦後の日本語文学――在外日本人作家・在日外国人作家を中心に」（『岩波講座「帝国」日本の学知』5、2006・6）
●生方智子「少年と犯罪と性暴力　ゴールドラッシュ――柳美里」（『ジェンダーで読む　愛・性・家族』東京堂出版、2006・10）
●岩田＝ワイケナント・クリスティーナ「柳美里作品における〈母性〉と〈エスニシティ〉をめぐって」（『女性作家の行方―第五回フェリス女学院大学日本文学国際会議』2007・7）
●川村湊編『現代女性作家読本8　柳美里』（鼎書房、2007・2）
　許金龍「柳美里の文学世界」
　一柳廣孝「「静物画」――もうひとつの「学校」へ」
　久米依子「「Green Bench」――家族に関する愛憎のラリー」

押山美知子「「フルハウス」――家という名の抑圧／家族という名の幻想」
金玟妵「「フルハウス」――逸脱してゆく家族」
春日川諭子「「もやし」――欠損と《疵》」
奥山文幸「家族写真という不幸――「魚の祭」の家族」
岡野幸江「「家族シネマ」――解体からの出発」
南雄太「「家族シネマ」――家庭和解の不成立と「癒し」を拒否する強さ」
高橋由貴「「真夏」――部屋の中の〈いいひと〉・風景の中の〈私ではナイ違うひと〉」
中村三春「「潮合い」」
山口政幸「「少年倶楽部」」
佐野正人「水辺に揺れ、立ち上がる物語の原基――『水辺のゆりかご』論」
安田倫子「『ゴールドラッシュ』――少年の殺人」
高橋由貴
原田桂「「女学生の友」――劇作家・柳美里が演出する柳美里〈らしさ〉」
服部訓和「『男』――ふてぶてしい陳腐さ」
佐藤嗣男「『命』――生きていく話をしようよ！」
梅澤亜由美「『魂』――〈生〉に向かう〈道行き〉」
田村嘉勝「「ルージュ」を引くと、どうなる？」
花﨑育代「『生』――水・記憶・書くこと」
上田渡「『声』――死に向かう決意」
清水良典「『石に泳ぐ魚』――「生きにくさ」の証としての傷痕」
馬場重行「『石に泳ぐ魚』――強烈な〈毒素〉があばく青春の悲痛な姿」
榎本正樹「『8月の果て』――歴史に埋もれた固有名の物語」
川邊紀子「『家族の標本』――欲望の対象としての家族」
木村陽子「成長する「自殺」論」
野末明「『私語辞典』――エピソードの中の〈家族〉」

島村輝「『窓のある書店から』――「現場感覚」の思索と読書」
久保田裕子「『仮面の国』――物語からの言説へ」
栗原敦「『言葉のレッスン』（柳美里）の希望」
片岡豊「『魚が見た夢』――小説家としての生真面目さ」
渥美孝子「『世界のひびわれと魂の空白を』―最後の評論集」
高橋秀太郎「『交換日記』――走れ柳美里！」
磐城鮎佳「『響くものと流れるもの　小説と批判の対話』」
●梓澤和幸『報道被告』（岩波書店、2007・11）
●柳美里・末木文美士「『自分ひとりの宗教』を求めて」（『宗教と現代がわかる本2008』平凡社、2008・3）
●原仁司『中心の探求』（學藝書林、2009・1）
●花﨑育代「柳美里と鷺沢萠――東京・神奈川―錯綜と断絶をかかえて」木村一信・山住在喆編『韓流百年の日本語文学』（人文書院、2009・10）
●柳美里・江國香織「太宰治『斜陽』―巧緻の現代性について―」（坂本忠雄『文学の器』扶桑社、2009・8）
●柳美里・桐野夏生「残酷な想像力の果て」（桐野夏生『対談集　発火点』文芸春秋、2009・9）
●永岡杜人「柳美里――〈柳美里〉という物語」（勉誠出版、2009・10）

時評・文献など

●梅澤亜由美「私小説時評1999「石に泳ぐ魚」裁判を考える」（「私小説研究」1、2000・3）
●鈴木敏子「柳美里裁判について」（「近代文学研究」18、2001）
●河合修「私小説時評2004」（「私小説研究」6、2005・3）
●梅澤亜由美「研究動向　柳美里」（「昭和文学研究」52、2006・3）
●原田桂「柳美里　主要参考文献目録」（川村湊編『現代女性作家読本8　柳美里』鼎書房、2007・2）
●榎本正樹「柳美里全著作解題」（「文芸」2007・5）

あとがき

巻頭の座談会でも述べたことだが、柳美里の作品論集を編もうと思い立ったのは、いまから五年ほど前のことである。とある出版社から「石に泳ぐ魚」についての論稿依頼を受け（04年末頃）、それまでは彼女の作品の一愛読者にすぎなかった私が、急遽批判的《クリティーク》な立場から彼女の作品と向き合うことになってしまった。なにしろ「表現の自由」の観点から論じてほしいという依頼である。このとき私は、手前味噌ながらある決意をもってその論稿に臨むことになった。それは、この作品「石に泳ぐ魚」とそれが惹起した裁判事件をめぐる論争については、どちらの側の思想的立場にも――「人権」派側にも「表現の自由」派側にも――与《くみ》することなく、私自身の第三の立場を持して最後まで論じぬく、ということであった。また、裁判事件の審理内容を顧慮して、極力、作品からの引用について注意を払う必要があったことも、もう一つの困難な課題であった。（※裁判審理にかかわる「侮辱的表現」から直接的な引用をしなかったことの是非については、いまも明確な説明はできないが、正しい判断だったと私は確信している）。

結果として私は、同時代の同じ空気を呼吸している一人の傑出した作家と真剣に対峙することになったわけであるが、しかしその論稿の内容は、おそらく批判を受けた当の彼女にとっては承服しがたいものであっただろう（※詳しくは本書再録の拙稿をお読みいただきたい）。尤も、彼女が自分に利する批評ばかりを期待する人とは、私にはとても思えぬのであるが、ともかくも私にとって、初めてと言えるほど精神的に格闘した作家が、まただからこそ並々ならぬ存在であることを実感し、それゆえ件の論稿の内容が、その後の私にとって次第に不本意で、重荷をともなうものになってきたことは事実なのである。

私は、彼女を裁断しすぎたであろうか？　彼女の「文学」の深部に、私の論稿は届いていなかったのではないか？　裁判事件の核心に迫ろうとするあまり、彼女の「文学」について必要十分な考察をほどこせなかったのではないかという不充足な想いがつのり、その後も私は「日本文学」（二〇〇五年八月号）に続稿を書いたりなどしたが、ついにその煮え切らない想いを解決するまでには至らなかった。どころか、毎年彼女の新作に接するごとに、いよいよその想いはつのって行ったのである。殊にいまから五年前の二〇〇五年四月には、問題作「8月の果て」後半部と連載が併走していた「雨と夢のあとに」が角川書店から刊行され、以後、彼女の小説において新しいアプローチを感じさせる実験的な創作手法が展開されてゆくにつれ、彼女の仕事全体を、それらがまだその頂《いただ》きすら我々には見えにくい途上の作品群であるとはいえ、一度は俯瞰しておくべき時期にさしかかっているのではないかという印象を得たのである。

柳美里の小説は、同時代のイデオロギーや社会通念と烈しく斬り結んでおり、あるいは時代の最前線で闘っているという意味で、きわめて前衛《アヴァンギャルディスティック》的である。だが、もしも現在の彼女が前世紀の脱構築的なものを追い求めているのであるならば、それは文字通り前衛的ではありえないし、もはや遅きに失しているとすら言わざるを得ないだろう。したがって彼女がいまの実験的な作風から抜け出して新しい境地に向かうことを、むしろ私は願っている。その意味で、「山手線内回り」を論じた**富岡幸一郎**氏の、「作家（柳）はむしろ、きわめて素朴実在的にこの世界の現実に身をひらこうとしている」のであり、決して二十世紀的な「方法論にのっとっているのではない」という真率な指摘に首肯させられるし、そして、それは彼女が今後向かうべき道筋をも示唆しているように思われるのである。

今回の作品論集で、私は各論者に主に二つの問題を投げかけてみた。一つは、柳美里の「文学」が、無論のこと「在日」文学という枠組《フレーム》みでは捉えきれないとしても、それでもなお彼女の「在日」性について新たに考察すべき処はないのか、という点。もう一つは、小説家として九四年から出発した彼女の「文学」は、それ以前の戯曲時代も含めて八〇年代以降の日本のポストモダニズムの影響を著しく受けている、というよりも、現代作家の中でじつは彼女ほどポストモダニズムを先鋭犀利に体現している作家はいないのではないかという、私がこの十数年間いだきつづけている柳美里「文学」へのきわめて個人的な感懐である。

彼女が描く登場人物たちの多くが、宿命的なまでの疎外感を内持し、他者との非共約性に苦しんでいたのは、もちろん彼女が「在日」であったこともそこに反映していたのではあろうが、それ以上に彼女の文学が、日本のポストモダニズムの隆盛を体現、もしくは代理表象していたからではなかったか。二〇〇〇年以後、男児を出産し、東由多加の死を経た彼女の作品が、民族的アイデンティティの追求へと回帰している傾向と併せて、彼女における個別的なアイデンティティの揺らぎとその意味を考えたい、という点を各論者に問いかけてみた。

今回、第一の観点では、**川村湊**氏と**小林孝吉**氏が応えてくれている。川村氏は、「8月の果て」という作品が柳にとって「一族の物語から民族の物語への転換を示すメルクマールとなるものだった」と述べ、しかし、それが単なる民族回帰ではなく「被抑圧民族としての悲哀や悲劇を自分のものとして体感し、憑依することであ」り、彼女の「ムーダン（巫女＝シャーマン）的な資質と感性によるものだった」と論じた。小林氏は、「水辺のゆりかご」「仮面の国」他のエッセイ作品を仔細に読みときつつ、「柳美里の記憶の底には、日本と朝鮮半島を隔てつつ繋ぐ海峡が流れている」と評価、それが彼女の「両親の朝鮮の記憶」を熾烈に継承した結果生まれたものであることを明解に指摘した。朝鮮民族の歴史が示すように、「恨《ハン》」は、晴れる（＝解決される）のではなく、膠着しつづけることで「恨」足りうるという逆説を孕む。膠着しつづけることが彼女とその作品の未来に希望をもたらすか否か、両氏の論稿によりあらためて深く考えさせられた次第である。

第二のポストモダニズムの観点については、数多くの論者が言及している。**小平麻衣子**氏は、「ルージュ」を、アイデンティティの根拠を見失ったバブル後の日本社会において「新しい価値観を、化粧品業界を舞台に探ろうとした小説」であり、主人公は「個性のない空白という象徴的役割」を背負わされていると指摘。かつてS・ソンタグが批判した、現代人の有名性に対する飽くなき願望（＝有名主義）と消費資本主義《コンシューマリズム》とを併せて論じてくれたような好論である。「ルージュ」が発表された九八年の翌年から、コミックの世界では「BECK」（講談社）や「NANA」（集英社）のような作品が長期連載されるが、それらを先取りするような作品であったことが改めて確認できた。また、**永岡杜人**氏は、Ｅ・Ｗ・サイードの「故郷喪失者《エグザイル》」と柳美里の家族喪失の物語との類似を考察、彼女の作品にたくましい「物語の力」が内在しているのは、彼女が「すべての者を「故郷喪失者」にしてしまうポストモダン的な現代の人間の在りようを小説の根底に据えているから」だと論じた。Ｗ・ベンヤミンの「物語作者」の系譜を継ぐ者として「柳美里」を考えている私にとって、きわめて興味深い考察であった。一方、**中島一夫**氏は、同じ問題を別方向から捉えており、こちらも興味深い。中島氏は、柳が「ポストモダン的な偽史空間に道を開く」東由多加の言説の影響を受けていることを指摘、結果としてその影響が、柳に「「マイノリティー」がそれぞれの正統性を主張できるという解放と、だが同時に、誰もが自らの正統性を証明できないというダブルバインドの状況とをともにもたらした」とし、彼女の『命』四部作が「袋小路」の「出口のない「戦争」の記録にほかならなかった」と論述した。柳美里がポストモダンを乗り越える作家であるのか、それともその袋小路に陥ったままの作家であるのかで意見の別れるところでもあろうが、中島氏の厳しい論稿には多くの重要な指摘が含まれていることを言い添えておきたい。

宇佐美毅氏は、家族の物語を多く書く柳が、じつは「前近代的な「家族の物語」を求める指向性とそれを否定する方向性が同居し」た作家であることを、「女学生の友」のような一見家族的なテーマを持たない作品の分析を通して論証。その「アンビヴァレントな感情に決着をつけ」た作品が「8月の果て」であると指摘し、彼女が「家族の過去を徹底的にさかのぼり追究しようとする道を選んだ」と一連の作品の流れを俯瞰してみせた。また、**久米依子**氏は、柳が所属していた「東京キッドブラザース」の時代的役割を詳細に分析、「東京キッド」の流れを汲んだ彼女の戯曲が、「家族の再生」を夢見る九〇年代の「時代の祈りを引き受けて、小さな方舟に乗り込む〈新たな家族〉を構成してみせた」ことを論述した。とりわけ作家柳の核心部分にふれる「〈愛されてもいいはずだ〉」という情念の発露にいたる彼女の心的プロセスを、あざやかな手際で剔出して見せてくれた。

中上健次の文学に精通している**井口時男**氏は、中上のいわゆる「秋幸三部作」の主人公秋幸と柳の「ゴールドラッシュ」の主人公（＝十四歳の「少年」）とを比照、両者の類似を述べつつ、しかし、語り手に名前で呼ばれない「少年」の匿名性がこの小説の弱さになっていることを浮き彫りにした。井口氏は、作者柳が、「在日者」と目される少年の父親の像を小説の中に「もっと書き込むべきだった」とし、また少年が「作者の暗示する自分の民族的・歴史的ルーツ」をあまりにも「知らない」ことを批判したが、この批判は、現在にまで至る彼女の「文学」の本質を突いたものと言えるだろう。尤も、だからといって中上の作品のほうが優れているということではないだろうし、井口氏もそのようなことを言いたかったわけではないはずだ。

以上、後半の三氏（宇佐美、久米、井口）も、直截的にではないものの柳と日本のポストモダニズムとの関係に目配りをしながら論じてくれているのが分かる。彼女の「物語る力」の源泉について、新たな視点と教唆がたくらまれている論稿が多く、と同時に、新しい世紀に入り「物語」という名称そのものを再問する気運が近づいていることを予感させる。

柳の最新作としては、『オンエア』（二〇〇九年）と『ファミリー・シークレット』（二〇一〇年）があるが、私にはどちらも力作とは呼びがたい。エッセイは、『名付けえぬものに触れて』と『柳美里不幸全記録』（各二〇〇七年）等がある。比較的近作の「山手線内回り」と「雨と夢のあとに」は、ともに連載が二〇〇三年から始まっているが（前者は九月から、後者は十二月から）、刊行は「山手線内回り」が二〇〇七年、「雨と夢のあとに」が二〇〇五年である。有力な作品がその後、出ていないわけではないのだが、それらに客観的な眼差しを向けるにはまだ日が浅く、熟さずの感があり今回の作品論集では割愛した。したがって『柳美里　1991―2010』という本書のタイトルも、実際にはかなり曖昧な内実しか持ちえないわけであるが、各論者の論述の及んでいる範囲がおよそその期間になっていることと、巻頭の座談会が二〇一〇年に行なわれていることから如上のように命名した。

＊　＊

各論者の皆さんには、今回の企画により多大なご迷惑をおかけしました。中には二年近くもお待たせした方があり、ただただ深謝するばかりです。にもかかわらず、苦情を一つもいただかなかったのは、論者の皆さんの人柄ゆえと、あらためて恐縮する次第。私にとって単編著は初めての体験でありましたが、翰林書房編集担当の今井静江さんの粘り強いご助力で何とか出版にたどり着くことができました。また、座談会では、論者でもある川村湊さんと富岡幸一郎さんに助っ人として来ていただき、そのおかげで実りのある会になりました。もちろん座談会を引き受けてくださった柳美里さんには、ここで改めて、もう一度謝意を表したく思います。ありがとうございました。

原　仁司

二〇一〇年冬

執筆者紹介（あいうえお順）

井口時男（いぐち・ときお）一九五三年新潟生、東京工業大学教授。『暴力的な現在』（作品社）、『危機と闘争—大江健三郎と中上健次』（作品社）、『批評の誕生／批評の死』（講談社）

宇佐美毅（うさみ・たけし）一九五八年東京生、中央大学教授。『小説表現としての近代』（おうふう）、『新日本古典文学大系明治編　硯友社文学集』（共著・岩波書店）、『村上春樹と一九八〇年代』（共編著・おうふう）

大國眞希（おおくに・まき）川口短期大学教授。『虹と水平線』（おうふう）、「〈象徴形式〉としての能舞台」（『iichiko』一〇七号）

小平麻衣子（おだいら・まいこ）一九六八年東京生、日本大学教授。『女が女を演じる—文学・欲望・消費』（新曜社）、「文学の危機と〈周辺〉の召喚」（『日本文学』二〇〇八年四月号）、「『煤烟』から『煤煙』へ」（『語文』二〇一〇年三月号）

川村湊（かわむら・みなと）一九五一年北海道生、法政大学教授。『狼疾正伝—中島敦の生涯と文学』（河出書房新社）、『温泉文学論』（新潮社）、『異端の匣』（インパクト出版会）

久米依子（くめ・よりこ）東京生、目白大学教授。『現代女性作家読本8　柳美里』（共著・鼎書房）、『ジェンダーで読む愛・性・家族』（共著・東京堂出版）、『ライトノベル研究序説』（共編著・青弓社）

小林孝吉（こばやし・たかよし）一九五三年長野生、文芸評論家。『椎名麟三論　回心の瞬間』（菁柿堂）、『記憶と文学』『記憶と和解』（御茶の水書房）、『島田雅彦　〈恋物語〉の誕生』（勉誠出版）

富岡幸一郎（とみおか・こういちろう）一九五七年東京生、文芸評論家・関東学院大学教授。オピニオン誌『表現者』編集長。『文芸評論集』（アーツアンドクラフツ）、『スピリチュアルの冒険』（講談社現代新書）。

永岡杜人（ながおか・もりと）一九五八年東京生、文芸評論家。『柳美里—〈柳美里〉という物語』（勉誠出版）、「言語についての小説」（『群像』二〇〇九年六月号）、「内なる他者の言葉」（『群像』二〇一〇年二月号）

中島一夫（なかじま・かずお）一九六八年石川生、批評家・近畿大学准教授。「媒介と責任—石原吉郎のコミュニズム」（二〇〇〇年新潮新人賞）、『収容所文学論』（論創社）。レヴューブログ「間奏」http://d.hatena.ne.jp/knakajii/

原仁司（はら・ひとし）亜細亜大学教授。『中心の探求』（學藝書林）、『表象の限界』（御茶の水書房）、『表象の現代』（共編著・翰林書房）、『探偵小説と日本近代』（共著・青弓社）、『NEW MEDIA CREATION』（共著・幻冬舎）

柳美里　1991—2010

発行日	2011年2月10日　初版第一刷
編　者	原　仁司
発行人	今井　肇
発行所	翰林書房
	〒101-0051　東京都千代田区神田神保町1-14
	電 話　03-3294-0588
	FAX　03-3294-0278
	http://www.kanrin.co.jp/
	Eメール●kanrin@nifty.com
装　釘	矢野徳子＋島津デザイン事務所
印刷・製本	総　印

落丁・乱丁本はお取替えいたします
Printed in Japan.

ISBN978-4-87737-310-8